마리의 요람

마라의 요람

고태라 지음

아프로스
미디어

일러두기

※ 이 작품은 허구입니다.

※ 작품의 시대적 배경을 반영하기 위해 일부 표현에서 당시의 언어를 사용했습니다. 현재의 가치관과 차이가 있는 용어가 있을 수 있습니다.

※ 인물들의 대사와 독백은 현실성을 위해 부분적으로 입말을 사용했습니다.

※ 연월일은 숫자로 표기하고 그 외의 숫자는 한글 표기로 통일하되, 어감을 고려해서 일부 표현은 예외를 두었습니다.

차례

마라魔羅는 도량을 어지럽히는 마귀로 불도의 수행자를 악의 심연으로 인도한다. 그의 그림자는 깨달음의 모든 길을 가로막고, 그의 속삭임은 탐욕과 증오를 번식시킨다.

등장인물

- **나릿놀마을(죽해 1구)**

  박한기 : 죽해도의 대지주
  박수인 : 박한기의 딸
  정승배 : 이장
  강세훈 : 죽해 파출소의 경찰관

- **우름곶마을(죽해 2구)**

  천재길 : 이장
  장대희 : 청년단의 단장
  오춘자 : 점쟁이
  김진우 : 죽해 파출소의 의경

- **단현사**

  범영 : 현임 주지
  태을 : 승려
  소정 : 승려
  효양 : 승려
  청혜 : 승려
  금선 : 전임 주지

- **경찰 관계자**

  마철준 : 형사기동대 계장
  김영웅 : 형사기동대 형사
  임택수 : 죽해 파출소 소장

- **그 외의 인물**

  민도치 : 떠돌이 학자

서장

생사의 갈림길에 서있었다고 해도 과언이 아니다. 사고를 피할 수 있었던 것은 분명 윤지 덕분이었다.

그녀는 꼭두새벽부터 찾아와 꿈자리가 사납다며 토로했다. 실랑이가 길어지는 바람에 결국 나는 지각했고 콘크리트 더미가 붕괴되는 참사를 목격하는 데 그칠 수 있었다. 입대를 앞두고 경험 삼아 시작했던 공사 현장 일이 마지막 직업이 될 수 있었던 것이다.

그 일을 발단으로 나는 윤지의 '촉'을 철석같이 믿게 되었다. 그녀는 신기할 정도로 불길한 미래를 곧잘 예지했다.

아버지의 등쌀에 떠밀려 재수 끝에 대학에 입학한 나는 어떠한 학문적 성취도 바란 적 없었다. 진로가 불투명한 민속학과를 택한 이유도 작가 지망생으로서 경험을 쌓기 위해서였다.

그런데 어느덧 민속학이라는 학문에 심취하고 말았다. 특별한 계기는 없었다. 국사뿐만 아니라 구비문학, 복식사와 건축사, 미술사와 전통음악, 나아가 종교학에 이르기까지. 문화와 역사의 전반을 탐구하는 학업이라는 점에 깊이 매료되었다.

그런 나보다 한술 더 뜬 동기가 윤지였다. 그녀는 내성적이지만 전공 이야기를 할 때만은 신나게 침을 튀겨댔다.

오죽하면 이런 여행을 가자고 졸랐을까.

물론 민속학과 학생이 방학이나 휴학 중에 현지 조사를 가는 일은 흔하다. 하지만 나는 땀내 풍기는 군복을 벗은 지 고작 보름 되었을 무렵이었다. 더욱 질리는 것은 윤지의 까다로운 입맛이었다. 그녀는 세간에 알려지지 않은 신선한 명소를 원했다.

그렇게 머리를 싸매다 찾은 답사지가 그곳이었다. 윤지는 한껏 들뜬 채 이렇게 말했다.

"맞아. 죽해도 알지? 다도해 끄트머리에 있다는 그 섬. 저번에 교수님도 한번 말씀하셨잖아. 기우제로 유명하다고. 몇 번이나 현장 조사 요청하셨는데 번번이 거절당했다며. 그쪽에 가보면 어떨까? 주민들이 폐쇄적이라면 일찍부터 친해질 필요가 있어. 그럼 내년 기우제에 참관할 수 있을지도 몰라."

하기야 섬만큼 낭만적인 답사지도 없다. 생존을 위해 바닷길을 걸어가는 게 섬사람의 숙명이니 각종 의식이 숱하게 거행될 것이다. 교류가 제한된 환경이기에 독자적인 민간신앙이 광범위하게 전승될 터였다. 그런데도 나는 그녀를 뜯어말렸다.

"그쪽은 좀 위험해. 사건 사고가 워낙 잦잖아. 게다가 죽해도인가 거긴 무슨 풍속신앙체? 그런 이상한 데라고 하지 않았냐? 야, 제보자가 있는 것도 아닌데 다시 생각해라."

그러나 핏대를 세우는 그녀 앞에서 끝내 나는 수그렸고 우리는 곧 항해를 시작했다. 투덜거리던 나도 막상 배에 올라타니 가슴이 두근거렸다. 과연 어떤 일이 기다리고 있을지, 어떤 새로운 지식을 습득하게 될지 부푼 기대를 안고 있었다.

그런데 윤지가 갑판 난간을 붙잡고 구토하는 것은 단지 뱃멀미 때문일까. 그동안 어디를 가도 이렇게 열을 앓았던 적은 없었는데.

설마 그놈의 촉 때문은 아니겠지. 결코 아닐 것이다.

나는 그렇게 믿고 싶다.

1장 까치의 새로운 둥지

1.

남자는 칙칙한 한숨이 득실대는 부둣가에 휘파람을 보탰다. 비릿한 바다향은 썩 유쾌하지 않았지만 훈훈한 봄바람을 음미하자니 콧노래가 절로 나왔다. 여행용 캐리어에 앉아 흥얼거리는 가락이 갈매기 울음소리와 사귀어 한창 화음을 맞춰 가려는데 어눌한 목소리가 끼어들었다.

"실례합니다. 민 선생님 되십니까?"

남자는 집게손가락으로 안경다리를 잡아 올렸다. 경찰 근무복을 입은 앳된 청년이 태양을 등지고 서있었다.

“민도치 선생님 맞으시죠? 죽해 파출소 김진우 상경입니다. 파출소 직원분들이 바쁘셔서 제가 혼자 모셔가게 됐습니다.”

바다의 정취를 즐기며 휘파람을 불던 그 남자, 민도치는 웃차 하고 캐리어에서 일어났다. 그리고 김진우에게 악수를 청했다.

“상경이라고 하시면, 진우 씨는 전경으로 조국에 봉사 중이십니까?”

“의경입니다. 섬 토박이라 이렇게 근무가 배치된 것 같습니다. 편하게 말씀 놓으셔도 됩니다.”

“아뇨, 아뇨. 치안의 밑창을 지탱하고 있는 분을 어찌 편히 부를 수 있겠습니까. 한데 진우 씨, 팽이는 잘 돌리고 있습니까?”

“팽이라니요? 무슨 말씀이십니까?”

민도치는 되물음을 무척이나 반기며 호기롭게 농을 풀었다.

“이쪽 지방은 팽이를 뺑이라고 부른다죠? 상경이면 한창 신나게 뺑이 칠 시기고요. 못해도 전역까지 반년은 넘게 빙글빙글 돌리실 수 있을진대 참 좋을 때입니다, 하하하. ……아, 실례했습니다.”

나름대로 공들여 만든 만담이었으나 김진우는 벙찐 얼굴로 헛웃음조차 머금지 않았다. 민도치가 흥행 참패를 만회하고자 후속작을 발표하려니 김진우가 순찰차를 가리키며 졸작의 범람을 저지시켰다.

“아, 아무튼 말씀 많이 들었습니다. 어서 타십시오.”

주행 소리가 울린 뒤 머지않아 바닷가의 정경은 사라지고 광활한 평야가 펼쳐졌다. 민도치는 방정맞게 다리를 떨어대면서 차창 밖을 내다보았다. 햇살이 한 다발 쏟아지는 들판을 따라 아지랑이가 피어오르며 하얀 나비들이 한때의 꿈처럼 시야를 비껴갔다. 순찰차가 느릿느릿 기어가는 경운기를 몇 번 추월하고서야 그가 입을 열었다.

"그렇지, 그렇지. 기우제인가 뭔가 있다던데 어떤 일입니까. 이 동네 사정은 건너 들은 게 없어서 말입니다."

"네, 그게 대략 이렇습니다."

4월 중에 거행하는 기우제는 농경사회인 죽해도에서 가장 중요한 행사였다. 돌신제突神祭라 불리는 이 의례는 기우 발원을 넘어서 마을의 안녕을 기원하는 동제洞祭로 무려 수십 대에 걸쳐 전승되고 있었다. 그러나 지난 2년 동안 강수량은 연일 최저치를 경신했다. 유례없는 가뭄이 거듭된 탓에 농민들은 끔찍한 시간을 보내야만 했다. 비옥했던 땅이 병들자 미련을 내려놓고 섬을 떠나는 사람도 부쩍 늘어났다. 올해마저 흉년이 이어진다면 남은 사람도 견딜 재간이 없을 터였다.

"그래서 주민들은 올해 돌신제 준비에 열을 올리고 있습니다. 스님들도 각오를 다지고 계시고요."

그 대목에서 민도치의 고양이 같은 눈이 번뜩였다.

"스님이라면, 단현사端現寺라는 명망 높은 사찰에 기거하는 수행자들 말씀이죠? 다시 말해 그 단현사에서 돌신제라는 기우제를 주관한다는 거 아닙니까?"

"그렇습니다. 매년 그렇게 하고 있죠. 그런데 민 선생님 같은 외부 분이 참관하는 건 제가 머리털 나고 처음입니다. 다른 곳도 아니고 지방청과 긴밀한 관계를 유지하시는 거 같은데…… 혹시 다른 볼일이라도 있으십니까?"

"뭐, 어쩌다 보니 그리됐습니다. 한데 돌신제 일정은 어떻게 되려나?"

떠보는 듯한 물음을 민도치는 능청스레 받아 흘렸다. 김진우는 잠시 뜸을 들이다가 밝은 어조로 말했다.

"그 얘기도 못 들으셨구나. 글피 9일에 나릿놀 뒷산에서 하고요. 그다음 날 우름곶 해안가에서 한 번 더 할 겁니다. 죽해 1구인 나릿놀마을에서 한 번, 2구인 우름곶마을에서 한 번, 이렇게 두 번 진행하는 거죠."

"나릿놀마을에 우름곶마을이라. 뭔가 나릿나릿하다가도 우르르 쾅쾅 터질 듯하군. 한데 실거주 인구가 천 명이 채 안 되는 섬 아닙니까. 의례를 동네마다 나눠서 하는 이유가 따로 있습니까?"

"그게 말이죠. 이 섬이 겁나 웃긴 게 남과 북처럼 갈렸거든요."

도치는 커다란 뿔테 안경을 추어올렸다.

"남과 북? 사이가 안 좋다는 건가?"

"그게…… 나릿놀은 산신님을, 우리 우름곶은 용왕님을 모십니다. 두 신을 한꺼번에 모실 수는 없지 않습니까. 그래서 두 번으로 나눈 겁니다."

"희한한 양상일세. 산신님이 재해부터 예방해야 용왕님이 물을 관장하기 수월할진대, 그러하면 용왕님을 모신다고 한들 산신님도 찾아봬야 전후가 화목할 텐데요?"

"네, 그렇습니다. 반대도 그렇고요. 우리 우름곶 주민도 나릿놀 산신제에 참관하고, 나릿놀 주민도 우름곶 용왕제에 참관합니다. 1년 중에 두 마을이 하나 되는 유일한 시기가 바로 기우제, 돌신제 때입니다. 아, 유일한 건 아니겠네요. 동제가 두 번이니까 주민들도 두 번 협력하는 거죠, 헤헤."

민도치는 의자에 머리를 기댄 채 눈을 감았다. 죽해리 출장을 청탁받은 것은 나흘 전, 의뢰인은 관과 협력해 종교 비리를 조사하는 민간단체였다. 단체의 수장이자 민도치의 은사인 독고 선생은 이렇게 일렀다.

"그 단현사라는 절이 요상하단 소리가 들려오더군. 종파가 불분명한 데다 해괴한 교리를 전파한다는 제보가 있어. 안 그래도 지방청에 자료 요청했는데 수사관도 정보 수집에 애를 먹고 있나 봐. 아무래도 섬이다 보니 배타적인 구석이 없지 않겠지. 외환위기에 시위의 계절이다 뭐다 해서 경찰도 인력이 부족한 형편이고."

외딴 벽촌, 더군다나 섬이라면 신도를 늘려봤자 한계는 명확

했다. 그런데도 독고 선생이 조급함을 숨기지 못한 까닭은 혹시 모를 교세의 확장을 염려하기 때문이었다. 그렇다고 휘하 일원을 비롯한 아무에게나 일을 맡길 수는 없었다. 죽해리 같은 고립무원으로의 파견은 그만한 전문성을 가진 인재가 적격이었다.

"네가 그래도 시골 사정에 빠삭하고 민속종교 쪽에 조예가 깊지 않냐? 청에서 그 동네 경찰관들한테 단단히 일러뒀다니까 대접은 좋을 거다."

사이비似而非. 그것도 폐쇄적인 사교 집단의 위법 행위를 수집하려면 교단 내에 잠입할 필요가 있었다. 물론 민간인 연구자의 암행 조사는 막대한 위험부담도 동반하기 마련이었다.

"섬이라서 조금 불안하지만…… 그래도 혀를 자른다거나 눈알을 뽑는다거나 그러겠냐? 그런 풍속신앙체가 제일 경계하는 게 동제 전에 부정 타는 일인데. 어쨌든 지금이 딱 적기야. 나도 자료가 거의 없어서 뭐라 말하긴 힘든데, 돌신제라는 큰 행사가 열리는 만큼 단현사가 허점을 드러낼 소지가 커. 도치 네가 좀 보고 와라. 돌신제 말고 단현사를 잘 보라고. 또 모자란 짓 하다가 욕먹고 다니지 말고. 알았냐, 이 자식아."

민도치는 눈을 뜨고 시선을 돌렸다. 때마침 차창 너머 보이는 저수지 뒤편으로 공사 중인 건물이 스쳐 지나갔다.

"진우 씨, 여기 병원이라도 짓고 있나 봐요?"

"네? 아, 그거요? 여기가 우름곶마을인데 교회를 세우고 있답니다. 올해 안에 완공될 거 같고요. 스님들이 번듯이 계신데 의미가 있을진 모르겠네요. 용왕님과 산신님도 단현사에서 모시고 있거든요."

쇠뿔도 단김에 뽑으라고 했다. 도치는 내친김에 본론으로 직행했다.

"진우 씨, 진우 씨, 우리 단현사부터 가봅시다. 신성한 의례를 주관하시는 분들인데 타지 사람인 이 몸이 먼저 찾아가서 인사드려야지."

"아, 아뇨. 절까지 가실 건 없습니다. 어르신부터 뵙죠."

자못 당황한 목소리에 도치는 운전석을 돌아보았다. 김진우의 관자놀이에서 땀 한 줄기가 흘러내렸다. 늦봄의 열기가 새긴 얼룩이라기엔 창 안으로 불어오는 바람은 선선하니 상쾌했다. 도치가 거듭 방문 의사를 표하려던 참이었다.

"아이 씨! 이거 재수가 없으려니까."

김진우가 대뜸 성질을 내고는 차를 정차시켰다.

"민 선생님, 잠깐만 기다려주십시오."

도치는 부스스한 앞머리를 쓸어 올리며 앞 유리를 바라보았다. 백발의 긴 머리를 풀어 헤친 노파가 히죽 웃으며 순찰차를 가로막고 있었다. 활짝 열린 창문으로 두 사람의 목소리가 새어 들어왔다.

"이모! 차 다니는 길로 튀어나오지 말라고 했지?"

위협하듯 일갈하는 김진우를 보아하니 친이모는 아닌 모양이었다. 자그마한 키의 노파는 비척비척 휘청거리며 손에 쥐고 있던 검은 비닐봉지를 벌렸다.

“우리 승구가 아파. 나 담배 하나만 줘.”

“뭐라고? 걔가 아픈 거랑 담배랑 무슨 상관인데?”

“우리 승구가 아프다니까. 담배 하나만 줘.”

“됐어. 나 담배 안 피운다고 했잖아. 빨리 나와.”

노파는 몇 번이고 검은 봉지를 흔들다가 고개를 스르륵 돌렸다. 조수석에 앉아있는 민도치와 눈을 마주친 순간 그녀는 부리나케 달려와 창 안으로 얼굴을 들이밀었다.

“총각! 총각! 나 담배 하나만 줘.”

도치는 깜짝 놀라면서도 노파의 얼굴을 자세히 살펴보았다. 체구는 앙상하지만 볼은 토실토실했다. 앞니가 하나 빠져있지만 입술을 감싼 양기는 복스러웠다. 주름의 굴곡이 여물지 않은 것이 머리카락만 새하얄 뿐, 기껏해야 사십 대 초중반의 여성이었다. 고른 치열과 또렷한 쌍꺼풀로 헤아리건대 왕년에 미인으로 칭송받았을 용모였다.

“총각, 양복 되게 멋있다. 그러지 말고 담배 하나만 줘.”

도치는 재킷 안 주머니를 뒤적이더니 갓 뜯은 마일드세븐 한 갑을 꺼냈다. 그 찰나 메마른 손이 날아와 담뱃갑을 통째로 낚아챘다.

"히히히! 고맙다, 고마워!"

그녀는 카랑카랑한 웃음소리와 함께 논밭을 가로지르며 떠나갔다. 치렁치렁한 백발을 사자 갈기처럼 휘날리며 뛰어다니는 모습은 흡사 마녀가 활주하는 듯하였다. 도치의 공허한 시선이 아무것도 없는 손바닥으로 옮겨지는 가운데 김진우가 탑승했다.

"춘자 이모라고, 보시다시피 상태가 메롱인 아줌마예요."

"아……. 그래, 아주 팔팔한 분이시구만."

"얼마나 쌩쌩한지 하루 종일 저렇게 맨발로 날뛴다니까요. 말짜 중에 상말짜죠. 혼자 저러는 게 안쓰러워서 이 동네 저 동네에서 먹을 거 입을 거 챙겨주는데 점점 도를 넘어서더라고요."

"그렇군. 저 아주머님은 여기 우름곶 주민분인가 봅니다?"

"네, 저 뒷산에 있는 오두막에 살고 있답니다. 옛날에 점쟁이였다나 뭐라나."

"점쟁이요?"

"그렇다고는 하는데 순 사기꾼이죠. 혼자 살면서 있지도 않은 아들 핑계 대고 사람들 삥 뜯는 못된 아줌마예요. 돌신제가 코앞인데 부정 타는 거 아닌가 몰라."

김진우의 험담이 멈추지 않자 도치는 화제를 돌렸다.

"진우 씨, 아까 어르신부터 뵙자고 했는데 그 대지주라는 박한기 어르신 얘기하는 거지요?"

"네, 그렇습니다. 나릿놀마을의 큰 어르신이자 섬에서 가장 입김이 세신 분입니다. 나릿놀에 우름곶에 땅을 겁나게 많이도 갖고 계시거든요. 사실상 이 섬은 박 씨 어르신 개인 땅이나 다름없습니다. 대지주를 넘어 왕 같은 분이세요. 그렇다 보니 돌신제에 민감하실 테고요."

마을을 대표하는 의례라면 동네 어른들의 영향력 또한 절대적이다. 단현사와 별개로 구역 이장이나 어촌계장, 최고 어르신에게 일일이 인사를 올리는 것은 필수적인 절차였다.

"3년 전만 해도 육지 사람들도 많이 와서 박 씨 어르신 땅에서 농사를 지었습니다. 죽해도가 토질이 좋기로 유명했거든요. 그때는 실태인구가 이천 명을 훌쩍 넘어갔죠. 그런데 가뭄을 기점으로 다들 떠났습니다. 토박이분들도 고민하고 있고요. 10년 전 대홍수 때는 물이 넘쳐서 사람이 죽어 나갔는데, 이젠 반대가 돼 버렸네요."

십여 분을 달려 차가 멈춰 선 곳은 단층의 한옥 앞이었다. 대지주의 집치고 소박한 감이 있었지만 우뚝 솟은 팔작지붕은 제법 고급스러웠다.

그렇게 대문을 지나 자갈밭으로 이루어진 앞뜰에 발을 디딜 무렵이었다. 아담한 연못을 유영하는 잉어 몇 마리가 시야 언저리에 들어올 때였다. 사슬에 묶인 중형견 두 마리가 먹이를 씹는 소리가 귓속을 울린 바로 그때였다.

도치의 얼굴이 와락 일그러졌다. 급작스레 호흡이 가빠지더니 정신이 혼미해졌다. 창자가 뒤틀린 듯, 마치 바닷물을 한 바가지 퍼마신 듯 속이 메슥거리며 구역질이 올라왔다. 과하게 풍기는 꽃 냄새에 알레르기가 반응해서는 아니다. 게걸스레 고기를 먹어치우는 삽살개들이 비위를 건드려서도 아니다. 출처도 실체도 알 수 없는 기운이 심신을 망가뜨리고 있었다.

"아우야, 왔냐? 짬 좀 먹더니 때깔 많이 좋아졌구나."

불쑥 들려오는 목소리에 도치는 실눈을 떴다. 블루종을 입은 퀭한 얼굴의 장정이 툇마루 앞에 삐딱하게 서있었다. 대낮부터 막걸리를 몇 잔 걸쳤는지 시큼한 향이 물씬 풍겨 나왔다. 담배 연기로 고리를 만들며 껄렁거리는 그를 김진우가 반갑게 맞았다.

"좋아지긴요. 팽이 돌리느라 다 삭게 생겼는데. 아, 형님, 이분이 민 선생님이세요. 민 선생님, 대희 형이라고 이래 보여도 우리 우름곶의 정신적 지주 같은 사람입니다."

"이래 보여도, 는 좀 빼면 안 되냐? 이 자식이 하여간 빠져가지고는."

대희라는 남자는 김진우와 시답잖은 농담을 따먹으면서 낄낄대고는 도치에게 인사를 건넸다.

"어이, 안녕하십니까? 장대희입니다. 어르신께서 기다리고 계시니 어서 들어가시죠. 우리는 중한 일이 있을 때마다 어르신 댁에 모여서 술 한잔 까곤 합니다."

하얀 드레스 셔츠가 흥건히 젖기 시작했다. 복도까지 흘러들어오는 삽살개의 식육 소리가 속을 더욱 어지럽혔다. 도치는 구두를 벗고 옥내에 들어서면서도 땀을 뻘뻘 흘렸다. 전통 공예품처럼 정갈한 한옥이건만 본능이 상극의 체질이라고 하소연하고 있었다.

"민 선생님, 이쪽입니다."

장지문이 조심스레 열렸다. 응접실로 사용되는 듯한 아홉 평짜리 방 안에 세 사람이 방석을 깔고 앉아있었다. 김진우가 그들에게 허리를 꾸벅하고 도치를 가리키자 중년 남자 두 명이 차례로 말했다.

"잘 오셨습니다. 제가 나릿놀 이장 정승배입니다."

"생각보다 젊으시군요. 저는 우름곶 이장 천재길입니다."

나릿놀마을 정승배 이장이나 우름곶마을 천재길 이장이나 맨눈으로 보아도 인생에 잔뼈가 굵은 품새였다. 그러나 목소리를 내지 않은, 백색 모시 저고리 차림의 노신사가 그들의 관록을 묻어버리고 있었다. 서릿발처럼 새하얀 머리에 비녀를 꽂아 상투를 틀고 성성한 백미 눈썹을 꿈틀거리는데 안광이 남달리 형형했다. 그가 도사 같은 수염을 쓸어내리며 말했다.

"어서 앉으시지. 박한기라고 하네. 누추한 곳까지 발걸음하시느라 고생 많으셨네."

민도치는 박한기를 물끄러미 바라보았다. 그런데 어째서인지 그의 훤칠한 풍채가 한눈에 담기지 않았다. 모두가 평평한 장판

위에 앉아있는데도 홀로 옥좌에 오른 듯 그의 자리는 유독 높아 보였다.

"민도치 군 얘기는 익히 들은 바 있어. 유 서장님 조카님이라고 했지? 전도유망한 민속학자로 촉망받고 계신다고?"

경찰서장 조카에 민속학자 운운하는 박한기의 이야기는 금시초문이었다. 당사자도 모르는 사이에 그렇게 말이 맞춰진 모양이었다.

"한데 민 군, 군이 너그러이 들어주셨으면 하는 사항이 있네. 불편하실 수도 있겠지만……."

퍼뜩 정신을 차린 도치는 박한기의 말을 가로챘다.

"걱정 놓으십쇼, 어르신. 지난 열흘 동안 화식은 말할 것도 없고 육식 자체를 금했습니다. 집안에 마지막으로 상喪이 있던 것도 7년이나 됐고 말입니다. 근래 사체를 보거나 만진 적도, 하물며 상가에 들른 적도 없습니다. 참, 그리고."

도치는 돌연 배시시 웃더니 합장하듯 두 손을 모았다.

"색즉시공 공즉시색. 음양의 교합은 물론이요, 응당 수음手淫도 멀리했습니다. 한 방울 흘리지 않은 맑고 투명한 상태인데, 그래도 본인이 신용을 사지 못했다면 머리털을 갖다 바치겠습니다. 아니, 아니, 아예 피를 왕창 빼가셔도 달게 받아들이겠습니다. 한데 깨끗하기가 무려 청정수 같은 청혈이라 선녀 부대가 목욕바구니 들고 우르르 몰려와서 나리들을 홀릴지도 모르옵니다,

하하.”

금욕의 이유는 부정을 제거하고 정결을 유지하기 위함이었다. 이 정도 몸 상태라면 어떠한 지방의 까다로운 의례라도 거리낄 것이 없었다.

“빈틈없는 인물이로구먼. 구김살 하나 없어서 더 보기 좋군.”

박한기는 인자한 미소를 지었다.

“그래도 몸 정성은 해주셔야겠네. 여기도 여기만의 예법이 있는 터라 말이지. 괜찮으시겠나?”

“몸 정성이라니요? 정화 의례 말씀이십니까? 이곳의 정화 의례라면……. 아, 알겠습니다. 바로 절에 다녀…….”

“아니, 그쪽이 절까지 갈 필요는 없네.”

온화할 따름이던 억양에 불현듯 가시가 돋쳤다. 박한기의 얼굴에 스친 찰나의 파문을 민도치는 놓치지 않았다. 그리고 들창을 바라보며 딴청을 피우는 두 이장이 가늘게나마 동요하고 있음을 알아챌 수 있었다.

2.

“손님 대접을 그렇게 하면 안 되지.”

언제 날을 세웠냐는 듯 도사 수염의 노신사는 눈꼬리에 주름을 말았다.

“스님 두 분이 이리로 오실 걸세. 민 군을 배려해서 말이야. 그러니 여기서 몸 정성을 받으시게나.”

순찰차에서 단현사 방문을 언급했을 때 김진우가 당황하던 모습이 뇌리에 아른거렸다. 정확한 속내는 몰라도 분명 우려의 기색이었다. 박한기의 말은 그것과 비슷하면서도 뭔가 경고처럼 느껴졌다. 석연찮은 예감이 목 끝까지 차올랐지만 민도치는 그 이상 물고 늘어지지 않았다.

“실례합니다.”

도치가 찻잔을 입에 갖다 대려는데 누군가 장지문을 활짝 열어젖혔다.

“손님이 오셨다고 해서요.”

하얀 블라우스에 무릎까지 내려오는 감색 치마를 입은 여인이었다. 시골과는 어울리지 않는 세련미가 방 안을 수놓으니 루브르의 명화를 오려서 민화에 붙여놓은 듯하였다. 그녀가 박한기 옆에 앉자 박한기를 제외한 사람들은 일제히 앉음새를 가다듬었다. 그들의 낮아진 몸가짐에는 적잖은 존중이 담겨있었다.

“인사라도 하지. 내 딸일세. 수인아, 민도치 군이라고 유 서장님 조카님인데 서울에서 민속학을 공부하고 계신단다.”

박한기가 손짓하자 여인은 가지런히 미소를 지었다.

“박수인이라고 합니다. 잘 부탁드립니다, 민 선생님.”

농농한 라벤더 향이 맹맹한 엽차에 섞여 달콤한 맛이 우러났다. 그러나 뜻밖의 설렘도 잠시, 도치는 눈썹을 굳히며 박수인을 고쳐 보았다. 어딘지 모르게 꾸민 듯한 인상이었다. 양갓집 규수 같은 자태에는 기품과 교양이 솔솔 풍기지만, 실핏줄 몇 가닥이 불거진 눈동자에서 희미한 날카로움이 엿보인다. 억센 알맹이를 아름다운 가면으로 가리는 것만 같았다.

"어허, 민 군. 숙녀분한테만 너무 눈길을 주시는 거 아닌가. 이거 늙은이들은 서러워서 못 살겠구먼그래."

박한기가 껄껄대고 박수인이 새침하게 눈을 흘기자 목재로 된 공간은 웃음소리로 채워졌다. 도치가 멋쩍은 듯 엽차를 입 안에 털어 넣는데 밖에서 또 다른 기척이 느껴졌다.

"스님들이 오셨나 보군. 민 군은 스님들을 따라가시게나."

그렇게 이동한 다섯 평짜리 별실에서 민도치는 승려 두 명과 마주 앉았다. 괴색 승복은 별다른 것이 없었으나 승려들의 머리는 길었다. 근래 보기 힘든 석장까지 소지하고 있었다.

"단현사의 태을脫圪이라고 합니다."

태을이라는 승려는 왜소한 체격의 중년 남자였다. 그와 함께 온 스물너댓 살의 승려는 화장이라도 한 듯 뽀얀 얼굴이었다.

"청혜淸惠입니다."

청혜라는 승려는 용모가 빼어나기가 신라의 화랑이 그대로 되살아난 것 같았다. 탐스러운 장발에 길게 트인 눈매, 아울러 마른 듯하면서도 곧게 뻗은 골격은 평범한 키를 몇 뼘이나 높여주었고, 그러면서도 탈은 노련한 도박사처럼 견고하고 묵직하니 마치 붉은 술로 장식된 장창을 연상케 하는 청년이었다. 동성의 미모에 생전 처음 감탄하며 도치는 웃음으로 화답했다.

"반갑습니다, 스님들. 단현사는 수행 방식이 특별하군요. 이름 없는 길을 걷고 계신 듯한데 뿌리를 여쭤봐도 될는지요."

"율승이니 선승이니 하는 구분에 구태여 연연해야 할 것이 있겠습니까. 본질을 탐구하는 데 매진하다 보면 형식에 대한 집착은 잠시 내려놓게 되기 마련입니다."

"아아, 그렇죠. 상차림에 몰두하다 요리를 설익히면 큰일이죠. 참, 태을 스님. 듣기로는 벽촌 어딘가에 골수까지 토착화된 민속 불교가 있더랍니다. 행여나 이 보배로운 종파에 단현사가 적을 두고 있지 않은가 하는 기대가 일어서 그러는데, 귀사의 방편을 더 상세히 가르쳐주실 수 있겠습니까?"

"몸 정성, 관욕 의례를 올리겠습니다. 격류는 잊으시고 잠잠한 호수나 떠올리십시오."

과묵하니 묵묵한 청혜와 달리 태을은 언짢음을 숨기지 않았다. 이것저것 캐묻는 외지인이 달갑지 않은 기색이었다.

태을은 진언을 낭송하며 미량의 물을 성수 뿌리듯 도치의 몸에 끼얹었다. 수분에 배어있는 옻나무 향을 맡으려니 도치는 한쪽 눈을 찡그렸다. 그의 표정이 점차 불편해지자 태을이 조용히 말했다.

"민 선생은 저희의 형식에 자꾸 얽매이시는 것 같습니다. 사람의 옷이 그러하고 짐승의 털이 그러하듯이 형形은 결국 공空으로 돌아가는 법, 길이가 깊이를 의미하지 않습니다."

도치는 안색을 바꾸며 짐짓 명랑히 떠들었다.

"무슨 당연한 말씀을. 천태종의 비구니나 이북의 스님들이나 다들 자유로운 두발로 참선하는데 말입니다. 부처님이 달을 가리키면 잠자코 달을 바라봐야지, 그분의 풍성한 머리숱을 한 올 한 올 세다 보면 달이 아니라 해를 보지 않겠습니까?"

독고 선생의 조사에 따르면 국내에 형성된 불교 종파는 백여 개, 그러나 실태가 확인된 종단은 서른 개 미만에 불과했다. 그렇다고 나머지를 이단이나 사이비라고 규정할 수 없었다. 주로 삼는 경전 혹은 어떤 부처를 본존으로 모시느냐에 따라 나뉘고 갈리는 경우가 빈번했다. 물론 그중 극소수는 그럴싸한 교리 뒤에 숨어 요사스러운 문자를 설파할 터이다. 도치가 지난 경험에 비추어보자니 단현사는 그 극소수에 해당했다.

"그리 깊은 통찰을 소유하고 계시다니, 민 선생도 절밥을 좀 자신 모양입니다."

하지만 확실한 근거를 갖추기 전에는 섣불리 본색을 드러낼 수 없었다. 도치는 양손을 마주 겹치며 입에 침도 안 바르고 거짓말을 늘어놓았다.

"그럼요, 그럼요. 어머니의 너른 등에 업혀 처음 부처님을 뵀던 때가 어제 일 같습니다. 모름지기 우리 전국구 불자들은 종단, 종파 가리지 않고 절만 보면 예불을 올리고 싶은 게 인지상정 아닙니까. 참새가 방앗간을 지나치지 못하는 것처럼 말입니다. 단현사는 산사山寺라고 들었는데 위치가 정확히 어떻게……."

"몸 정성은 끝났습니다. 이만 일어나겠습니다."

태을이 싱긋 웃으며 말을 끊었다. 부드러운 목소리 한편에 단호한 울림이 실려있었다. 사찰 방문을 꺼린다는 점은 더 떠보지 않아도 알 수 있었다.

자리를 뜨는 승려들을 바라보며 도치는 앞머리를 비비 꼬았다. 단현사에 간다고 할 때마다 사람들은 하나같이 일관된 반응을 보이고 있다. 난항은 예상했지만 접근 자체가 차단되는 것은 계산 밖이었다. 무슨 민감한 사정이 있기에 이리 노골적으로 거부하는 것일까.

대체 어째서일까…….

3.

"어서 오십시오, 민 선생님. 제가 파출소장 임택수입니다."

훌쭉한 체격의 임택수 경위가 서글서글하게 인사했다.

"시국이 시국이라 저희 파출소가 조촐합니다. 그나저나 까만 정장이 참 잘 어울리십니다. 넥타이가 없는 게 외려 맵시가 나는군요."

죽해 파출소는 총 세 명이 근무하고 있었다. 원래 네 명의 직원과 두 명의 의경으로 구성된 체계였으나 일손 충원이 끊겼다는 것이 임택수의 설명이었다. 최근 대폭 증가한 집회 시위 때문에 기동대에 인력이 우선 배치되는 실정이라고 했다.

파출소 시설은 그럭저럭 잘 관리된 듯했지만 며칠 편히 쉴 만한 보금자리로는 영 성에 차지 않았다. 민도치의 입술이 삐죽대자 임택수 소장은 눈치를 살살 보더니 옆에 있던 강세훈 경장의 옆구리를 찔렀다.

"민 선생님, 여기가 이래도요."

강세훈 경장은 한동안 말을 고르다가 입을 열었다.

"의경 애들이 생활해서 있을 건 다 있습니다. 자, 저 정수기를 보십쇼. 당연히 식수입니다. 밤에 목말라서 끙끙 앓을 일은 없단 말이죠. 샤워도 걱정하실 거 없습니다. 찔끔찔끔하긴 해도 온수가 나오거든요. 물론 온도는 미지근하지만요. 뭐, 이 정도 날씨면 냉수마찰도 할 만하죠, 하하."

그래 놓고 강세훈은 춘추 점퍼의 옷깃을 여몄다. 따스하던 날씨는 어둠이 내려앉자 쌀랑해졌다. 민도치는 캐리어를 대충 집어 던지고서 임택수 소장에게 회식을 제안했다.

"하하, 그렇군요. 맞습니다. 손님도 오셨는데 축하연이라도 열어야죠. 그러면 여기서 간단하게 한잔합시다. 야, 김진……우 의경, 가서 씹을 것 좀 사 오게나."

이윽고 엄연한 근무지에서 시시덕거리는 소리와 함께 술잔이 오가기 시작했다. 주인공은 안중에도 없는 분위기였지만 도치의 관심사는 애초에 다른 곳에 머물러있었다. 그는 임택수 소장의 손목에 걸린 염주만 응시했다.

"소장님도 불자이십니까."

"제 입으로 불자라고 하긴 부끄럽습니다. 고작 몇 달 되지 않아서 말이죠. 이런 섬에 나앉으면 딱히 취미 삼을 게 없거든요. 집사람이나 애나 다 멀리 두고 온 처지라 적적하더군요. 여기가 낚시로 재미 볼 곳도 아니고 말입니다. 그렇다고 매번 배 타고 육지에서 통근할 수도 없는 노릇이지 않습니까."

"하하, 소장님 정도면 웬만한 주민보다 독실하죠. 민 선생님, 민 선생님, 내가 한 잔 따라줄게요. 우리 또래 같은데 친하게 지내자고요."

취기가 알알해진 강세훈이 소주병을 흔들었다. 도치는 검지를 휘젓고는 임택수 쪽으로 몸을 기울였다.

"소장님, 내일 오전 중에 단현사에 방문해볼 예정인데 위치가 어떻게 됩니까."

그 순간 왁자지껄한 소리가 뚝 끊겼다. 수다스럽던 임택수 소장도, 싹싹하게 웃던 강세훈 경장도, 구석에서 잡일을 하던 김진우 의경도 모두가 말을 잃어버렸다. 바늘 떨어지는 소리도 들릴 만치 고요한 정적이었다.

“아니, 아니, 구태여 절이 아니라도 상관없습니다.”

도치의 익살맞은 목소리가 금세 공백을 채웠다.

“제비와 꾀꼬리가 알랑거리매 굶주린 솔개가 비상하는 금수강산에 머무르니 등산 생각이 간절해서 말입니다. 아무래도 절이 있는 곳만큼 산 좋고 물 좋은 곳이 또 없지 않습니까? 혹여나 다른 괜찮은 코스가 있다면 추천 부탁드립니다.”

그러자 파출소장 이하 모두의 얼굴이 복원되었다. 그들은 마을을 감싸고 있는 뒷산 등을 친절하게 설명했다. 졸음을 참아가며 이야기를 듣고 있던 도치는 고개를 슬쩍 돌렸다. 김진우가 바람이라도 쐬려는지 밖으로 나가는 중이었다. 들썩이는 유리문이 고정되기 전에 도치가 따라나섰다.

“이거, 이거, 비흡연자라고 하시더니.”

김진우는 모퉁이에 수그려 앉아 담배를 피우고 있었다. 도치가 그 옆에 앉아 그의 담배에 불을 붙였다.

“진우 씨, 제주도 가봤습니까?”

“네? 아직 못 가봤는데, 왜 그러십니까?”

“김녕마을 어촌엔 잠수굿이라는 것이 있습니다. 수신에게 풍어를 기원하는 유서 깊은 의례지요. 한데 그 동네는 돼지고기에 굉장히 민감해하더군요. 돼지고기를 먹은 사람은 몸을 비렸다고 해서 잠수굿 참관을 제한한다는 겁니다. 제주도 일부 지역에선 쌀로 만든 음식을 먹는 신을 정결한 신, 돼지고기를 먹는 신은 부정한 신으로 구분한다죠. 돼지고기로 유명한 섬이 말입니다."

도치는 천진하게 웃으며 말을 이었다.

"비린 몸을 씻으려면 3일 내지는 7일간의 몸 정성이 필수라죠. 팥을 삶아 먹거나, 향나무를 삶은 물로 목욕한다거나, 옻나무를 우려낸 물로 세수한다거나, 이런 식의 정화 의례를 마친 사람만이 의례에 참여할 수 있답니다. 일만 팔천 신의 고향이라고 불리는 민속사회답게 부정 타는 걸 무서울 정도로 주의하더군요. 피를 목격한 사람은 응당 의례에서 제외되며 더러운 물건, 부패한 물건마저 죄다 내다 버릴 만큼 정결 유지에 열중한다는 겁니다."

"그렇습니까. 여기와 비슷하네요."

"한데 다른 점이 하나 있습니다."

"뭐가 말입니까."

"스님이 아니라 무당이 제를 주도한다는 점입니다."

도치는 담배 연기를 후 불었다. 고양이 같은 눈매가 슬그머니 올라갔다.

"불교야 원체 넉살 좋은 종교로 유명하지요. 예부터 산신각이니 삼성각이니 해서 불교 외의 신을 모시고 하지 않았습니까. 스님들이 마을의 길흉사를 주관하며 동제를 담당하는 지역도 꽤 있고요. 하지만.”

그의 목소리가 문득 내리깔렸다.

“이렇게까지 무속의 색채가 짙게 밴 절은 난생처음 보는군요. 스님이 아니라 무당의 향기가 솔솔 풍겨서 말입니다. 혹시 스님들이 수맥을 차단해준답시고 부적을 강매하거나 이러진 않습니까.”

“글쎄요. 제가 그거까지는 잘 모르겠습니다.”

“그러하면, 단현사에 못 가게 하는 이유가 따로 있습니까?”

김진우는 입술을 오므렸지만 못내 말을 꺼냈다.

“저도 민 선생님이 대단하신 분이란 얘기는 어깨너머로 들었습니다. 그런데 지금 드리는 말씀은 불쾌할 겁니다.”

“괜찮으니 풀어나 보시죠. 절에 무슨 일이 있었습니까?”

“7개월 전에 단현사의 주지 스님이 입적하셨습니다. 금선 스님이라고요. 사람들 존경을 한 몸에 받으셨던 분이니 동네 분위기는 침울할 수밖에 없습니다. 스님들은 더 예민하실 테고요.”

“주지 스님의 사망 탓에 민감해진 스님들과 주민들이 외지인을 경계한다는 겁니까? 일곱 달이 넘도록?”

김진우는 새 담배에 불을 붙인 뒤 말머리를 돌렸다.

“민 선생님, 혹시 즉신성불卽身成佛이라고 들어보셨습니까.”

“즉신성불? 현생에서 부처가 되는 거? 밀교의 성불론 아닙니까.”

“선생님, 밀교라니요.”

김진우는 발끈하며 도치를 쏘아보았다.

"저희 할머니도 단현사에 다닙니다. 우리 가족이 이상한 종교의 신도라는 겁니까?"

"아이고, 뭘 또 그리 죽일 것같이 달려드시나? 밀교가 무협지에 나오는 양 거무죽죽한 어둠의 사파가 아닙니다. 이미지와 다르게 밀교의 출발은 개방과 혁신에서 비롯됐습니다. 기존 불교의 고리타분한 교리에 진저리난 수행자들이 밀교 창건의 기조가 됐다는 겁니다. 밀교만큼 진보적인 종교가 또 없죠. 근래 들어선 현밀 구분 없이 대중불교로 퉁 쳐서 보는 경향이 있고요. 이단이나 사이비가 아니란 말씀입니다."

"그렇습니까. 그건 몰랐습니다. 역시 민 선생님은 해박하시네요."

아는 분야가 나오자, 또 김진우가 넌지시 감탄하자 도치는 그새 소임을 까먹고 우쭐대며 주절거렸다.

"현교에선 성불하기까지 삼겁三劫의 시간이 필요하다지 않습니까. 반면 밀교에선 겁劫을 시간이 아닌 번뇌로 해석합니다. 1년이든 1일이든 번뇌를 떨치는 순간 성불에 이를 수 있다는 게 즉신성불 이론이죠. 현교의 삼겁성불이 일 원 단위까지 꼼꼼히 계산해 동전을 내놓는 아날로그 방식이라면, 밀교의 즉신성불은 하이패스와 같습니다. 오, 아날로그와 하이패스. 이 비유 제법 재치 있지 않았습니까?"

도치가 저 혼자 뿌듯해하며 촐싹대는 동안에도 김진우의 딱딱한 낯빛은 풀릴 기미가 없었다.

“그럼 민 선생님…… 돌아가신 스님을 미라처럼 보존하는 사례에 대해서도 아십니까.”

“알다마다. 일부 종파는 즉신성불을 독자적으로 해석해 육신 그대로 부처가 되고자 했습니다. 곡식을 끊고 나무껍질과 열매만 식음하는 목식행木食行을 거쳐 최소한의 수분만 체내에 공급해 미라화를 실현했다죠. 뭐, 이것도 한참 옛날얘기인 데다 고승 중에서도 극히 일부만이…….”

막힘없이 재잘대던 도치는 눈을 휘둥그레 떴다.

“이제 아시겠죠? 스님들은 보여주고 싶지 않은 겁니다. 하루에도 많은 사람이 금선 스님 앞에서 울고불고하는 모습을요.”

“그러니까 그 말은…….”

“금선 스님은 즉신불이 되셨습니다. 그래서 사람들이 찾아뵙고 인사를 드릴 수 있는 겁니다.”

도치의 손이 파르르 떨렸다. 반쯤 태워진 담배가 구두 위로 떨어지더니 바닥에 굴러다녔다.

“이상하죠? 저도 이해합니다.”

김진우가 납덩이라도 씹은 얼굴로 말했다.

“말씀드려봤자 놀라실 것 같아서 가만히 있었습니다. 저도 처음엔 시신을 그렇게 안치한다는 게 꺼림칙했으니까요. 그런데 지금 보면 금선 스님이 얼마나 수행을 열심히 하셨는지 알겠더라고요. 선뜻 이해가 안 되시겠지만 너무 이상하게는 보지 말아 주십시오."

"그, 그래도 시신인데……."

"금선 스님의 시신은 전혀 부패하지 않았습니다. 물론 우리 같은 사람들이 함부로 눈을 마주칠 순 없지만요. 그래도 저번에 언뜻 얼굴을 뵀는데 평온하게 계시더라고요. 불심이 깊으셨던 분이니 보통 사람과는 다른 구석이 있겠죠. 산 사람보다 생생하게 계십니다."

"산 사람보다 생생하다고? 일곱 달이나 지났는데……?"

도치는 눈을 감고 맥락을 따져보았다. 극단의 밀교 종파가 토속화되었다면 단현사 같은 묘한 결과물이 탄생할 수도 있다. 그들이 계승 중인 즉신불 역시 하나의 수행법이며 이론상 불가능한 일이 아니다. 기괴할지언정 이 흐름까지는 어떻게든 받아들일 수 있다.

그러나 시신은 시신이다. 시랍이나 미라도 매한가지, 일정 수준의 변형과 변색은 피할 수 없다. 이 영역은 자연스러운 형태일수록 부자연스럽다. 즉신불은 차치하더라도 '산 사람보다 생생하다'라는 말은 이치에 맞지 않았다. 김진우가 환각에라도 빠지지 않는 한 쉬이 이해할 수 없는 현상이었다.

"민 선생님 같은 서울분이 놀라시는 것도 당연하죠. 그걸 뭐라고 할 생각은 없습니다. 아무튼 금선 스님의 육신은 성한 상태로 보존되고 계세요. 올해 농사는 잘될 겁니다. 부처님과 용왕님뿐만 아니라 금선 스님까지 우리 동네를 지켜주시니까요."

죽해리 주민들은 산신과 용왕, 부처에 이어 금선이라는 승려까지 절대자로 숭배하는 듯했다. 작년 재작년의 흉년이 몹시도 끔찍했기에 그렇게라도 기도하고 싶은 모양이었다. 민도치는 쓴웃음을 지었다. 죽해리에 온 목적을 새삼 상기할 수 있었다. 이 섬은 풍속신앙체라는 이역이었다.

"어? 왜 저러시지?"

파출소의 유리문이 세차게 열리며 강세훈 경장이 뛰쳐나왔다. 뒤따라 나온 임택수 소장까지 출동 태세를 갖추고 있었다. 알싸한 예감에 도치가 물었다.

"소장님, 무슨 일 있습니까?"

"그, 그게 말입니다. 나릿놀에서 웬 변사체가 하나 나왔다고……."

4.

오후 열 시경 임택수 소장을 위시한 파출소 인력이 나릿놀마을의 현장에 도착했다. 망가진 농수로에 널브러져 있는 변사체를 본 순간 그들의 몸은 일제히 굳어버렸다. 복숭아뼈에 닿을 수심의 물은 검붉게 번져있었다. 사건 여부로 고민할 필요는 없었다. 명백한 살인이었다.

한편 얼떨결에 경찰과 동행한 민도치는 곧바로 현장에 뛰어들지 않았다. 순찰차의 상향등 빛살이 드리운 콘크리트 길을 면밀하게 살필 뿐이었다. 칼부림이 일어난 것이 유력한데도 맨눈으로 탐지하건대 길바닥에서 혈흔은 보이지 않는다. 범인은 미리 준비한 물과 소독제로 온몸을 헹군 뒤 도주했을 것이다. 이 딱딱한 지반이나 구정물이 고인 질퍽한 농수로나 족적을 포착하기는 요원할 터였다.

도치는 구두를 벗고 농수로에 발을 담갔다. 숨을 가다듬으며 경관들이 몰려있는 곳으로 천천히 걸어 나갔다. 찰박찰박 울리는 물소리 사이로 강세훈 경장의 목소리가 들려왔다.

"피해자는 나릿놀 정승배 이장님이십니다. 어쩌다 이런 봉변을……. 민 선생님은 안 보는 게 좋을 거예요. 저건……."

도치는 터럭만치도 개의치 않고 강세훈의 손전등을 뺏다시피 가로챘다.

"괜찮습니다. 저도 가혹한 광경은 간간이 봐왔습니다. 선생님들도 경황이 없으실 텐데 제가 한번……."

그러나 민도치의 눈도 질끈 감기고 말았다. 모진 풍파를 겪으며 심신이 단련된, 피에 면역이 생긴 그마저 이런 참상은 처음이었다.

피범벅이 된 시체는 가슴께부터 배꼽 아래까지 절개되어 석류처럼 갈라져 있었다. 그리고 간, 췌장, 창자 등 내장 기관이 전부 사라진 상태였다. 말 그대로 배 속이 텅 비어있었다. 살가죽 밖으로 나온 갈비뼈가 손전등의 빛을 되받아쳤다.

도치는 기겁하면서도 손수건으로 코를 틀어막고 시체 옆에 수그려 앉았다. 한쪽 무릎이 차가운 물에 닿았지만 냉기를 느낄 새는 없었다.

"필시 목을 조른 뒤에 배를 갈랐을 겁니다."

도치가 누구에게랄 것도 없이 말했다. 정승배 이장의 목에는 끈 자국이 새겨져있었다.

"밧줄이나 노끈 같은 것으로 목을 조른 듯하군요. 두부와 안면에 외상이 없는 것으로 봐서 사인은 질식일 터이고, 피의 양으로 살펴보건대 현장은 이 농수로가 틀림없습니다. 한데……."

어째서 장기를 모조리 적출해 가져갔을까. 차라리 범인은 교살과 해체만 담당했을 뿐, 마무리는 들짐승의 식육이라고 믿고 싶은 지경이었다. 다만 그렇다면 길바닥 어딘가에 혈흔이 남았을 텐데 자취가 인멸된 것이 상당히 인위적이었다. 인간이 개입한 살해 및 사체 훼손, 아울러 절도라고 보는 편이 옳을 것이다. 하나부터 열까지 사람의 소행일진대 야수나 지닐 법한 살기가 뼛속까지 파고들었다. 누군가 시체를 난자하는 살풍경이 떠오르자 도치는 거듭 흠칫할 수밖에 없었다.

"누구, 의사 선생 좀 불러주시겠습니까? 촉탁의 한 명쯤은 있을 것 아닙니까?"

도치는 서둘러 마음을 다잡으며 경관들을 닦달했다. 검시관을 포함한 수사반이 섬에 입도하려면 적잖은 시간이 걸릴 터, 그때까지 할 수 있는 일을 최대한 성실히 수행해 초동수사에 보탬이 되어야 했다.

밤하늘을 희끗희끗 분칠하며 흘러가던 별 무리도 숨죽인 채 지상을 내려다보고 있었다. 일대에 몰아치는 칼바람이 부스스한 머리칼을 엉망으로 만들어놓을 즈음 한 줄기 막연한 촉이 첩첩한 의문을 가로질렀다. 도치는 물살을 헤치며 일어서고는 임택수를 쳐다보았다.

"소장님, 박 씨 어르신께도 알려야 하지 않습니까?"

"예? 아……. 그, 그건 그런데……."

"그렇지 않습니까? 한창 심란하실 때라는 건 알지만 흉사가 흉사이니만큼 최고 어르신에게는 알려야 합니다. 한시가 급합니다."

"아, 알겠습니다."

임택수는 주섬주섬 업무용 핸드폰을 꺼내 폴더를 열었지만,

"아뇨, 소장님."

도치가 손을 뻗어 저지했다.

"직접 찾아봬서 이르는 것이 경우라고 생각합니다. 전화로 전해 들으시면 충격이 배가 되지 않겠습니까. 어르신 댁이라면 바

로 저 앞인데 걸어서 고작 십오 분 남짓이고요. 그 안에 우리도 마음을 추슬러서 침착하게 전달해드려야지요.”

굳이 그렇게까지 할 필요가 있나. 그런 생각은 당혹감 앞에 지워졌다. 임택수는 무심코 고개를 끄덕였고 도치는 김진우를 가리켰다.

“진우 씨가 하면 좋겠습니다. 진우 씨, 어르신 놀라지 않도록 조곤조곤 잘 말씀해주십시오.”

그러더니 그에게 다가가 입을 가리고 소곤거렸다.

“어르신 댁 가는 김에 삽살개들 잘 묶여있는지도 봐주시죠. 부탁드립니다.”

이윽고 나릿놀마을에서 의원을 운영하는 김영태 원장이 자다 깬 얼굴로 나타났다. 그는 수면 위의 시체를 보고 화들짝 놀랐지만 “쯧쯧, 이거 올해 산신제는 물 건너갔군. 전대미문의 부정이 묻어버렸어.” 하고 푸념하며 냉정하게 검사를 실시했다.

“원장님, 목을 조른 흉기는 그렇다 치고 배는 뭐로 갈랐을까요? 절개선을 보아하니 낫이나 톱은 아닐진대 예리한 칼을 썼을까요? 부검을 해봐야 안다는 말씀은 제쳐두셔도 됩니다.”

도치가 김영태 원장 옆에 수그려 앉아 재촉했다. 김영태는 그를 빤히 쳐다보고는 이내 입을 열었다.

“눈썰미가 좋구먼. 절개선은 곧고 깔끔한데 내부는 다 작살났어. 날 길이가 최소 이십 센티 이상 되는 날붙이를 썼을 거야. 사시미 칼처럼 날카로운 거 말이야.”

회칼이라면 도검법에 저촉될 리 없으니 누구라도 용이하게 휴대할 수 있다.

“사시미 칼이라, 그러하다면 여자도 범행이 가능하겠군요.”

“여자면 힘이 좀 달리겠지만 뭐, 더 긴 걸 쓰면 안 될 것도 없지. 그건 그렇고 무지막지하구먼. 심장이랑 폐만 빼고 다 쓸어갔잖아. 일에 순서가 없고 처리도 너무 거칠어. 아무 지식 없는 사람이 무턱대고 쑤신 거야. 그런데 이상하군. 이건 혹시…….”

김영태는 잠깐 주저한 뒤 말을 꺼냈다.

“나중에 칼을 갖다 댔다고 보기엔 피가 너무 많이 흘렀어. 물에 고인 것만 봐도 몹시 과한 수준이지. 그렇지 않나?”

“그 말씀은?”

“속단하긴 이르지만…… 어쩌면 살아있을 때 배를 갈랐을지도 모르겠군.”

도치는 그만 엉덩방아를 찧고 말았다. 범인은 피해자의 사망 여부도 확인하지 않고 난도질부터 했다는 말인가.

“사, 사망 경과 시간은 어찌 됩니까?”

“글쎄, 찬물에 잠겨있었으니 잘라 말하기 힘들군. 속에 남아있는 게 없어서 부검의도 애를 먹겠어. 개인적인 소견을 말하자면 세 시간 정도 지났으려나?”

“세 시간 전이라면 대략 일곱 시……. 아니, 아니다. 그보다 이른 시간이다."

도치는 벌떡 일어섰다. 그러고는 뒷짐을 지고 농수로를 배회하며 중얼거렸다.

"일곱 시면 이미 컴컴했을 때인데 배를 가르고 장기를 적출해 남김없이 가져가는 것은 수월하지 않습니다. 오늘 일몰이 대강 여섯 시 반이었으니 범인은 늦어도 그 전에 일을 마치고 도주했을 것입니다."

"꼭 수사반장이라도 보는 것 같군. 어두울 때 그랬으면 랜턴을 썼을 수도 있지."

김영태가 픽 웃으며 빈정거리자 도치는 걸음을 멈추고 그를 돌아보았다.

"예, 옳습니다. 그럴 수도 있죠. 원장님 의견도 새겨둘 만합니다. 그럼 전문가의 의견을 구해보겠습니다. 고도로 숙련된 외과 전문의라도 한 손에 랜턴을 들고 한 손으로 시신을 해부할 수는 없습니다. 맞습니까?"

"뭐? 그, 그렇지. 무식하게 자르고 뜯는 거라고 해도 그건 힘들겠지. 그냥 해본 말이니 신경 쓸 건……."

"배터리를 이용한 스탠드를 대동했을 수도 있죠. 헤드램프를 머리에 둘렀을 수도 있습니다. 하지만 조명이 거의 없는 시골인데 칠야에 빛줄기가 넘실대면 엄청나게 눈에 띄지 않겠습니까? 그랬으면 진작 누군가 목격하지 않았겠습니까? 발자국은커녕 핏

방울 하나 유류하지 않은 지능적인 범인이, 그런 위험부담을 불사했다고 보는 것이 이치에 맞는다고 보십니까?"

"알았네, 알았어. 자네 말이 맞아. 내가 실수했네."

"그나저나 정 이장님한테 원한을 품을 이는 따로 없는지요."

김영태는 턱을 쓰다듬었다.

"아예 없다고는 못 하겠지. 사람 일은 모르는 법이니까. 그래도 내가 봤을 때 누가 살의를 품을 정도로 막돼먹은 사람은 아니었어. 시신이 훼손될 만큼 미움 사는 양반은 더더욱 아니었고."

"그럼 설마……."

"왜? 또 무슨 고견이라도 있나?"

"아, 아닙니다. 애쓰셨습니다."

어떠한 증거도 발견되지 않았다. 심지어 정황조차 파악하지 못했다. 그런데도 민도치의 감은 끊임없이 요동쳤다.

어디에나 있을 법한 사무치는 원한에 의한 범죄는 아닐 것이다. 그리 안이하게 넘겨짚기엔 범인의 행보가 심히 과감하고 엽기적이다. 수법이 투박하고 불결한 것이 장기 매매를 위한 살인이라고 볼 수도 없다. 이런 번거로운 방식을 고수한 까닭은 대체 뭐란 말인가. 도치는 이형의 전율을 느끼며 고즈넉한 마을을 둘러보았다.

풍속신앙체에서 일어난 범죄, 그것도 이렇게나 잔혹한 사건이라면 결단코 평범한 동기로 자행되지 않았으리라. 세속의 통념으로 미루어 짐작할 수 없는 섬뜩한 음모가 도사리는 것은 아닐까. 피해자의 목을 조른 행위 역시 심오한 의도가 숨어있을지도 모른다. 후두부 가격보다는 경부를 압박하는 편이 실신으로 끝날 확률이 훨씬 높다. 만일 범인의 목표가 '산 사람의 장기'였다면…….

"밤중에 무슨 소란인가."

높은 곳에서 농수로를 굽어보며 말한 사람은 박한기였다. 어지러이 펄럭이는 모시옷 자락 뒤로 그의 딸 박수인이 서있었다.

경관들은 언덕으로 올라가 끔찍한 광경을 가리려고 바둥거렸다. 그러나 박 씨 부녀는 그들을 뿌리치고 현장에 시선을 던졌다. 부녀는 일순 동요했으나 금세 태연함을 되찾았다. 아버지 못지않게 냉철한 박수인을 보니 이 가문은 태생적으로 그릇이 타고난 모양이었다.

"그렇군."

임택수에게 사정을 건너 듣고서 박한기는 침울한 얼굴로 합장했다. 엄숙한 분위기 속에서 김진우가 도치의 귓가에 속삭였다.

"민 선생님, 개들은 잘 묶여있었습니다."

"핏자국 같은 것도 없었고?"

"네? 그런 건 못 봤는데요? 그건 왜요?"

도치는 대답 없이 셔츠 목 부분의 단추를 하나 풀었다. 호흡이 한결 원활해지자 숨을 고르며 박한기에게 걸어갔다.

"실례합니다, 어르신. 낮에 인사드렸던 민 아무개입니다. 먼저 이런 사달이 일어나 유감입니다. 비통한 때이지만 한시바삐 망인의 한을 달래기 위해서라도 속히 경위를 파악하고자 합니다."

박한기와 민도치 사이에서 임택수가 안절부절못하며 갈팡거렸다. 도치는 아랑곳없이 말했다.

"아까 어르신 댁에 따님과 스님 두 분, 우름곶마을 주민 두 분이 있었습니다. 피해자 나릿놀마을 정승배 이장님 역시 함께 자리했습니다. 제가 밖에 나온 오후 두 시 무렵을 넘어까지 다들 같이 계셨던 것으로 사료됩니다. 이후 정 이장님의 행방에 대해 아시는 바가 있다면 귀한 말씀 부탁드리겠습니다."

"정 이장님은 네 시 지나 집에서 떠나셨습니다."

아버지 대신 박수인이 말했다. 꽃샘의 추위처럼 냉온이 교차하는 목소리였다.

"간소하게 술자리를 가지며 담소를 나눴죠. 돌신제에 관한 이야기가 주된 화제였고요. 얘기가 조금 길어졌는데요. 정 이장님뿐만 아니라 다른 손님들도 그때쯤 떠나셨습니다."

"말씀 고맙습니다. 이후로 수인 씨는 아버님과 계속 자택에 머무르셨습니까."

박수인은 돌연 눈썹을 치켜세웠다.

"조금 이상하군요. 민 선생님은 경찰도 아니잖아요. 지금 취조라도 하겠다는 건가요?"

어느덧 달이 차오르며 은하수의 물결은 격류에 휩쓸려 나간 듯 투명해졌다. 휘황한 달빛은 박수인의 얼굴에 드리운 가면 같은 음영을 걷어냈다. 그녀의 민낯에는 독기가 잔뜩 맺혀있었다.

"아닙니다, 아닙니다. 제가 그럴 권한은 없죠."

도치는 손을 휘휘 저으며 한 발짝 물러서면서도 말을 이었다.

"이 동네 경관님들이 공사다망하신지라 기필코 조력하고 싶은 욕심에 그만 본분을 잊고 말았습니다. 무례와 월권은 마땅히 바로잡겠으나, 이에 앞서 부디 뜻을 보태주셨으면 하는 바람입니다."

"아버지와 저는 오늘 내내 집에 있었습니다. 큰 행사를 앞두고 굳이 나다니고 싶지 않아서요. 됐나요?"

"화답은 감사한데 그 말씀을, 아버님과 수인 씨 두 분 외에 보증할 수 있는 분이 혹시 또 계십니까?"

박수인은 민도치를 표독스레 노려볼 뿐이었다. 도치도 그 눈빛을 기꺼이 받아들였다. 두 쌍의 눈동자가 열을 내며 부딪치자 도사 수염의 노신사가 끼어들었다.

"고인 앞에서 드잡이나 하고 있을 셈인가. 얘기는 찬찬히 나누도록 하지."

박한기의 어투는 나직했지만 좌우를 휘어잡는 위엄이 있었다. 두 남녀가 공방을 거두며 삽시에 정세가 누그러지니 박한기도 비로소 눈에 힘을 풀었다.

"민 군도 담이 참 크구먼. 어째 민속학 공부보다 큰일을 하신다는 풍문이 돌더라니, 과연 허튼소리가 아니었나 보군."

"아니요, 그저 떠돌이 한량에 불과합니다. 단지 방방곡곡을 누비다 보니 별의별 광경을 많이 구경한 것뿐입니다. 한데 어르신, 본인의 하찮은 경험을 토대로 강변하건대 이런 흉사는 단발성에 그치지 않을 공산이 매우 큽니다. 애도도 애도지만 일각이라도 빨리 결착을 봐야 할 것입니다."

섬에 방문한 목적은 하루도 되지 않아 망각 속에 묻혀버렸다. 민도치의 모든 촉각은 살인사건에 쏠려있었다.

*

공동체 단위의 의례에 처음 참관했던 기억을 몇 년이 지난 지금도 잊을 수 없다. 피가 튀는 호러 영화를 숱하게 감상했음에도 돼지의 멱을 따는 장면을 실제로 보았을 때의 충격은 어마어마했다. 돼지들의 외마디 비명 때문이 아니었다. 세수하듯, 양치라도 하듯 시퍼런 칼을 들이미는 사람의 행동에 경악했다.

당시 설상가상으로 소화불량이 겹쳐 나는 의례 중에 앓아눕는 실례를 범했다. 병든 닭같이 비실대는 내가 딱해 보였는지 친절한 주민 한 분이 특효약이라며 누런 물이 담긴 페트병을 건네주었다. 나는 그것으로 목을 축이고서야 어떤 약인지 물을 수 있었다. 돌아온 대답은 황당하기 그지없었다.

"양귀비로 담근 술인데 소화제론 이만한 게 없어. 약국 가서 이것저것 타봤자 다 허사라니까. 어때? 좀 괜찮아졌지? 더 줄까?"

그 농촌은 일부 농민이 맥주 박스만 한 양귀비밭을 가꾸고 있었다. 양귀비 술은 동네에서 으뜸가는 만병통치약이었다.

위법에 대한 최소한의 경각심도 보이지 않았고, 심지어 그 자리에 있었던 파출소장님마저 양귀비 술의 효험을 찬양했다. 외딴 시골도 아닌 경기도의 한 농촌에서 겪었던 일이다.

하지만 괴괴하기만 한 경험은 아니었다. 오히려 뿌듯함을 느낀 순간이었다. 이 기막힌 호의는 주민들이 이방인에게 마음을 열었다는 방증이기 때문이다.

현지 및 현장 조사에서 제일 난항은 지역민의 환심을 사는 것이다. 어떤 신비로운 민속을 체험하든 그 마을에 완벽하게 동화되지 않으면 보고서는 앙꼬 없는 찐빵이 되어버린다. 조사자의 개인적 해석이 남발하니 영혼 없는 자료가 되는 셈이다. 자료가 전문성과 독자성, 그리고 역사성을 갖추려면 생생한 미사여구가 필요하다.

그러므로 우리는 현지 주민의 마음을 녹이기 위해 오만가지 잡일을 도맡고는 했다. 장담하는데 민속학과생이 농활에 이골이 난 학생보다 더 농사일로 잔뼈가 굵었을 것이다. 엔간한 영업사원보다 친절한 미소를 가졌을 것이다. 우리의 몸과 마음은 늘 철저하게 무장되어 있다.

그런데 죽해리에서의 일정은 시작부터 암초에 부딪혔다. 지금까지 그다지 신경 쓰지 않았던, 기본으로 동반되었기에 인지하지 못했던 중대한 문제가 수면 위로 떠올랐다.

아무리 외딴 시골이라도 차를 타고 조금만 나가면 여인숙은 어렵지 않게 찾을 수 있다. 바다와 맞닿은 섬이라면 민박집이 하나쯤은 있기 마련이다. 하지만 이 섬은 숙박 시설이 전혀 보이지 않는다. 마을회관에 찾아가 추계답사니 개괄조사니 둘러대며 신세를 져보려 했지만 단칼에 거절당했다.

그렇다면 남은 선택지는 두 가지뿐이다. 배를 타고 육지와 섬을 오가거나, 호의적인 주민을 만나 잡일을 돕는 조건으로 그들의 집에 체류하거나. 당연히 효율적인 수단부터 고려해야겠지. 윤지와 나는 몸으로 부딪쳐보기로 했다.

시원한 바람이 뺨을 식히는 가운데 따가운 눈빛이 전신을 찔러댔다. 대놓고 노려보는 주민들의 태도에서 경계심을 넘어 적대심이 느껴진다. 최대한 입매를 끌어 올리며 정중한 인사를 건네보았지만 어림도 없었다.

과도한 반감도 이제는 웃어넘길 수 있다. 일부 시골 주민은 오롯이 자기들의 힘으로 황무지를 개척했다고 믿고 있다. 그들이 오랫동안 비지땀 흘려 가꾼 터를 이방인이 공짜로 밟고 있으니 불쾌해할 만도 하다.

그나마 부드러운 인상의 남자를 본 것은 죽해 1구의 논두렁길에서였다. 나는 너스레를 떨며 미리 준비한 이야기를 꺼냈다.

"안녕하세요. 저희는 민속학과에서 공부하러 나왔습니다. 시골 여기저기를 돌면서 농민분들의 고충을 공감하자는 취지로 답사하는 중이죠. 농번기가 아니라도 잡일은 늘 넘쳐나잖아요? 집안일도 그렇고요. 여기, 준비된 일꾼이 둘이나 있습니다. 일당은 자그마치 빵원입니다."

남자는 대꾸가 없었다. 윤지의 몸을 위아래로 훑어볼 뿐이었다. 내가 헛기침하며 눈치를 줘도 노골적인 눈빛은 꺾이지 않았다. 그렇다고 언성을 높이면 우리만 불리해진다. 나는 내색 없이 웃어 보였다.

"그럼 실례했습니다. 안녕히 계……."

말이 그만 끊어졌다. 윤지도 흠칫 몸서리쳤다. 바람이 스치자 남자의 덥수룩한 머리가 휘날리며 관자놀이 부분이 드러났다. 남자는 한쪽 귀가 없었다. 아니, 반대편을 못 보았으니 한쪽만 없는지는 모른다. 선천적 장애라기보다는 잘려 나간 모양새였다.

남자는 윤지를 눈여겨보는 데 혼이 팔렸는지 내 시선을 알아채지 못하고 있었다. 나는 허리를 꾸벅 숙인 후 윤지를 데리고 도망치듯 자리를 떴다. 우리는 한풀 꺾인 채 시골길을 하염없이 걸었다.

"오빠, 아까 있잖아. 그 아저씨 귀……."

긴 침묵 끝에 윤지가 입을 열었다. 해맑던 얼굴이 살짝 질려있었다. 나는 그녀의 정수리를 짓궂게 쓰다듬었다.

"너도 진짜 둔하다. 이럴 땐 귀때기가 아니라 눈깔을 신경 써야 하는 거 아니야? 무슨 사고라도 당했나 보지. 농기계 중에도 위험한 건 있을 거 아냐."

"그렇지?"

사실은 나도 불안에 사로잡혀 있었다. 제물로 봉납되는 동물이 죽어 나가는 살풍경을 여러 번 목격했음에도 그에 한참 미치지 못하는 장면에 소름이 돋은 것은 왜일까. 그 객체가 인간이어서일까. 나는 억지로 웃으며 가라앉은 분위기를 띄웠다.

"자자, 힘내고 얼굴 피자. 가뜩이나 못생긴 네 얼굴 더 찌그러지겠다. 여기서 배 타고 왔다 갔다 할 순 없잖아."

그러나 몇 번을 돌아다니고 사정해도 수확은 없었다. 맨발로 뛰어다니며 담배를 구걸하는 이상한 아줌마, 술에 절어 쌍욕을 내뱉는 할아버지를 피해 종종걸음이나 쳤을 뿐이다. 하다못해 순찰하는 젊은 경찰관도 못마땅하다는 듯 우리를 흘겨댔다.

평범한 사람이 이런 일을 겪었다면 진작 도망쳤을 것이다. 우리가 우월하다는 뜻이 아니다. 우리의 염치없을 만큼 꿋꿋한 정신력도 다 경험으로 단련되었다.

하지만 혈기 넘치는 우리도 이즈음 되면 초조해진다. 눈을 따갑게 했던 붉은 석양빛이 어느덧 잦아들며 어스름이 몰려들고 있었다. 무모한 계획임은 잘 알고 있었지만 막상 현실이 되니 맥이 빠졌다.

기적은 포기하고 있을 때 찾아왔다. 지성이면 감천이라고 했던가. 마지막이다, 하는 심정으로 시도한 끝에 선뜻 허락해주신 분이 계셨다. 죽해 2구에 홀로 거주하는 아주머니는 꽤나 적적했는지 우리를 환영해주었다.

"학생들이 고생이 많네. 밥은 먹었고?"

상냥한 목소리가 에는 마음을 치유한다. 고난 끝에 성취를 이루면 아직도 눈물이 고일 때가 있다. 그것만으로 성은을 입었다고 할 수 있을 텐데 아주머니는 손수 밥상까지 차려주셨다. 이렇게 맛있는

된장국은 정말 오랜만이다.

우리는 아주머니를 '어머님'이라고 부르기로 했다. 그녀에게 정감이 간 이유는 윤지도 나도 일찍이 어머니를 여의었기 때문일 것이다. 우리 엄마가 살아있었다면 딱 이런 모습이겠지.

어머님에게 섬의 사정을 자세히 듣게 된 것은 다음 날 아침이었다. 어머님의 모친이 해녀였다는 이야기를 듣고서야 우리가 해안가에 있다는 사실을 새삼 깨달았다. 어디를 가도 평야와 산밖에 보이지 않는 동네라 '어업'이라는 단어가 굉장히 생소하게 느껴진다.

"다금바리부터 이것저것 많이 잡혔는데, 그때도 어업만 하는 사람 비율은 삼 할밖에 안 됐어. 나릿놀은 옛날부터 벼농사를 주업으로 했고, 우리 우름곶 사람이나 물고기를 잡았지."

어머님의 가계가 농업으로 업종을 변경한 것은 급감한 어업량 때문이었다. 예전에 이 근처 해역에서 대형 선박끼리 충돌해 대량의 기름이 방류된 적이 있다고 하는데, 그 사고가 해양 생태계에 장기간 악영향을 끼치는 것 같다.

죽해리의 토지 대부분을 소유하고 있는 대지주는 죽해 1구의 박한기 어르신이라고 한다. 농지개혁이 이루어지고 소작농은 사라졌다지만, 지주와 농지 임차인의 신분 예속적 주종관계는 여전히 만연하다고 알고 있다. 임대료 말고도 이런저런 재물을 갖다 바치는 관행이 암암리에 퍼져있을 것이다.

그러나 어머님에 따르면, 박 씨 어르신은 임차인에게 무리한 요구를 한 적이 단 한 번도 없다고 한다. 오히려 수확이 시원치 않을 때면 임대료를 면제해주는 대천사 같은 아량을 베푼다는 거다! 그것뿐만 아니라 앞길이 막막한 사람의 새 출발을 원조하고 독거노인에 고아까지 물심양면으로 구호하는 멋진 분이시란다. 이 노신사의 그릇 덕에 주민들은 별 어려움 없이 생업을 꾸려나가는 것으로 보인다.

그런데 박 씨 어르신을 언급할 때마다 어머님의 눈가가 촉촉해졌다. 어째서인지 유독 말씀이 많으셨다.

윤지는 내심 궁금한 얼굴이었지만 나는 눈빛으로 그녀를 제지했다. 어머님의 사생활까지는 자세히 알고 싶지 않았다. 이대로 귀인으로 남아 내 기억 속에서 영원히 살아가셨으면 했다.

"원래 섬사람들이 좀 거칠다. 누가 뭐라고 하면 서울에서 온 내 조카들이라고 해라. 신 씨 아줌마라고 하면 해를 끼치진 않을 게야. 그렇다고 나릿놀까지는 올라가지 말고. 여기는 동네끼리 웬수지간이야."

죽해 1구 나릿놀마을과 우리가 머무는 2구 우름곶마을. 이 섬은 양단으로 갈려있다. 철천지원수처럼 두 마을 사이의 골은 매우 깊었다.

"왜 그런지는 아줌마도 몰라. 어렸을 때부터 습관처럼 몸에 밴 거야. 한때는 두 동네 사람끼리 매일같이 싸워대는데, 무서울 정도였어. 물론 요즘 들어선 옛날처럼 말도 안 섞는다거나, 눈만 마주쳐도 치고받는다거나 하는 건 거의 없어졌지. 그래도 두 동네 사람 간의 결혼은 여전히 꿈도 못 꾼단다."

이 기이한 관습을 굳이 교차 검증할 필요는 없었다. 윤지와 둘이 산책을 나온 아침에도 몇몇 아저씨가 밭둑에 모여앉아 나릿놀마을을 험담하고 있었다.

어디를 가도 구성원 간의 충돌은 존재한다. 지역감정, 분양 주민과 임대 주민의 갈등은 도심에서도 쉽게 접할 수 있는 일이다. 하지만 죽해리처럼 극단적인 사례는 내 평생 들어본 적이 없다. 게다가 두 마을의 불화를 제어하는 존재가 스님들이라니. 이건 특수하다고 볼 수 없나? 하긴 「전설의 고향」만 해도 지나가는 스님이 한 마을의 재액을 해결했다는 에피소드를 많이 우려먹었지.

"아, 생각났어! 맞아, 그거야."

소똥 냄새에 면역이 생길 무렵 윤지가 갑자기 손뼉을 짝 치며 말했다.

"이거 완전 제주도 본풀이랑 판박이잖아. 백주또, 멍동소천국……. 아아, 그것보다는 지산국, 고산국 얘기가 딱이겠다."

"뭐? 그건 또 뭔데?"

"으이구, 바보. 그새 까먹었어? 군대 갔다 오더니 완전 맛이 가버렸네."

머리를 긁적이는 나를 쏘아보며 윤지는 혀를 찼다. 무척이나 한심하다는 듯 눈살을 찌푸리고 있다. 마치 멱살을 붙잡아달라고 유도하는 것 같았다.

"여신들이 벌인 다툼으로 영역이 나뉘었다는 설화, 기억 안 나?"

윤지가 말한 제주도 본풀이를 요약하면 다음과 같다.

바람운이라는 남신이 아내 고산국을 버리고 처제 지산국과 재혼했다. 반대로 바람운이 지산국과 사귀다가 미모가 더욱 빼어난 고산국과 결혼했다는 변주도 있다. 뭐가 됐든 이 치정을 기점으로 자매였던 두 여신은 대판 싸웠고 각자가 있을 영역을 반으로 가르게 된다.

학담을 경계로 고산국은 서홍마을을, 지산국은 서귀와 동홍 두 마을을 차지했다. 그 후로 양편 마을 사람은 가축 관리나 벌목 등 생산 활동을 엄격하게 구별했다. 심지어 같은 물을 마시지 못하고, 같은 길을 걷지 못했으며, 사돈 관계도 맺지 않는 전통을 지켜왔다.

"오빠, 완도 해녀가 제주도 해녀랑 비슷한 노래 부르는 건 알지? 그게 제주도에서 물 타고 넘어온 거잖아. 죽해도는 반대의 경우가 아닐까."

"반대라니?"

"죽해도의 전승이 제주도로 전파됐던 게 아닐까 해. 이 동네가 원조일 수도 있다는 거야. 이건 역사적 사실이 설화로 재구성된 케이스일지도 몰라."

윤지는 흥분을 주체하지 못하며 말을 이었다.

"좀만 더 생각해보면 지산국, 고산국 본풀이는 죽해도의 내력에서 설득력이 더 갖춰져. 죽해 2구, 그러니까 우름곶은 용왕을 모신다며. 용왕은 수신을 의미해. 나릿놀은 산신을 모신다고 했지? 여기서 떠오르는 거 없어? 머리를 좀 써봐, 머리를."

윤지는 검지로 관자놀이를 톡톡 두드렸다. 언제 보아도 얄미운 몸짓이다. 그냥 확 덮쳐버릴까. 그 순간 흐트러져 있던 기억의 조각이 어렴풋이 맞춰졌다.

"이제 알겠어? 수신과 산신은 민속에서 천신의 아내들로 해석되잖아. 바람운은 날씨를 관장하니까 천신이라고 봐도 억지가 아니야. 그러니까 천신을 두고 산신과 수신이 치정 싸움을 벌인 거지. 그 탓에 마을 사람들도 반으로 갈라진 거고. 참, 반대가 맞겠다. 이 논픽션이 설화로 각색된 건지도 모르니까. 와, 이게 말이 돼? 언제부터 그랬을까? 이건 완전 학술적 성과야."

윤지는 방방 뛰어가며 한껏 달아올랐다. 나는 왠지 찬물을 끼얹고 싶었다.

"나릿놀이 산신이라고 쳐. 우름곶은 수신이라고 치고. 그럼 천신은 누군데? 바람운은 누구냐고."

윤지는 기다렸다는 듯 방긋 웃었다.

"당연히 제석천이겠지."

"뭐? 제석천? 불교는 왜 튀어나오는데?"

"이 아저씨 진짜 못 써먹겠네. 그렇게 주의력이 없어서 소설가 해먹을 수나 있겠어? 생각을 좀 해봐, 생각을. 음흉한 생각만 하지 말고. 불교의 제석천은 민속에서 천신으로 다뤄지잖아."

"아하, 그 단현사라는 절?"

"그래, 죽해도에서 천신을 찾으면 단현사겠지. 따지자면 그 안에 있는 제석천이나 부처님이겠지만. 역시 먼 길 달려온 보람이 있었다니까. 우리 단현사에 가보자."

신나게 떠들더니 윤지는 돌연 어깨를 움츠리며 숨을 몰아쉬었다. 그리고 구역질할 듯 손으로 입을 틀어막았다. 그녀의 등을 토닥이며 피식 웃는 한편으로 목덜미에 털이 곤두섰다. 불길한 촉이 올 때마다 윤지는 이런 모습을 보였던 것 같다.

2장 부정 몰이

1.

죽해도에 상륙한 경찰 수사반은 파출소 인력과 인사할 새도 없이 일사불란하게 작업에 착수했다. 달과 별을 등불 삼아 새벽 내내 현장 검증을 강행했건만 장기의 파편이나 이렇다 할 범행 흔적은 끝내 찾아내지 못했다. 불특정 다수의 타액과 발자국이 길바닥에 무수한 데다 혈흔 탐지용 약품마저 들짐승의 혈뇨나 조류와 양서류, 곤충의 사체에서 비롯된 출혈로 추정되는 물질에 광범하게 반응하니 범인의 동선은 예측이 여의찮았다.

"민 선생님. 저기, 저분 보이시죠?"

김진우가 가리킨 사람은 수사반의 지휘관일 것이다. 글렌체크 재킷을 입은 단정한 가르마의 남자. 나이는 사십 대 후반쯤 되었을까. 키는 그다지 크지 않지만 목이 얼굴만치나 두껍고 어깨가 쩍 벌어진 우락부락한 강골이었다.

"마철준 계장님이라고, 호랑이라고 불린대요. 겁나 무서운 분이라고……. 근데 왜 직접 오셨지?"

해 뜰 녘이 되어서야 마철준 계장이 이끄는 수사반은 임택수 소장 이하 인원과 서로를 소개했다. 형사기동대에서 파견한 경찰관과 지역 파출소가 공조해 사건을 수사하기로 한 모양이었다.

의아로운 점은 섬에 체류한 수사관이 고작 여섯에 불과하다는 것이었다. 형기대의 계장급이 행차했는데도 수사반은 내사라도 하듯 최소한의 구색만 갖추고 있었다.

그렇게 민도치는 현장에서 일 보 물러나 추이를 지켜보았다. 수사에 끼어들 방법을 모색하고 있자니 이내 거대한 몸집의 사내가 성큼성큼 걸어오며 시야와 사고를 차단했다. 마철준 계장이 도치와 마주 선 채 매서운 눈으로 그를 쳐다보았다.

"그쪽이 민도치 씨로군."

만두 같은 귀에는 위압감이, 굵직한 목소리에는 고체화된 권위가 고여있었다. 삭막한 인상에 주춤주춤하면서도 민도치는 주먹을 꽉 쥐었다. 이런 고압적인 수사관이 조직의 수장이라면 결론은 대체로 정해져 있다. 수사에서 배제되는 자신의 모습이 눈

앞에 그려졌다. 선입관에 갇혀 범인의 꽁무니를 놓치는 경찰의 뒷북이 선연하게 재생되었다.

"애기 많이 들었네. 떠돌이 학자 양반, 우린 자네 자문이 절실해."

그러나 마철준은 시원시원 말하며 도치에게 악수를 청했다. 도치는 수 초를 입만 벙긋벙긋하다가 그 손을 맞잡았다. 마철준의 손이 얼마나 커다란지 도치는 자기 손이 야구공이 되어 글러브 안으로 쏙 들어가는 듯한 느낌을 받았다. 든든한 갑주를 두른 것 같기도, 단단한 족쇄에 묶인 것 같기도 한 아리송한 감각이 뒤를 이었다.

솜털 구름이 얼룩덜룩 묻은 청금석 같은 하늘 아래 잠자리들이 풀에 맺힌 이슬을 되새김질하며 갈증을 달래고 있었다. 아침 햇살이 널찍한 유리문을 지나 수사본부가 꾸려진 마을회관 내부에 스며들었지만 창백한 얼굴들을 밝히기는 역부족이었다.

마철준 계장은 형기대 소속 형사 세 명에게만 사건 현장 보호 및 통제와 경위 파악을 지시했다. 남은 인원은 열외 없이 마을회관에 소집되었다. 민도치도 무리에 섞여 접이식 의자에 앉아있었다.

"다들 알다시피 지금 비상사태일세."

마철준 계장이 태극기 액자를 등지고 서서 일동을 둘러보았다.

"경찰 내부가 어수선하단 말일세. 서울 중대에 지방 중대는 물론, 직원 중대까지 미 대사관에 끌려가서 대학생 애들이랑 푸닥

거리하고 있어. 엎친 데 덮친다고 IMF 반발 시위까지 겹쳤는데 전부 장기 철야에 돌입할 공산이 크고 말이야. 정작 지방에 있는 시위는 청 직원들이 방석복 입고 출동하는 실정이지. 여기 일이 뉴스에 뜨지 않는 한 큰 지원은 기대하기 힘들어. 이 적은 인원으로 빠르게 해결 봐야 한다는 얘기야."

잠자코 경청하면서도 도치는 조급함이 앞섰다. 본격적인 수사에 앞서 전황을 상세히 분석하는 것, 동시에 단결을 촉구하고자 하는 것이 마철준 계장의 의도일 터였다. 대장의 심정은 이해하지만 한가롭게 여유를 부릴 때가 아닌 듯싶었다.

"우선 피해자의 배경부터 파악해야겠지. 헌데 너무 지랄 맞은 수법이지 않나? 사체에 별 희한한 짓을 하는 것도 대개 은폐를 위한 공작인데 이 사건은 궤가 완전히 달라. 뭣보다 동네의 특수성을 고려해 사고의 폭을 넓게 가져갈 필요가 있어. 의견 있는 사람은 편히 얘기하게. 암만 우스운 발상이라도 환영하네."

일동은 정자세를 유지하면서도 주뼛거리며 눈치만 살필 뿐이었다. 마철준은 눈에 힘을 실었다.

"좋아. 그럼 영리 목적이나 단순 원한에 의한 살인이라고 생각하는 사람 여기 있나?"

살인은 몰라도 장기를 적출하고 절도한 행위가 일반의 동기에서 기인한다고 여길 순 없었다. 실체는 막연할지언정 요사스러운 내막이 숨죽이고 있으리라는 확신은 모두가 품고 있었다. 아무도 목소리를 내지 않았지만 마철준은 대답을 들었다는 표정이었다.

"내 생각을 얘기해보지. 난 이 사건을 미신적 신념에 의한 살인이라고 보고 있네. 더 깊이 들어가자면 공양의 개념이라고 할 수 있지. 그리고 단현사와 연관이 있을 가능성이 커."

다들 고개를 끄덕였으나 죽해리의 두 토박이만은 눈을 찌릿 번뜩였다. 그러나 강세훈 경장과 김진우 의경이 상사의 주장에 끝내 반박하지 못한 이유는 위계 때문만이 아니었다. 맹호출림猛虎出林, 마철준 계장은 넘쳐흐르는 박력으로 좌중을 찍어 눌렀다. 그를 대하는 경관들의 태도는 호랑이를 맞닥뜨린 가축의 꼴이나 다름없었다.

"참, 민도치 씨는 이 동네 동향부터 알아둬야겠군. 자네도 배경 지식은 숙지해두는 게 좋을 걸세."

그러자 산만하게 다리를 떨어대던 민도치도 앉음새를 공손히 고쳤다.

"민도치 씨도 봤는지 모르겠는데 지금 우름곶마을에선 교회를 짓고 있어. 삐까뻔쩍하게 말이지. 절을 구심점으로 돌아가는 동네에 별 무리 없이 교회가 들어선다는 거야. 자네는 어떻게 생각하나?"

"부자연스러운 흐름인지는 모르겠습니다. 단현사가 마을의 중립을 자처한들 완벽한 균형을 유지할 수는 없지 않겠습니까. 나릿놀마을과 우름곶마을을 남북으로 나누어 살펴보건대, 자본의 흐름을 지배하는 쪽은 섬의 대지주 박한기 어르신이 거주하는 나릿놀일 겁니다. 이로 인해 단현사의 성의가 나릿놀 쪽으로 기우는 기미가 보였다면, 이에 반발해 나름의 방식으로 박탈감을 채우고자 하는 우름곶 세력이 일어날 법도 하죠."

"아니, 교회의 후원자는 김현희 여사야. 박한기의 안사람이지. 주기적으로 도회지에 나가서 정양하는 유한마담인데, 요새도 나릿놀 부녀회 데리고 유럽 순방 중이라고 하더군. 그렇게 나돌다가 교회에 빠진 것 같아."

"말씀인즉슨, 우름곶의 교회는 박 씨 어르신의 돈으로 굴러간다는 겁니까."

"정확히 따지면 김현희 돈으로 굴러가는 거지."

마철준은 솥뚜껑 같은 손으로 가르마를 넘기며 말을 이었다.

"박한기는 사실상 데릴사위로 들어왔어. 이 양반은 서울 출신인데 처음 섬에 왔을 때는 빈털터리였다고 하네. 그런데 인물이 말끔한 데다 입심이 특출나서 주민들의 호감을 샀다더군. 본래 마을의 지주는 박씨 가문이 아니라 김씨 가문이라는 거지. 김일구 씨라고 김현희의 아버지인데 노환으로 사망한 지 한참 됐고."

"김일구 씨는 자녀가 김현희 씨 달랑 하나였나 봅니다?"

"맞아. 헌데 김현희는 아버지 일 이어받는 거에 큰 관심이 없었던 모양이야. 이건 내 생각인데, 그때부터 박한기는 김현희에게 눈독 들인 게 아닌가 싶어. 박한기 이 양반은 섬에 와서 되먹지도 않는 말을 팔고 다녔어. 거기, 강세훈 경장. 자네는 나릿놀이 고향이라고 했지? 자네도 박한기의 선조를 잘 알고 있겠구먼."

별안간 이름이 불리자 강세훈은 움찔했지만 이내 침착하게 말했다.

"저도 그렇고 김진우 의경도 그렇고, 죽해리 주민들은 박 씨 어르신을 박혁거세의 후손으로 알고 있습니다."

"그렇지, 박혁거세의 후손. 이 얼마나 고귀한 핏줄인가. 물론 박한기가 마흔 다 된 나이에 김일구네 사위로 들어간 건 입만 잘 털어서가 아니야. 60년대 우리나라가 산업화되면서 이농 현상이 빈번하지 않았나? 김일구는 이때 토지를 대거 매입했네."

도치가 곧바로 말을 받았다.

"한데 70년대 들어서 국면이 조금 바뀌었습니다. 산업화가 진행되며 도시와 농촌의 격차가 커졌다지만, 통일벼가 개발되면서 농업의 토지 수요는 점차 회복세에 접어들었죠. 토지의 가치 또한 이에 비례해 안정화되며 상승 추세에 들어섰고 말입니다. 이거, 이거, 시대를 앞서 나간 투기전략이로군."

"그래, 김일구 집안은 그때를 기점으로 막대한 부를 벌어들였어. 잉어들이 노니는 연못이 딸린 번지르르한 한옥을 지은 것도 그때쯤인데, 이게 어디 촌 동네 졸부만의 수완이겠나?"

"원래도 부잣집이었지만 박한기가 날개를 달아줬다. 그리하여 박한기는 김현희와 혼인해 가업을 이어받았다. 아울러 김일구는 박혁거세 후손의 장인이라는 타이틀로 향촌의 부호가 가질 법한 자격지심을 극복했을 터. 뭐, 충분히 성립할 만한 거래로군요."

"하지만 생각 한번 해보게. 암만 재주가 뛰어나도 데릴사위는 장인, 장모, 마누라한테 기가 눌릴 수밖에 없어. 더군다나 김현희는 나릿놀 부녀들의 큰손이고."

"장인, 장모가 사망하고 집안에 들어앉은 시간이 길어질수록 박한기의 입김은 세졌다. 반면 김현희의 영향력은 줄어들었다. 현재는 누가 우위라고 할 것도 없이 팽팽한 줄다리기가 진행 중이다. 교회를 후원하는 과정에서 상호 간 숱한 갈등이 있었다. 결국 타지나 매한가지인 우름곶에 세우는 것으로 타협을 봤다. 이런 전개입니까."

"듣던 대로 날랜 친구군. 우린 그렇게 보고 있네. 박한기나 김현희나 자기들 나름은 비밀에 부치려 했겠지. 헌데 이런 동네는 소문이 빠른 법이야. 단현사라고 이를 몰랐겠는가. 내 생각엔……."

"잠깐, 잠깐."

도치는 안경을 추어올리며 마철준의 말을 가로막았다.

"교회라는 쟁쟁한 경쟁자가 등판하기 전에 단현사는 그들의 기반을 더욱 견고히 다지고 싶었다. 이번 기우제에 필사적인 까닭은 가뭄 때문만이 아니다……?"

"맞아. 그 즉신불이라는 이상한 짓거리도 주지 스님의 의지였는지 난 믿을 수 없네. 암튼 이 섬의 최근 동향이 시사하는 바가 적지 않아."

마철준은 허리를 곧추세우고 우렁차게 말을 이어 나갔다.

"정리하자면 기우제를 꼭 성공시키겠다는 일념으로 중들이 인신 공양을 했다는 거지. 든든한 후원자를 입은 교회라는 라이벌을 사전에 제압하고 싶어서 말이야. 자네들 생각은 어떤가. 다른 의견 있나? 소장님은 어떻게 생각하십니까?"

이번에도 입을 여는 사람은 없었다. 설사 이의가 있어도 감히 제기하지 못할 분위기였다.

"계장님 말씀에 전적으로 동의합니다."

그렇게 임택수 소장이 운을 떼었고,

"충분히 합리적인 가정입니다."

형기대의 고상철 형사가 의견을 같이했으며,

"좀 당황스럽지만 일리가 없는 건 아닙니다."

파출소의 강세훈 경장까지 지지했으나,

"하지만 제 생각은 다릅니다."

한 사람은 반골 기질을 보였다. 일동의 시선이 쏠린 곳에는 민도치가 깍지를 끼고 다리를 꼰 채 앉아있었다. 마철준은 잠시 얼굴을 일그러뜨렸지만 즉시 안색을 정돈했다.

"하긴 이런 분야라면 자네가 나보다 더 잘 알겠지. 민도치 씨

의견은 어떤가.”

“몹시나 해괴하긴 해도 의례의 성공을 위해 사람의 장기를 공양했다는 설은 인과가 성립됩니다. 미신적 관점으로 동기를 분석하는 태도 역시 존중하는 바입니다. 무릇 이런 건은 형식에 얽매일수록 본질과 멀어지기 마련이죠. 한데 계장님 말씀은 바로 그 미신적 관점에서 중대한 오류가 있습니다.”

마철준 계장을 제외한 일동은 민도치를 빤히 쳐다보았다. 말투는 정중하니 점잖은데 어딘가 으스대는 자태가 무척이나 오만방자했다.

“그래, 편하게 읊어보게나.”

반면 마철준은 흡족한 듯 도치에게 일어서라고 손짓했다.

2.

마철준을 대신해 민도치가 모두의 눈길을 사로잡았다. 검은 정장 차림의 사내는 바지 주머니에 손을 찔러넣은 채 실내를 오가며 반론을 펼쳐나갔다.

“정승배 이장님이 일평생 화식을 금하고 벽곡을 행하며 깨끗한 신체 컨디션을 유지했다고 치죠. 술은 입에도 대지 않고 담배 연기마저 멀리한 희소하기 이를 데 없는 건강한 육신이라고 칩시다. 아니, 아니, 이것만으론 부족한 감이 있으니 아예 하늘이 천거한 천자라고 가정해봅시다. 이에 앞서 염두에 두어야 할 것은, 돌신제 같은 공동체 단위 의례를 앞둔 주민들이 그 무엇보다 경계하는 사항입니다."

거기서 도치는 멈추어 섰다.

"바로 부정입니다. 정결치 못한 음식을 삼키는 것, 부패한 물건을 지니는 것, 길조로 상징되는 영물의 사멸을 목도하는 것, 하다못해 모기를 잡았는데 그 안에 고여있는 피를 보는 것, 이렇듯 그 내역이 다채로운데 그중에서도 씻을 수 없는 부정이 초상입니다. 특히 어제 있었던 일대 불상사는 단기간에 정화할 수 없는, 동제의 개최 여부에 지대한 악영향을 주는 지역 차원의 전방위적 부정에 해당합니다. 실제로 김영태 원장님이 시신을 보자마자 산신제가 물 건너갔다고 넋두리하셨죠. 벼랑 끝에 몰린 단현사가 이 완벽한 제물에 군침을 흘렸다면, 그리하여 어그러진 대의를 집행하고자 했다면, 망인을 납치라도 해서 은밀하게 공양하는 것이 사리에 맞습니다. 아울러 단현사는 산중에 있는지라 그런 작업을 할 만한 최적의 환경을 갖추고 있습니다."

그러고는 손가락으로 마철준을 콕 짚어 가리켰다.

"경쟁자가 교회건 성당이건 주민의 지지와 사원의 번영을 위해서라면 단현사는 그 돌신제라는 동제부터 사수해야 할 것인바, 그러나 최악의 부정으로 돌신제는 시작도 전에 날아가게 생겼습니다. 즉, 승려들이 이리 요란하게 판을 벌일 까닭은 눈곱만치도 없다는 겁니다. 아무리 미신적 관점의 허용 범위가 관대할지라도 계장님 말씀은 상하좌우가 완전히 따로 놀고 있는 셈입니다."

과하리만치 장황하고 친절한 강의에 마철준은 심기가 살짝 거슬렸으나 내색 없이 실책을 인정했다.

"그렇군. 일리 있는 말이야. 내가 성급했구먼."

"아뇨, 아뇨. 가끔은 아무 말이나 늘어놓는 게 일 보 전진의 발판이 되기도 하죠. 비록 밑도 끝도 없이 엉뚱한 의견이긴 하지만 그 용기만큼은 높이 사는 바입니다. 참 잘하셨습니다."

급기야 마철준마저 눈썹을 곤두세우며 민도치에 모인 싸늘한 시선에 가담했다. 이 고양이같이 생긴 자식은 개념이 없는 걸까, 눈치가 없는 걸까. 아무래도 말로 사람 무안 주는 걸 즐기는 후레자식인 모양이다……. 졸지에 체면을 구긴 호랑이 계장은 남몰래 속을 앓았다.

"덕분에 저도 그럴듯한 걸 떠올릴 수 있었습니다. 우리 계장님의 맹랑하기 그지없는 발상을 전환하면 보다 정제된 가설이 튀어나옵니다. 이건 하나의 과격한 해석쯤으로 받아들여 주시기를 모쪼록 당부드리건대, 섬에 씻을 수 없는 부정을 새겨 돌신제에 훼방을 놓으려는 특정인 혹은 특정 세력이 존재할지도 모릅니다."

"무슨 말인지는 알겠어. 헌데 그거야말로 자네 얘기와 모순되지 않나. 자네 말대로라면 이 시기에 기우제를 망치려는 사람이 있다는 건데 섬사람이나 중들이 그러진 않았을 거 아닌가? 여기 주민부터가 기우제로 가뭄을 처방할 수 있다고 철석같이 믿지 않나?"

"지당한 말씀입니다. 현재 주민들에게 무엇보다 간절한 건 실효는 헛될지언정 정신적으로 기댈 수 있는 심리적 장치일 겁니다. 하지만 상식과 비상식이 충돌했을 때 생기는 미묘한 구간을 점검해볼 의무가 있습니다. 아직 부족할 따름이지만 한 가지 가정을 제시해보겠습니다. 이를테면……. 아니, 강세훈 경장님께 직접 여쭤보죠."

민도치의 쭉 뻗은 손가락이 이번에는 강세훈을 지목했다.

"강 경장님은 날 때부터 오늘까지 나릿놀마을에 쭉 거주하셨죠? 지금 상황에서 저는 돌신제가 취소될 것으로 생각하는데 경장님은 어찌 점을 치십니까."

"글쎄요. 그전에도 사소한 부정은 있었지만 몸 정성으로 씻을 정도였거든요. 그런데 이런 끔찍한 변사 사건이라면 취소는 몰라도 연기는 될 것으로 생각됩니다."

"그렇죠, 그렇죠. 그게 일반적이죠. 아니, 절대적이라고 봐도 무방합니다. 제아무리 목숨이 걸려있다고 한들 초상이 공개적으로 난 마당에 동제를 감행하는 동네는 우리나라에 없습니다. 산신이나 용왕, 부처가 깨어나지 않은 이상 절대 무리라고 단언하는 바입니다. 단현사가 불교의 종파라는 가정하에 가늠하건대 정승배 이장님의 사십구재 동안 나릿놀에서 돌신제는 열리지 않을 겁니다. 한데 우름곶은 어떨 것 같습니까?"

'우름곶'에 강세를 주자 김진우가 미간을 모았다. 마철준은 그제야 감이 잡힌다는 듯 고개를 끄덕였다. 그런 그들을 번갈아 보며 도치가 말했다.

"여러분이 더 잘 아시듯 두 동네 사이엔 보이지 않는 장벽이 있습니다. 나릿놀은 말마따나 저주가 걸렸고 우름곶은 부정의 청정지역을 유지 중입니다. 그러하다면 우름곶이 나릿놀의 부정을 함께 안고 가느냐, 혹은 생판 남 취급하고 우름곶만의 돌신제를 단행하느냐. 강세훈 경장님은 어느 쪽이라고 보십니까?"

"흘려넘길 소리가 아니야."

강세훈을 대신해 마철준이 나섰다.

"보란 듯이 저지른 범죄인 걸 보면 나릿놀을 고까워하는 우름곶 세력이 있을지도 모르겠어. 두 동네 사이엔 앙금이 알음알음 쌓여있을 테니까. 아니면 두 동네를 이간질하려는 작자가 있을 수도 있겠군."

"물론 탁상공론이다 못해 사족조차 될 수 없는 하찮은 소견에 불과합니다. 장기 적출 건을 딱 부러지게 설명할 근거도 미흡하고요."

말을 매듭짓고서 도치는 천장을 올려다보았다. 가령 우름곶의 누군가가 범인이라면 어떨까. 나릿놀에 부정을 심는 동시에 우름곶의 기세를 올리려는 의도였다면…….

"보아하니 강 경장도 민도치 씨 의견에 동의하는군."

마철준이 말했다. 강세훈은 우물쭈물하다가 입을 떼었다.

"그렇습니다. 말씀하신 게 사건과 연관성이 있을지는 모르겠습니다만, 우름곶 주민들이 나릿놀을 병적으로 경계하는 것 하나는 사실입니다."

"병적이라니요!"

대뜸 내지르며 일어선 사람은 김진우였다. 그는 쌍심지를 켜고 강세훈을 쏘아보았다.

"우리가 경계한다고요? 말은 바른 대로 해야 하지 않습니까?"

"뭐? 내가 틀린 말이라도 했냐?"

"틀려먹었죠. 순서가 거꾸로 됐으니까요. 나릿놀에서 먼저 개무시하고 다니니까 우리도 꼬나보는 거 아닙니까?"

강세훈도 따라 일어서고는 어금니를 드러냈다.

"이거 의경 나부랭이가 뵈는 게 없나 보네. 야, 새끼야. 내가 언제 너 야지 먹인 적 있어?"

"가슴에 손을 얹고 생각해보세요. 가난하다고, 궁상맞다고 씹은 적 없습니까? 물고기 꽁무니 따라다니다 거덜 난 동네라고 까고 다닌 거, 내가 못 들었는 줄 알아요? 다른 사람은 몰라도 형님이 그러면 안 되죠. 홍수 때 형님이 누구 때문에 살아났는데."

"이게 또 없는 말 지어내고 있네. 너 미쳤냐? 이 새끼가 어디서 눈을 똑바로 뜨고 지랄이야. 너 눈 안 깔아?"

"조용!"

마철준이 버럭거렸다. 호랑이의 포효 같은 고함에 강세훈과 김진우는 황급히 뒷짐을 지었다.

"자네들, 내가 했던 얘기 벌써 까먹었나? 잘들 돌아가는구먼."

두 토박이는 자리에 앉았지만 서로를 노려보며 여전히 씩씩거렸다. 마철준은 콧김을 내뿜더니 다독이듯 목소리를 낮추었다.

"김진우 의경, 자네 심경은 잘 알겠네. 그래도 이성적인 눈으로 사건을 봐야 할 거 아닌가. 지금 자네 신분은 우릅곶 주민이 아니야."

"시정하겠습니다……."

"시정은 됐고, 그래서 김 의경 생각은 어떤가. 다른 좋은 의견 있나?"

김진우는 대답하지 못했다. 달아오른 얼굴을 못내 삭이지 못하고 입술만 깨물어댈 뿐이었다.

때마침 그늘이 지며 실내는 침침해졌다. 무거운 정적이 숨소리까지 집어삼키며 살얼음판 같은 분위기가 이어졌다.

마철준 계장이 이 자리를 마련한 진의를 도치는 비로소 깨달을 수 있었다. 단지 인력 부족을 사유로 비상사태라고 못 박지는 않았을 것이다. 더 큰 문제는 인력의 성분인지도 모른다. 가뜩이나 복잡한 사건인데 일치단결이라는 일차 과제부터 달성해야 하는 상황이었다.

지금 가장 중요한 것은 화합이다. 그 과정에서 이 한 몸 불사르는 희생은 불가피하다. 그렇게 큰 뜻을 품은 도치는 어색하게 웃으며 입을 열었다.

"자자, 선생님들. 진정들 하십시오. 천릿길도 한 걸음부터라고 하지 않았습니까. 하나둘 따져보면 이런 흥미로운 가설도 나옵니다. 이 동네에 구미호라도 한 마리 사는 건 아닐까요? 그 녀석이 사람 내장을 탐했을 수도 있죠. 이 흉사가 요괴의 실태를 규명할 수 있는 전화위복의 기회가 될지도 모릅니다, 아하하. …… 아, 실례. 죄송합니다."

도치는 금세 합죽이가 되어버렸다. 제 딴에는 잠시 환기하고자 건넨 농이었건만 일동의 낯빛은 더더욱 굳어져 있었다. 그의 의뢰인 독고 선생이 우려한 부분이 바로 이런 눈치 없는 언행이었다. 민도치는 때와 장소에 어울리지 않는 농담을 남발하는 심각한 결점이 있었다. 한층 치명적인 결함은 말실수를 만회하고자 꼭 한 번 더 무리수를 둔다는 점이었다.

"아니면 여러분, 매구는 어떻습니까? 간뿐만 아니라 장기를 싹 쓸어갔으면 천년 묵은 여우가 더 그럴싸하지 않으려나? 이건 좀 아닌가?"

결국 마철준이 도치를 잡아먹을 듯이 쏘아보았다.

"민도치 씨, 불안한 마음은 백분 이해하지만 농담은 가려서 하게. 피해자한테 면구스럽지도 않나?"

민망해진 도치가 앞머리만 비비 꼬고 있자니 경위 파악을 일단락 지은 인원이 복귀했다. 보고자는 형기대 소속의 김영웅 경사였다.

"편하게, 격식 없이 쭉 까보겠습니다. 피해자 정승배가 사망 전 마지막에 들른 장소는 나릿놀마을 박한기의 자택인데, 이후로는 목격자가 안 보이네요. 피해자를 제외하고 박한기의 집에 있었던 애들은 박한기랑 딸 박수인, 우름곶마을의 천재길 이장과 장대희, 단현사 승려 두 명이고요. 승려들은 편의상 법명으로 호칭할게요. 태을과 청혜라는 애들인데 얘네 이야기는 청취 전입니다. 이 여섯 사람은 박한기네 집에서 기우제 관련 회의를 마치고도 한참을 떠들고 놀았답니다."

"박한기 집에 일손은 따로 없나?"

"없습니다. 배우자 김현희는 프랑스 어디 굴러다니고 있고요. 차녀 박수희랑 막내 박수람, 이 딸내미들은 한참 전에 출가해서 서울에 눌러앉았다네요. 박한기랑 박수인, 이 둘만 거주 중입니다."

"이장이랑 승려는 그렇다 치고, 장대희는 뭐 하는 사람인가?"

김영웅 경사는 수첩을 몇 장 넘겼다.

"청년단이라고 우름곶 농민 모임이 있는데요. 농계나 두레 같은 거라고 보시면 돼요. 농사짓는 애들끼리 모여서 고기 구워 먹고 화투 치고 그런 거죠. 장대희 이놈은 거기서 대장질하고 있습니다."

"우름곶 청년단이라. 장대희 그 친구도 박한기 땅을 임차했나? 이건 소장님이 말씀해주겠습니까."

임택수 소장은 눈알을 데굴데굴 굴리며 말했다.

"아뇨. 우름곶 농민도 대부분 박 씨 어르신 땅을 임차 중인데, 대희는 제 아버지 땅을 물려받은 자작농입니다. 나이가 고작 서른이긴 한데 애가 워낙 암팡져서 일찌감치 청년단 대표로 선출됐다고 들었습니다. 오히려 천재길 이장이 청년단의 도감으로 대희를 보좌하고 있죠. 주로 대희와 천 이장이 우름곶의 건의 사항을 박 씨 어르신께 전달하고 있습니다."

"회사와 노조 개념이로군. 천재길 이장과 장대희, 피해자의 관계는 어땠습니까. 우름곶과 나릿놀의 대표 격 인물들인데 자주 부딪치거나 그러진 않았습니까."

"이장들끼리는 만날 때마다 다투기 바빴습니다. 하나 그것도 단순한 견제에 불과했다고 생각합니다. 대희는 애가 좀 소탈해서 그런지 목소리를 높였다는 얘기는 거의 못 들었습니다. 나릿놀마을에 박 씨 어르신이 계신다면, 우름곶마을은 대희가 대들보 역할을 한다고 생각하시면 됩니다. 참, 그런데 대희 아버지란 사람이……."

"아버지가 왜요?"

"예전에 섬을 떠난 양반인데요. 재작년쯤인가 살인이랑 강간으로 징역 20년 맞고 교도소 복역 중이랍니다. 섬에 있을 때도 개차반으로 유명했나 봅니다."

마철준은 팔짱을 끼고는 고개를 저었다.

"장대희는 몰라도 그 친구 아버지까지 불러올 건 없지. 일단 알았습니다. 김가는 계속하게."

"옙. 범행 추정 시간에 천재길과 장대희는 우릉곶에서 청년단 애들이랑 기우제 회의 내용을 검토했답니다. 둘 다 오전에 입었던 옷을 그대로 입고 있었다는 진술이 있는데 혈흔은 안 보였다네요. 근데 얘네, 되게 돈독해 보이더라고요. 덮어주는 걸 수도 있습니다."

"박 씨 부녀는?"

"오후 한 시 이후로 사건 터지기까지 집에서 한 발짝도 안 나갔답니다. 단, 서로가 서로의 알리바이를 챙겨주는 상황이에요."

"그 외에는? 따로 피 칠갑한 사람을 목격했다는 제보는 없나?"

"그런 정보는 입수하지 못했는데요. 이게……."

김영웅 경사는 이맛살을 찌푸리며 어물거렸다.

"뭔가?"

"아뇨. 조금 골 때리는 소리를 들어서."

"골 때리는 소리라니. 빠짐없이 얘기해봐."

"그냥 넘겨도 될 사항인데…… 몇 달 전에 죽은 금선이라는 승려 있지 않습니까? 즉신불이라는. 그 즉신불을 목격했다는 제보가 있습니다. 절이 아니라 우름곶에서요."

마철준은 한쪽 뺨을 꿈틀거리더니 조소를 뿜었다.

"즉신불이라면, 죽은 사람이 두 발로 걸어 다녔다는 건가."

"뭐, 개나발 같은 소리라고 생각하곤 있습니다."

누군가는 흠칫했고, 누군가는 갸우뚱했으며, 누군가는 헛웃음을 흘렸다. 한 사람은 조금 다른 기색이었다.

"이상하지 않습니까?"

언성을 높인 사람은 민도치였다. 그는 김영웅에게 달려들며 따져 물었다.

"스님이면 스님이지 즉신불은 뭡니까? 금선 스님의 사망을 모르는 섬사람은 없지 않습니까? 어떤 이가 그런 소리를 했습니까?"

김영웅은 민도치를 흘겼으나 마철준이 턱짓하자 못내 말을 꺼냈다.

"그게 믿을 게 못 돼요. 열두 살 꼬맹이가 한 말이라니까."

"해서 그 애는 뭐라고 했습니까?"

"친구들이랑 우름곶 뒷산에서 놀다가 내려오는 길에 그 즉신불 같은 걸 봤다나 뭐라나. 오후 일곱 시 좀 넘어서라고 했고."

정승배 이장의 사망 시간은 오후 네 시 반에서 여섯 시 반 사이가 유력했다.

"그래서요? 어떻게 봤길래 죽은 스님과 산 스님을 그리 명확히 구분했답니까? 해가 졌을 때라 분간이 쉽지 않았을진대 대체 왜 즉신불이라고 특정한 겁니까?"

"외부 전문가님 아니랄까 봐 쓸데없는 데 코 박기 좋아하시네. 그냥 그렇게 보였답니다. 스님이긴 스님인데 얼굴이 꼭 귀신같았다고. 계장님, 딱히 관심 줄 건은 아니에요. 사건의 여파도 여파인데 여기 섬사람들, 어른이고 애새끼고 워낙 유별나지 않습니까?"

하기야 그 나이대 아이들 특유의 짓궂은 장난이라고 보는 편이 옳을 터이다. 도시에 비해 밤이 어두운 시골에서 사람 얼굴을 똑바로 식별하기는 몹시 어려운 일이니까. 그런데도 영문 모를 불길함이 도치의 머릿속을 헤집어놓았다.

"단현사는 아직 방문 전이라고 했지?"

마철준의 물음은 김영웅을 향해 있었지만 도치는 하마터면 대답을 대신할 뻔했다.

"아직이요. 승려들은 절에서 피해자를 위한 임시 장례식 같은 걸 오늘 내내 진행한다는데요. 슬슬 낯짝 까봐야죠."

"아니, 됐어. 단현사는 나랑 민도치 씨가 가보지. 보통 사람들이 아닐 테니 만반의 준비가 필요하겠군. 자네들은 파출소 인원과 협력해 동네 탐문을 계속하게."

민도치는 쓰게 웃었다. 이런 계기로 단현사에 입성할지는 꿈에도 생각하지 못했던 것이다.

3.

나릿놀마을의 산신제가 무기한 연기된 가운데 섬은 또 다른 파란으로 풍운이 들끓었다. 일곱 달 전에 사망한 승려 금선이 동네를 활보한다는 괴소문이 일파만파 퍼진 까닭이었다. 급기야 정승배 이장의 흉사가 망자의 소행이라고 주장하는 사람까지 출현했다.

“즉신불이다, 즉신불이야! 그 중놈을 천도하지 못해 이 사달이 난 것이야. 남은 연놈들도 갈가리 도륙되어 땅 위로는 살점이 쌓일 것이고, 바다는 피비린내로 진동할 것이다!”

춘자 이모라고 불리는 점쟁이였다. 체구에 걸맞지 않은 목청으로 줄곧 악을 쓰며 돌아다니니 침착하던 주민들마저 동요할 지경이었다.

최초 열두 살 아이의 목격담이 이런 웃기지도 않는 촌극으로 거듭났으리라. 누군가는 재미 삼아 소문에 편승했고, 누군가는 그 헛소문을 의식한 끝에 허상을 보았을 것이다. 수사반은 그렇게 정리하려고 했으나 찝찝함은 선뜻 지워지지 않았다. 끝내 살아있는 승려가 혼란의 근원, 그리고 범인일 가능성이 심각하게 거론되었다.

어차피 피해자와 마지막을 함께했던 승려들도 심문 대상이었다. 심정 같아서는 단숨에 달려가고 싶었지만 피해자를 위한 염불이 내내 거행되던 터라 비집고 들어갈 틈이 없었다. 특히 종교시설은 공권력이 제 기능을 상실하는 정치적 사각지대였으니, 범죄자가 절이나 성당을 도피처로 악용해도 진입을 강행하지 말라는 지침이 경찰 내에 만연해 있었다. 내력이 수상할지언정 단현사는 엄연한 사찰이었다. 아울러 주민들의 신심이 응집된 염원의 별채였다. 전적인 협조를 구해 원활한 수사를 추진하려면 지역의 관습을 존중하는 인내가 부득이했다.

그리하여 민도치와 마철준 계장은 수사회의 다음 날 단현사로 향했다. 오전 일곱 시, 새벽 예불이 막 끝나갈 무렵이었다. 산허리를 끼고 흐르는 등산로를 한참이나 걷고 굽이굽이 난 계곡을 몇 번이나 건너서야 산사의 윤곽이 또렷해졌다.

곳곳에 만발한 목련과 산벚꽃이 햇살의 축복을 받아 총천연색으로 무르익어 있었다. 사찰의 대문, 금강문金剛門으로 올라가는 돌계단은 하늘까지 이어진 듯 한없이 높게 뻗어있었다. 단현사는 산속에 떠있는 궁전을 방불케 하는 경이로운 미관을 자랑했다. 그런데 경내로 들어서자 맞배지붕의 향연 아래 심상치 않은 분위기가 감지되었다.

산신을 모시는 산신전은 나릿놀을 위한 전각일 터, 그와 마주보는 용왕전은 우름곳의 성역일 것이다. 두 전각이 흡사 서로를 노려보며 대치하는 형세였다. 두 갈래로 갈라진 주민들의 숨소리도 불도의 도량을 퇴색시키는 데 일조했다.

알싸한 공기를 마시며 걷던 민도치는 이내 멈추어 섰다. 유난히 줄이 길게 늘여진 금선당이라는 전각을 보고 나서였다. 눈에 들어오는 전각 중 유일하게 문이 닫혀있었다. 그 앞에 행렬한 주민들은 하나같이 애통한 얼굴이었다.

급작스러운 비보 때문이리라. 그리 여기며 발걸음을 재촉하려던 찰나 찬바람이 뺨을 스치며 으슬으슬 몸이 떨려왔다. 도치는 고개를 획 돌렸다.

금선당의 문이 열리더니 안에 있던 사람들이 나오면서 대기하고 있던 사람들이 교대하듯 들어갔다. 얼떨결에 내부를 훔쳐보게 되자 도치의 입은 반쯤 벌어졌다.

얼을 갈취하는 존재는 다소 높은 곳에 있었다. 사람 키만치 오는 불단 위로 두건 같은 승모를 쓰고 금빛 장삼을 입은 승려가 가부좌를 틀고 있었다. 낙낙한 승복 안에 시든 마른 몸을 숨기고 있는 승려, 즉신성불했다는 금선은 눈을 감은 채 비스듬히 고개를 기울이고 있었다. 승모와 그림자에 가려 반만 드러난 선이 얇은 얼굴에는 과도한 생기가 돌았다. 그늘에 묻힌 나머지 반은 어떨까. 과연 똑같은 모습일까. 해탈의 고결함을 사후의 육신으로 현상했을진대 현세에 감금당해 승천하지 못한 망령 같은 모양새였다.

금선당 내 분향하는 주민들은 선대 주지를 똑바로 우러러보지 못하고 있다. 애타게 합장하면서도 죄인처럼 고개를 들지 못하고 있다. 꺼림칙한 한기가 이마와 등골에 맺힌 땀을 식힌 순간.

"이보슈, 총각."

불쑥 들려오는 목소리에 도치는 비명을 지를 뻔했다. 그 옆에서 지팡이를 짚은 노파가 천진하게 웃고 있었다.

"내가 어제 한지를 접다가 깜빡 졸았는데 말이지. 우리 금선 스님이 나타나신 거 있지?"

"금선? 성불한 주지 스님 말씀하시는 거요? 저기 금선당에 계시는?"

"그렇수, 그 금선 스님. 성불하신 스님이 꿈에 나왔다우. 산자락을 기차게 타고 다니셨는데 기운이 참이나 넘치시지 뭐유? 근데 이 꿈이 또 얼마나 생생한지 아슈? 좋은 일이 생길 징조라니까, 히히."

노파는 저 혼자 웅얼거린 뒤 지팡이를 짚으며 떠나갔다. 마철준이 고개를 설레설레 휘저었다.

"그 즉신불인지 뭔지 참 거슬리는구먼. 자네 생각은 어떤가."

"무슨 부두 의식도 아니고 죽은 사람이 되살아날 일은 없습니다. 살아있는 스님이든 동네 주민이든 산 사람의 농간이 분명합니다. 한데……."

"한데?"

"아, 아닙니다."

묘한 이질감이 도치를 괴롭혔으나 시야가 좁아진 듯 생각이 도통 널리 미치지 않았다. 그때 향냄새가 코에 걸리며 장발의 젊은 승려가 말을 걸어왔다.

"오셨습니까."

박한기의 한옥에서 도치에게 몸 정성을 해준 청혜였다. 도예가가 한 땀 한 땀 빚어낸 도자기처럼 매끈한 생김새나, 대장장이가 정성껏 제련한 병장기처럼 뾰족한 눈 맵시나, 불상이 말하는 듯한 뚝뚝한 어투나, 역시나 속세의 때가 묻지 않은 신비로움을 자아내었다. 그러나 좀처럼 눈을 못 마주치고 복장 검사라도 하듯 민도치의 몸체만 위아래로 흘긋대는 거동에서 미미한 쑥스러움도 배어 나왔다. 품새는 과묵할 따름이지만 피도 눈물도 없는 청년은 아닐 것이다. 그렇게 생각하며 도치는 청혜와 교감을 형성하고자 활기차게 말했다.

"안녕하십니까, 스님. 이분이 마철준 계장님이라고 이번 사건을 진두지휘하실 수사관이십니다. 떡대가 떡대인지라 소싯적에 레슬링이라도 하신 듯한데, 이렇게 경내에 서 계시는 폼이 마치 노지심을 보는 것 같지 않습니까? 아니면 달마대사? 오, 그러고 보니 달마도가 살아 움직이는 것 같습니다, 하하."

마철준의 부릅뜬 눈은 입가에 미동도 없는 청혜를 쓱 쳐다보고는 이내 혼자서 쿡쿡 웃어대는 민도치에 머물렀다. 눈치 없는 고양이 한 마리가 실속 없는 장난질로 또다시 호랑이 계장의 속을 긁고 있었다.

마철준은 단현사의 모든 승려를 불러줄 것을 사전에 요청했다. 종무소宗務所 : 절의 사무를 보는 공간에 모인 다섯 명의 승려 중에 귀신처럼 생긴 얼굴은 없었다. 다만 반백의 노승은 야차 같은 눈매를 가지고 있었다.

"내가 본사의 주지, 범영範迎이오."

노승 범영은 박한기와 엇비슷한 또래로 보였다. 그러나 호리호리하고 유유한 박한기와 달리 흉포한 불곰이 연상되는 인물이었다. 우람한 체격과 가래가 끓는 듯한 목소리도 험상궂은 외양을 한껏 부각했다.

"바쁘실 텐데 일부러 모여주셔서 고맙습니다."

마철준이 정중히 말했다.

"아시다시피 그저께 불미스러운 사건이 있었습니다. 이와 관련해 스님들께 몇 가지 여쭤볼 게 있습니다."

"정 이장 일은 나도 유감 천만이오. 한데 전화로 얘기하지 않았나? 그날 태을과 청혜는 다섯 시 조금 지나 절로 돌아왔소. 승복에 핏자국 같은 건 없었고."

"그건 됐고, 다른 사항이 있어서 말입니다. 협조 부탁드리겠습니다."

범영은 심드렁한 턱짓으로 대답을 대신했다.

"그저께 사건 당일, 오후 일곱 시경에 우름곶 뒷산을 배회하는 스님 한 분을 목격했다는 제보가 있습니다. 아마 들으셨을 거 같은데 어젯밤도 그렇습니다. 나릿놀마을에서 서성거리는 스님을 본 사람들이 적지 않아요. 혹시 그때 외출하셨던 분이 있습니까."

"왜 그런 이야기가 나도는지 모르겠군."

범영의 팔자주름이 깊게 파였다.

"일곱 시면 폐문된 이후고 우리는 다 같이 모여 정진에 한창이었지. 출타한 스님은 없소. 애초에 취침이 아홉 시인데 그 시간에 나갈 일도 없어."

범영 외에 네 승려도 고개를 끄덕였다.

"그렇습니까. 취침이 밤 아홉 시면, 일찍도 주무시는군요."

"절이 다 그래. 새벽 세 시에 기상해서 청소하고 좌선하니까. 이런 산사는 조금 더 일찍 준비하는 경향이 있고. 늦어도 아홉 시엔 잠자리에 들지. 두 번 물어볼 것 없소."

사포처럼 거친 태도에 마철준이 난색을 표하려니 민도치가 툭 말을 꺼냈다.

"큰스님, 성불하신 금선 스님께선 생전에 어떤 분이셨습니까."

거포를 쏜 전함처럼 범영의 거대한 몸집이 일순 경련했다.

"인망이 두텁고 자애로운 분이셨지. 나 같은 빈승은 감히 넘볼 수 없는 분이셨고."

"그렇군요, 그렇군요. 연이은 가뭄이 낳은 흉흉한 민심 탓에 금선 스님도 속이 편치 않으셨겠습니다. 하여 눈을 감으시기 전에 스스로 부처가 되기를 자처하신 거로군요. 섬을 보살피는 신격 존재가 하나 더 추가된다면 도탄에 빠진 중생도 구원받으리라고 여기셨을 겁니다. 허나 세상 만물은 외면과 이면이 부득불 달리 실존할 것인바, 무례를 무릅쓰고 청하건대 이렇게까지 겉치레하시고 포장하시는 속내를 알려주실 수 있겠습니까?"

"뭐? 포장?"

범영의 큰 바위 얼굴이 와락 구겨지자 도치는 급히 손을 내저었다.

"아아, 실례했습니다. 본인의 발언이 귀사의 허물을 들췄다면 대자대비한 아량으로 용서 부탁드리겠습니다."

그러나 깍듯이 머리를 조아리면서도 입은 쉬지 않았다.

"아까 금선당 안을 들여다봤는데 금선 스님께선 즉신불이 되신 게 아니더군요. 부패의 낌새조차 보이지 않는 시신의 상태와 찬바람이 바깥까지 새어 나오리만치 저온을 유지하는 전각의 환경을 미루어 짐작하건대, 인위의 가공으로 태만 그럴듯하게 꾸몄다고 상을 보는 바입니다. 경정맥과 대퇴부의 피부조직을 절개한 뒤 혈액과 체액을 배액하고 화학약품을 주입했을 겁니다. 대대적인 엠바밍Embalming을 거쳤다고 확신컨대……. 아니, 아니, 부패 속도 최소화 및 부피 증가 방지를 위해 장기와 안구도 적출했겠죠. 생생한 외형을 고수하는 데만 초점을 맞춘 방부처리 기법으로 보입니다. 지속적인 보수를 거쳐 여태껏 신선한 상태로 보존했을 겁니다."

시체를 훼손하는 행위는 명백히 위법이다. 그러나 단현사의 방부처리 사례는 다소 애매하다. 보건복지부에서 시신에 대한 약품처리를 규제한다지만 기준은 모호한 실정이다. 법망의 틈새를 이용해 사체손괴나 모욕을 면하는 것은 일도 아니다. 물론 이런 섬에서나 가능한 전개였다. 또 재력이 뒷받침된다는 전제하에 겨우 성립하는 이야기였다.

"어쨌거나 저쨌거나 성불이라고 일컫기는 큰 부조리가 있지요. 차라리 박제라는 표현이 옳다고 생각합니다만."

도치가 신랄하게 찌르는 바람에 승려들의 눈빛은 험악해졌다. 마철준도 괜스레 가시방석에 앉은 느낌이었다. 그렇건만 당사자는 제 할 말을 하기 바빴다.

"명망 높은 스님을 과학의 힘을 빌려 거짓으로 성불시키고, 또 인공적으로 성불시킨 스님을 신격화하기에 여념이 없으신 듯한데, 종교의 구제적 기능이야 통찰 못 하는 바가 아니고, 출가자의 수행력을 빌려 평온을 찾고자 하는 재가자의 심정도 모르는 바는 아니오나, 무릇 절대자를 향한 맹신이 주가 되기보다는 개인의 해탈을 위한 수행이 불교의 알맹이 아니겠습니까. 외람된 질문이건대 이 근본을 대놓고 역행하시는 까닭이 따로 있습니까?"

범영은 벌건 삼백안 눈으로 도치를 한동안 쳐다보다가 말을 꺼냈다.

“젊은 친구답게 거칠 게 없군. 그게 사건과 관련이라도 있나?”

“그냥 개인적으로 궁금해서 말입니다. 불편하시면 묵비권을 행사하셔도 됩니다, 하하.”

“아니, 이참에 확실히 일러두는 게 낫겠어. 당신들이 본사를 곱게 안 본다는 건 알아. 이단이나 좌도로 부르고 싶으면 그렇게 해. 한데 본사도 기도형 불교로 승화될 수밖에 없는 형편이었네. 이미 알지 모르겠는데, 죽해리 주민들은 마음의 병이 있어. 작디작은 섬마을이 두 파벌로 갈려 독소를 내뿜고 있단 말이야.”

범영은 깊은 한숨을 내쉬었다. 외국인에게 자국어의 문법을 가르치듯 답답하다는 표정으로.

“주민들 마음은 잡초 한 포기 자라나지 않는 불모지와 같아. 속히 안정을 갖추기 위해 우리만의 방편이 긴요했던 거고. 아무리 좋은 씨앗도 척박한 땅에서는 싹을 틀 수 없네. 뭣보다 금선스님께서 강하게 주창하셨어.”

“아무리 좋은 씨앗도 척박한 땅에서는 싹을 틀 수 없다……. 오리지널 불교의 인연생기因緣生起가 떠오르는 구절이군요. 아, 실례, 실례. 그렇다고 단현사가 유해하고 삿된 짝퉁이라는 말씀은 결코 아닙니다. 여하간 단현사식 즉신성불은, 서로 못 잡아먹어서 안달인 두 동네를 하나로 묶고자 불가피하게 단행한 일종의 중앙집권형 우상화 정책이라는 말씀이로군요.”

"어떻게 생각하든 당신 마음이야. 이해를 강요할 생각 없어. 정 트집 잡고 싶으면 소송을 걸거나 해."

"아닙니다, 아닙니다. 트집이라니요. 동네마다 문화와 관습이 다 다를진대 저같이 미천한 소생이 이게 옳다, 저건 그르다, 감히 훈수를 둘 수 있겠습니까? 원래 외눈박이 나라에선 두눈박이가 병신이 되는 법이기도 하고 말입니다, 아하하."

가슴이 철렁한 마철준은 민도치의 옆구리를 슬쩍 찔렀다. 벌써부터 관계자들의 마음에 대못을 박을 순 없는 노릇이었다. 그러나 검은 정장 차림의 사내는 그 바람을 외면하고 쉴 새 없이 나불거렸다.

"결례를 각오하고 한 가지 더 여쭙건대 금선 스님의 시신을 보존할 자본은 어찌 마련하신 겁니까? 국가 부도의 날이 도래하니 어쩌니 난리인 터라 여간일이 아니었을 텐데요."

"이 친구도 참 얕고 가볍군. 대해에 가라앉아도 입 하나는 둥둥 떠오르겠어. 이봐, 친구. 이래 봬도 한때 재가자가 이천을 넘어갔던 절이야. 우린 처사님과 보살님의 성의를 환원할 뿐이고. 대답이 됐나? 절 얘기는 여기까지 하겠네."

범영의 관자놀이에서 혈관이 불끈 튀어나왔다. 그제야 분위기를 파악한 도치는 머뭇거리며 일어서더니 꾸벅 허리를 숙였다.

"하기야 중생 구제를 위해서라면 수단과 방법을 가리지 않고 모든 수를 방출하는 게 종교인의 본분일 겁니다. 아아, 그렇다고 스님들께 불순한 속셈이 있다, 지저분하고 간사한 흉계가 있다, 이런 뜻은 절대로 아닙니다. 말씀 잘 들었습니다. 또 찾아뵙겠습니다."

도치는 마철준을 남겨두고 종무소를 나섰다. 쌍여닫이문을 열자 태양에서 불거진 빛줄기가 망막을 내리 쪼았다. 처마 위에서는 까치 한 마리가 기다렸다는 듯 날개를 퍼덕이며 날아올랐다. 까치의 움직임을 눈으로 좇으며 도치는 생각에 빠져들었다.

시체를 원형 그대로 장기 보존하려면 서울 노른자 땅의 아파트를 몇 채나 장만할 거금이 필요하다. 자금이야 어찌어찌 마련한다고 쳐도 신도 수가 급감한 현시점에서 투자 대비 수익은 쥐꼬리도 안 될 것이다. 체제의 선전, 위상의 유지, 교세의 확장, 어느 쪽이든 수지가 맞지 않는다. 단현사 입장에서는 애써 축적한 자금을 탕진하는 꼴이다. 대지주가 위신 하나 챙기겠다고 변방의 사찰에 거액을 지원했을 리도 만무하니, 이 기괴한 행태로 이득을 취하는 사람은 없다고 보아도 무방하다.

그렇다면 즉신불은 범영의 말대로 오직 마을의 질서 확립을 위한 진정성 하나로 조형된 결정체라는 것이다. 단현사의 승려들이 속세를 초월한 선인이라는 뜻이다.

"하지만 그럴 리 없지."

도치는 저 혼자 중얼대더니 피식 웃었다. 그리고 머리 위를 선회하는 까치를 올려다보며 인사하듯 손을 흔들었다. 친구야, 낭

보나 한 쌈 물어다 주려무나. 하지만 무심한 까치는 좁쌀 한 톨, 모래 한 알 내주지 않고 허공에 원만 몇 번 그리다가 훌훌 떠나 버렸다.

"저 자식 저거 매정하기는. 역시 까치보단 제비가 낫다니까, 쯧쯧."

애먼 상대에게 툴툴대며 도치는 정처 없이 걸었다. 그렇게 경내를 누비던 그가 멈춰 선 곳은 본당 뒤편이었다. 맞배지붕이 새긴 그림자를 그늘 삼아 잠시 둘러보았다. 평평하게 다듬어진 터 위로 주춧돌이 깔려있고 돌담 부근에 목재가 쌓여있었다. 적잖은 인부가 분주하게 움직이는 것이 전각을 새로 짓는 모양이었다. 도치는 책임자로 보이는 남자에게 다가가 물었다.

"실례합니다, 선생님. 지금 여기 짓는 게 뭔지 여쭤봐도 되겠습니까?"

남자는 도치를 위아래로 훑고는 건성으로 말했다.

"강당이라던데?"

"강당이요?"

"그래, 강당. 시주들 모아놓고 가르침이라도 주려나 보지. 이 섬이 좀 별나잖아."

"그러고 보니 주춧돌이 반듯하게 깔린 게 솜씨가 대단하십니다. 저 주춧돌, 화강암 같은데 맞습니까."

"호오, 잘 아시네? 스님들 까다로운 비위 맞추느라 고생 좀 했지."

도치는 톱밥이 튀는 목공 현장을 바라보며 연신 손가락을 튕겨댔다.

"이거, 이거, 기가 막히는 게 들어서겠구만. 한데 완공되면 크기가 어찌 되려나? 대충 평수로 따졌을 때."

"평? 글쎄, 내부만 한 오십 평 되지 않으려나?"

"아하, 감사합니다. 그럼 애쓰십시오."

건들건들 휘파람을 불며 금강문으로 향하자 마철준이 뒷짐을 진 채 기다리고 있었다.

"딱히 건질 건 없었네."

그러고는 마철준은 떫은 얼굴로 도치를 다그쳤다.

"그나저나 자네, 앞으로 말조심하도록 해. 사람 관계라는 게 원래 말 한마디 때문에 틀어지곤 하지 않나? 푼수데기처럼 덜렁대면서 주책맞게 들쑤시고 여기저기 빈축을 사대면 우리로선 곤란해."

그의 핀잔에는 부하들 앞에서 면박당한 것에 대한 보복의 사심도 조금은 깔린 듯했다. 도치는 "죄송합니다, 죄송합니다." 하면서도 고개를 뒤로 틀고 혀를 쏙 내밀었다.

"그리고 민도치 씨, 난 여기 승려들이 통 껄쩍지근해. 사건과 별개로 더러운 꿍꿍이가 있는 것 같단 말이야."

"전적으로 동의합니다. 한데 정 이장님 사건으로 걸고넘어질 건 아직 없어 보입니다. 즉신불도 매한가지, 어디 신문사에 제보해서 공론화하는 것 말고는 딱히 방도가 없을 듯하군요."

"그건 그렇지. 참, 이따 박한기 집에서 대책 회의가 있다고 하더군. 기우제 관련일 거야. 우름곶에서 기우제를 감행할 거라는 자네 생각이 맞아떨어지는 것 같아. 마침 죽해리 주요 인사들이 거기 모인다더군. 그쪽에 가서 뭐라도 엿들어볼 생각일세."

도치는 마철준의 눈앞에 엄지를 치켜세우며 한쪽 눈을 찡긋거렸다. 마치 아랫사람을 치하하는 것처럼.

"역시 호랑이 계장님, 훌륭한 판단이십니다. 그리 열심히 달음질하시다 보면 행운의 여신도 응당 계장님의 뒤를 호위해줄 겁니다. 무사히 다녀오십시오. 건투를 빌겠습니다."

지친 머리를 재정비할 시간이었다. 등산으로 소진한 체력을 보충하려면 낮 동안은 고양이처럼 늘어져야 했다. 도치는 마을 회관으로 돌아가 낮잠이나 청할 생각이었지만,

"그게 무슨 소리인가."

마철준이 그의 어깨를 붙잡았다.

"내가 거기 눌러앉아봤자 귀에 박히는 얘기나 있겠나? 또 밑도 끝도 없는 엉뚱한 발상이나 일삼을 텐데, 전도유망한 떠돌이 학자님이 인도해주셔야 할 거 아닌가? 자, 어서 가지."

호랑이 계장의 열정과 뒤끝은 민도치의 예상을 아득히 초월하고 있었다.

4.

“정승배 이장님의 변사야 더없이 안타깝다만, 작년 재작년 같은 흉년이 올해도 재발하면 그때는 되돌릴 수 없을 겁니다. 어르신, 이건 저희 우름곶만을 위한 행사가 아닙니다. 다 섬을 위한 과업 아니겠습니까?”

열변을 토하는 사람은 우름곶마을의 천재길 이장이었다. 그와 마주 앉은 박한기는 꼿꼿한 자세로 수염만 내리 쓸었다.

“어차피 저희 우름곶도 용왕님을 찾아뵙기 전, 나릿놀의 산신님께 재해 예방을 빌지 않습니까. 지금 가뭄의 전조다, 돌이킬 수 없는 부정이 묻었다, 하면서 동네 분위기가 엉망입니다. 금선스님이 깨어났다는 헛소문까지 돌 정도로 말입니다. 민심을 달래기 위해서라도 용왕제로 풍년을 기원해야 하지 않겠습니까?”

쩍 벌어진 가슴에는 뿌리 깊은 뚝심이, 곳곳이 거뭇하게 변색된 은목걸이를 찬 목에는 황소 같은 고집이 박혀있었다. 천재길 이장은 대지주와 눈높이를 나란히 하면서 연륜을 과시했다.

“그래서 저희 우름곶 입장은 예정대로 용왕제를 진행하겠다, 이겁니다.”

그렇게 박한기의 응접실은 냉랭한 기운이 감돌고 있었다. 천재길 이장 옆에는 우름곶 청년단 단장 장대희가, 박한기 옆에는 그의 딸 박수인이 앉아있었다. 단현사의 태을과 청혜는 대화에 끼어들지 못하고 있었다.

"그렇군. 천 이장님 뜻은 잘 알겠네."

박한기가 입을 열었다.

"청년단 단장님도 천 이장님 의견에 동의하시는 건가."

"그래, 대희야. 네가 잘 말씀드려라."

박한기는 차분한 눈으로, 천재길은 꾸짖듯 엄한 눈으로 일제히 장대희를 주시했다. 박수인과 단현사 승려들도 그의 입으로 시선을 모았다.

장대희는 불현듯 날아온 화살에 식겁한 듯 눈을 끔뻑거리며 더벅머리를 세차게 긁어댔다. 아까부터 입가를 가리고 하품을 숨기기 급급했는데 미신을 섬기는 태도가 어르신네에 비할 바는 못 되는 듯했다. 기껏해야 서른 안팎의 젊은이니 무리도 아니었다. 마철준은 장대희를 관찰하며 그의 입장에 동화해보았다.

천재길의 말마따나 우름곶마을의 소망이 이리도 간절하니, 게다가 우름곶이 부정의 상흔을 입은 터도 아니니, 용왕제가 개최되어도 장대희가 가책을 느낄 것은 없다. 다만 그러자니 박한기를 포함한 나룻놀 주민에게 왠지 뭇매를 맞을 것만 같고, 그게 아니더라도 불난 집에 부채질하는 것 하나는 자명하고, 그러다가 미운털이 제대로 박히면 추후라도 무슨 곤란이 닥칠지 모를 일인데, 그렇다고 답변을 유보하자니 한 마을의 대표자로 걸머진 중책이 있고, 여러모로 사면초가의 신세 같았다.

경찰로서는 산신제건 용왕제건 어수선한 모임이 모조리 취소되기를 바랄 뿐이었다. 동제와 사건을 각각으로 대하기에 잠재적 위험이 도사리고 있기 때문이었다. 전통의 속박에서 자유로운 장대희가 용왕제 개최에 회의적이라면, 그리고 청년단 단장의 끗발을 내세운다면, 그런 그의 의사에 대지주가 동조한다면, 경찰도 힘을 분산하지 않고 조금은 평온히 수사에 임할 수 있지 않을까. 마철준은 수심 자욱한 한편으로 내심 기대를 품었다.

“흐음.”

장대희가 마침내 운을 떼었다.

“일단 막걸리나 한 사발씩 까시죠. 오늘 한 모금도 못 마셨는데 이러다 목구멍이 타겠습니다.”

그러더니 그는 잔을 들고 내리는 시늉을 하며 입꼬리를 귀밑까지 끌어 올렸다. 이미 누룩 향이 걸쭉하게 배어있는데도 아닌 척 떨어대는 넉살에 모두가 웃어 보이며 얼음장 같은 기류도 사르르 녹아내렸다.

“아, 이장님.”

박수인이 술상을 차리는 동안 장대희가 천재길의 어깨를 끌어안았다.

“제가 일기예보를 보니까 당분간 쌀쌀할 거 같더라고요. 이런 날씨에 용왕님을 모시는 것도 실례 아닙니까. 날 좋을 때, 한 5월 돼서 하면 더 즐겁지 않을까요? 마침 석가탄신일이랑 겹치는데 그때쯤 하면 효과가 더 좋을 거 같은데요."

천재길은 입을 반쯤 벌리고는 들릴 듯 말 듯 따져 물었다.

"야, 대희야. 사람들 다 입 모아서 얘기한 거잖아. 인제 와서 네가 말을 바꾸면……."

"그럼 나중에 하는 걸로 하죠. 동네엔 제가 전달할게요. 말 그만하고 좀 들어요. 어르신 댁은 맛있는 게 많아서 좋다니까."

천재길이 벌게진 얼굴로 끊임없이 쑥덕였으나 장대희는 소심한 항의를 능구렁이처럼 받아 흘렸다. 천재길보다 작고 마른 체격에 일견 가벼운 언행을 일삼는데도 유연하니 노련한 면모가 한 집단의 수장으로 모자람이 없었다. 반쯤 걷어붙인 블루종 재킷 소매 아래로 나온 팔목에는 시계도 팔찌도 없지만 자글자글한 힘줄이 장신구처럼 빛났다.

"내가 상관할 건 아니지만."

천재길이 여전히 뻗대고 퉁을 놓자 마철준이 한마디 얹었다.

"우름곶 이장님한테 하나 물어보지요. 마을 사정은 나도 대충은 알고 있습니다. 헌데 취소까지는 아니더라도 연기는 얼마든지 고려할 수 있지 않습니까. 괜히 우름곶에서 잔치 분위기 만들면 나릿놀도 고까워하지 않겠소? 내가 우름곶 기우제를 걱정하는 것도, 흑심을 품은 나릿놀 주민들이 괜한 시비를 틀어 사고로 번지지 않을까 하는 겁니다. 사람이라는 게 곧 죽을 것 같아도 시류에 금세 금세 적응하더군요. 한 보름만 지나면 나릿놀 주민도 누그러질 겁니다. 그땐 나릿놀에서 먼저 한 마을이라도 기우제를 지내자고 할 수도 있지."

"아뇨, 연기는 안 됩니다. 일정 잡기가 쉬웠으면 오늘이고 내일이고 매일매일 제를 올렸겠죠. 잘 봐요, 형사님. 11일과 12일은 동쪽에 손이 있고, 13일과 14일은 남쪽에 손이 있어요. 15일, 16일도 애매한 건 똑같습니다. 용왕님을 모시는 해안가가 따로 있는데 이쪽은 서방에 해당합니다. 사면팔방에 손 없는 날을 잡으려면 또 많은 날을 기다려야 해요."

"거참, 이사하는 것도 아니고 손 없는 날까지 따질 거 있나."

"응당 따져야죠. 적잖은 짐을 옮겨야 하니까요. 거기다가 주민들은 스무날 넘게 정결을 유지하느라 고생이란 고생은 다 했어요. 구운 것도 못 먹고 삶은 것도 가려가면서요. 새댁이랑 새신랑은 얼마나 애먹는 줄 압니까? 저번 달에 결혼한 은석이네는 부부 관계 피하느라 벌써 금실이 삐걱대기 시작했대요. 부정을 피하면서 몸을 깨끗이 관리한다는 게 보통 힘든 일이 아닙니다."

마철준은 콧김만 내뱉었다. 신령님에게 바치는 순애보를 정론으로 찢어놓을 순 없을 터였다.

"그래, 천 이장님 말씀도 일리가 있어."

박한기가 말했다. 들창으로 햇살이 들어오자 비녀를 꽂은 상투 머리가 은빛으로 반들거렸다.

“옛 부여국도 읍루를 보듬지 못하고 선도자들이 소동했던 것이 망국의 씨앗이 되지 않았나? 민중이 고단한 시기일수록 한풀이가 절실한 법이지. 어쩌면 부정이 묻지 않은 우름곶에 복을 집결시키는 게 나을지도 모르겠네. 의례 절차만 잘 조정하면 나릿놀도 큰 불만 없을 걸세. 이를테면 용왕님을 모시기 전에 산신님께 인사 올리는 시간을 조금 늘리든가, 이런 식으로 말이지.”

장대희가 눈을 찌푸리며 콧등을 긁는 가운데 천재길이 냉큼 대답했다.

“암요, 지당하신 말씀입니다. 아무리 동네 간 사이가 소원해도 그렇지, 저희가 어찌 산신님까지 업신여기겠습니까. 더 열심히 기도드려야죠.”

“우리끼리 합의는 마친 것으로 하지. 스님들은 어떻게 생각하십니까.”

그러자 태을이 그늘진 얼굴로 말했다.

“큰스님이 이르기를, 주민분들 고충부터 귀 기울이라고 하셨습니다. 마을의 우환을 예방하는 큰 행사이니 저희 사정은 둘째로 미루셔도 됩니다.”

천재길은 화색이 되더니 갑자기 손가락을 튕겼다.

“참, 어르신의 참관은 걱정하지 마십시오. 3년 전에 나릿놀 이장님 어머님 상을 치를 때도 그러지 않았습니까. 물론 초상과는 비교할 수 없는 흉사를 목도하셔서 씻을 수 없는 부정을 타시긴 했지만, 절에 머무시면서 대대적인 몸 정성을 받으시면 정화가 가능할 겁니다. 적어도 어르신 한 분만은 말입니다."

지독한 부정을 입었는데 감히 의례에 참석할 용의가 있냐고 따지듯, 당신 혼자만 특혜를 누릴 심산이냐고 일갈하듯, 은연중에 부담을 주고 압박을 가하는 언사였다. 박한기는 피식 웃으며 손을 저었다.

"아니, 더 안달 난 이도 있을 텐데 나 혼자 그런 덕을 받을 수 없지. 난 집에서 조용히 기우를 발원하겠네."

"아, 그러시겠습니까? 그럼 이번 돌신제는 저희가 잘 관리하겠습니다."

한편 민도치는 무거운 머리를 힘겹게 지탱하고 있었다. 이 집에 들어설 때마다 심장이 옥죄이는 이유를 전혀 알 수 없었다. 은은한 꽃향기가 방 안에 만발하건만 그 속에 숨은 악취가 코끝을 찌르는 것 같았다.

"스님들이 노고가 많으세요."

박수인이 상냥한 목소리로 다독이듯 말했다.

"아쉽게도 아버지의 참관은 힘드니 천 이장님과 대희 씨가 스님들을 잘 모셔야 할 거예요. 이번 행사 잘 부탁드립니다."

"보살님."

묵언 수행에 여념이 없던 청혜가 웬일로 입을 열었다.

"그건 염려하지 않으셔도 됩니다. 죽해리의 안정과 평화를 위해 본사는 이번 동제를 화합의 장으로 만드는 데 면면히 매진하겠……."

"청혜야, 오늘따라 말이 홍수 같구나. 잔잔한 강물을 떠올리며 말의 물길을 조절해보아라."

청혜의 과묵한 연설이 애써 띄워놓은 분위기를 가라앉히자 태을이 능숙하게 교통을 정리했다. 수줍은 듯 얼굴이 붉어진 청혜를 바라보며 박수인은 주먹으로 입가를 가리고 웃었다. 뚱하기 그지없던 장발의 젊은 승려가 내비치는 의외의 일면을 마철준은 머릿속에 기록해 두었다.

"올해 행사는 이렇게 정하세. 자, 이럴 게 아니라 반주나 한잔들 드시지. 천 이장님도 말씀을 많이 하셔서 목이 칼칼하시겠군. 형사님과 민 군도 사양하지 마십시오."

박한기의 제안에 천재길이 시원하게 한잔, 우거지상으로 씹을 거리를 우걱우걱 먹어대던 장대희도 못 이긴 척 한잔, 한사코 사양하던 태을과 청혜도 마지못해 한잔, 아버지와 어깨를 맞대고 앉아있는 박수인도 마시듯 안 마시듯 잔을 홀짝거렸다. 마철준 역시 한잔 걸치면서 참고인들을 떠보지만 성과는 없다. 술을 입에도 대지 않는 사람은 민도치와 박한기뿐이었다. 다만 박한기는 알아서 자제하는 눈치였다.

도치만이 주박에 걸린 듯 몽롱한 정신을 억지로 부여잡았다.

사람들이 나누는 담소가 돌림노래처럼 들려오는데, 떠나보낸 세월이 한 시간인지 한 시진인지 일 분인지 일 초인지조차 헷갈렸다. 신물이 목젖까지 차오르자 도치는 끝내 밖으로 나갔다.

담벼락을 붙잡고 속을 게워내려 했다. 하지만 토사물은 쏟아지지 않았다. 가뜩이나 어지럽고 느글거리는데 자책의 외침이 내리꽂혔다. 민도치라는 인간의 육신에서 이탈한 영혼이, 민도치라는 주체에서 갈라져 나온 분신이 그를 꾸짖고 있었다. 섬의 주요 인사가 한곳에 모이는 자리, 정말이지 중요한 자리라면 그들의 회담 속에 어떤 실마리가 숨어있을지 모르는데 추태는 그만 부리라고, 재깍 사리를 분별하라고 또 하나의 자신이 머리채를 붙잡고 혼내고 있었다.

그렇게 십 분여를 야단맞고 있는데 돌연 등에서 따스한 손길이 느껴졌다. 도치는 침을 줄줄 흘리며 고개를 들었다.

"어디 안 좋으십니까."

다름 아닌 청혜가 민도치의 등을 두드려주고 있었다. 돌부처 같은 자세와 미인도 같은 자태는 변함없으나 방금 보인 허술한 면모 때문인지 평범한 청년의 상도 산들거렸다. 도치는 머쓱한 얼굴로 몸뚱이를 바로 세웠다.

"뭘 급하게 먹었는지 속이 얹혔나 봅니다. 그건 그렇고 고생 많으십니다. 부처님의 제자님답게 양민 구제부터 염려하시던데 절로 감동을 자아내는 멋진 장면이었습니다. 한민족 고유의 정과 대일여래의 자비가 친교를 맺어 내외가 탄탄하기 이를 데 없는 민속 밀교가 탄생하니, 모름지기 모두의 공경을 받아야 마땅하겠습니다. 그렇지 않습니까, 스님?"

그러나 청혜는 장단을 맞춰주기는커녕 눈길 한 번 주지 않았다. 민도치가 있는 재롱 없는 재롱 다 떨어대도 매한가지, 실바람에 흐느적거리는 수초만 스쳐보며 답답하고 퍽퍽한 반응으로 일관했다. 급기야 무안해진 도치는 재킷에서 담뱃갑을 꺼냈다. 그리고 그 일련의 움직임을 힐끗힐끗 훔쳐보는 청혜를 놓치지 않았다. 도치가 입술에 검지를 갖다 대고 은근슬쩍 담배를 권하니 그제야 청혜의 말문이 트였다.

"손님한테 볼썽사나운 꼴을 보여드린 것 같아 겸연쩍을 따름입니다."

"아닙니다, 아닙니다. 언제 어디서 이런 눈꼴신 장관을 또 감상할 수 있겠습니까? 좋은 구경 잘하고 있습니다."

"뭔 장관이요……? 아니, 그것보다 이게 좋은 구경입니까?"

아뿔싸. 위장이 꼬여 의식이 분리된 나머지 말에 바른 분이 뜨고 말았다. 도치는 곧장 측두엽 속 화장대를 열어 언어의 본판을 치장했다.

"아아, 문화의 다양성을 존중하고 보존하여 전파하는 것이 저 같은 부랑자의 사명 아니겠습니까. 통속의 시야로 향토색을 함부로 재단할 수 없다는 뜻을 반어적으로 비유하고 싶었던 것인즉, 희소함을 좋음으로 치환하는 저만의 문학적 표현이었던 겁니다. 옛 문인들도 이렇게 청풍명월을 묘사했다는데 설마설마, 이런 한양식 해학을 접해보신 적이 이번이 처음입니까? 아이고, 스님도 참 스님답습니다."

되는대로 갖다 붙인 해명에 청혜는 미간을 모았으나 중도의 교훈을 복기하고 무아의 미덕을 실천하듯 그냥저냥 넘어갔다.

"문화의 다양성이라. 틀린 말씀은 아닙니다. 하지만 입멸에 드신 스님을 저렇게 보존하는 게 우리 고유의 문화일지는……."

청혜의 낯빛이 침울해졌다. 가까스로 소통의 장을 열었건만 또다시 묵언 수행에 돌입할 태세였다. 실수는 한 번으로 족했다. 주요 관계자와 단둘이 사담을 나눌 기회를 놓칠 수 없었다. 도치는 한쪽 볼을 부풀리더니 이내 빈말을 늘어놓았다.

"천만의 말씀, 만만의 콩떡입니다. 「등신불」이라는 작품도 있지 않습니까. 그 소설 주인공도 금부처로 도금된 스님을 통해 자신의 행적을 되돌아봅니다. 김동리 선생이야말로 토속과 민속을 아우르는 문인이자 한국 현대사의 산증인일 것인데 말씀인즉슨, 단 현사가 저 탁한 수면 위로 피어난 수련처럼 숱한 풍랑에도 근본의 색조를 훌륭히 보전하고 있는 도량 중의 도량이라는 겁니다."

"예? 그, 그게 그렇게 연결됩니까?"

"그럼요, 그럼요. 그렇다고 보시면 됩니다."

막무가내로 꿰맞춘 궤변이지만 하도 매끄럽게 늘어놓는 바람에 청혜는 무심코 고개를 끄덕였다. 그의 입에서 이내 웃음이 터져 나왔다.

"하하, 민 처사님은 속임수를 두는 솜씨가 상당하시네요."

우유에 이는 왕관처럼 신선한 미소였다. 창날은 무뎌졌으나 창대에 달린 붉은 술의 미색은 한결 도드라졌다. 그러나 그 아름다움도 오래지 않아 시들기 시작했다.

"말씀만이라도 감사합니다. 민 처사님, 그래도 저는……."

이맘때마다 회의감이 듭니다. 이런다고 비가 내리면 기상학이 왜 필요하겠습니까. 천 이장님이나 우름곶 주민분들이나 의례에 목숨을 거는 것은 이해하지만, 정승배 이장님께 송구스러워 마음이 괴롭습니다. 청혜의 얼굴에는 그런 이야기가 쓰여있는 것 같았다. 도치는 재차 듣기 좋은 말을 쥐어짰다.

"그래도 어르신께 문안해 동제의 허락을 구하시는 걸 보면 우름곶마을도 도리를 중시하는 듯합니다. 스님들과 아울러 천 이장님과 대희 씨도 이리 열심히 봉사하시니 마을 형편도 차차 나아지겠죠."

"도리요? 이 섬은 그런 거 없습니다."

청혜는 별안간 코웃음을 치며 냉소를 머금었다.

"박 씨 어르신이 생각을 접으시면 이번 돌신제는 허사로 돌아갑니다. 그래서 천 이장님과 장 처사님도 마음이 급해져 이렇게 찾아온 겁니다."

"어라? 그건 또 무슨 말씀입니까?"

청혜는 아차 싶었는지 입술을 딱 붙였다. 하지만 도치가 무릎이라도 꿇을 기세로 간곡히 애원하자 어렵사리 사정을 털어놓았다.

"용왕제나 산신제나 돌신제엔 백단향을 씁니다. 이번 돌신제는 박 씨 어르신께서 최고급 백단향으로 준비하셨지요. 어찌 됐건 어르신의 소유이니 어르신께서 생각을 바꾸시면 돌신제는 영향을 받습니다."

행여나 어르신이 뜻을 접으실까 우름곶은 조마조마했겠지요. 물론 어르신 같은 분이 어지간한 일로 꿍하실 리는 없겠지만, 그래도 우름곶은 우려가 이만저만이 아니었을 것입니다. 우름곶 대표들이 몸소 찾아온 것도 도리를 중시해서가 아니라 백단향 때문입니다. 천 이장님이 악역을 자처하고, 장 처사님이 못 이긴 척 받아주는 역할극을 수행하면서 그들의 바람을 꿰맸던 것이지요. 청혜는 그런 설을 풀고 싶었던 것이 아닐까. 그가 말을 아껴가자 도치는 급한 대로 화두를 돌려보았다.

"한데 스님, 성불 전 금선 스님은 어떤 분이셨습니까?"

그윽한 향냄새만 코에 닿을 뿐, 귀는 심심하기 그지없었다. 장발의 젊은 승려는 다시금 돌부처로 돌아와 입을 봉했다.

청혜의 충혈된 두 눈에는 읽힐 듯 읽힐 듯하면서도 끝끝내 종잡을 수 없는 감정이 깃들어 있었다. 슬며시 마음을 터놓는가 싶으면 이내 꺼풀을 덮어버리고, 빈틈없이 감추는가 싶다가도 실틈으로 속내가 언뜻언뜻 엿보이는데, 유약한 애수가 어려있기도 남모를 번민이 속살대는 듯도 한 것이 내면을 고루고루 헤아리기는 도통 녁녁지 아니하였다.

“이럴 게 아니지. 처사님, 태을 스님 못 보셨습니까?”

청혜가 목소리를 높이며 앞뜰을 둘러보았다.

“민 처사님보다 먼저 나가셨는데, 이디 가셨지?”

민도치의 고양이 같은 눈동자가 반짝였다.

“혼자 절로 돌아가신 건 아닐 테고요?”

“잠시 바람을 쐰다고 나가셨는데 삼십 분이 넘어갑니다. 무슨 일인가 싶어 제가 나와본 겁니다.”

그러나 때는 늦어버렸으니 기어코 또 다른 참사가 막을 올리고 말았다.

5.

두 번째 살인이 일어난 장소는 박한기의 한옥 뒤뜰이었다. 피해자는 단현사의 상좌승 태을이었고, 이번에도 배가 절개되어 있었다. 다만 첫 번째 사건처럼 장기가 죄다 사라진 것은 아니었다.

“몰라! 모른다고!”

앞뜰에서 비명을 내지른 사람은 천재길 이장이었다. 그는 사람들을 밀치며 발작하고는 털썩 주저앉았다.

"몰라……. 진짜 몰라……."

천재길의 녹슨 은목걸이가 태양 빛을 반사하자 마철준은 눈을 찡그렸다. 심문은 고사하고 간단한 문답도 오가기 전인데 공황을 일으키니 의아로울 따름이었다.

"이장님, 일어나요. 어르신도 계시는데 이러면 어떡합니까. 그러게 작작 마시라니까."

장대희가 천재길을 부축해 일으켰다. 한 동네의 대표답게 그런대로 위신을 지키는 듯했으나 앞뜰에 놓인 생수통을 단박에 반의반이나 비우는 거동에서 동요가 묻어나왔다.

"장대희 씨, 천 이장님은 지병이라도 앓고 있나?"

마철준의 물음에 장대희는 입가를 닦으며 작은 탄식을 머금었다.

"그런 얘기는 못 들었습니다. 아마도……."

"아마도?"

"제 입으로 말하기도 뭣하네요."

팔작지붕을 올려다보며 뜨거운 햇살을 맞고 있자니 마철준은 강렬한 위화감을 느꼈다. 어딘가 찔리는 구석이 있다면 '아니다'라고 부르짖는 편이 상식적인 반응이다. 그렇다면 천재길이 '모른다'라고 귀 따갑게 질러대는 것은 무엇을 의미하는가. 응접실에서 그가 했던 말이 떠올랐다.

물론 초상과는 비교할 수 없는 흉사를 목도하셔서 씻을 수 없는 부정을 타시긴 했지만…….

“이장님, 당신?”

회피하고 있다. 외면하고 있다. 동제에, 용왕제에, 그토록 소망했던 축제에 참석이 요원해지자 현실에서 도망치려 하고 있다. 분명 천재길은 살해 현장을 두 눈으로 목격한 자신을 속이려 하고 있었다. 엔간한 젊은이보다 건장한 중년 남성이 보이는 추태에 마철준은 경악을 금할 수 없었다. 의례라는 것이, 부정이라는 것이 이 섬에서 그리도 막중한 중대사라는 말인가.

마철준은 서둘러 굴레에서 벗어나 가르마를 정리하며 시선을 돌렸다. 툇마루 앞에서 박한기가 뒷짐을 진 채 눈을 형형하게 빛내고 있었다. 그 옆에 서있는 박수인의 하얀 얼굴에는 냉기가 감돌았다. 청혜는 지그시 눈을 감고 진언을 외고 있다.

“여러분은 안에서 대기해주십시오. 곧 따라 들어갈 테니.”

어차피 지금은 이것저것 따져 물어보았자 제대로 된 답변을 듣기 힘들었다. 마철준은 신문을 뒤로 미루고 박 씨 부녀와 청혜, 장대희와 천재길을 집 안으로 들여보냈다.

“저기요.”

하지만 박수인은 자리를 지키다가 모두가 들어가고 나서 마철준 앞에 섰다.

“저희를 용의자 취급하시는 거죠? 형식적인 절차니 이런 말은 하지 마시고요.”

칼을 벼린 듯이 날카로운 눈빛이었다. 곧게 뻗은 콧날도 왠지 모르게 서슬이 바짝 서있는 듯했다. 일도에 사나워진 그녀의 모습에 마철준은 갸우뚱했지만 짐짓 태연히 말했다.

"아직 뭐라고 할 단계는 아닙니다."

"부정은 안 하시는군요?"

"이봐요, 박수인 씨. 불쾌한 건 알겠지만 정황상 댁들은 주요 참고인이 될 수밖에 없소. 하루빨리 범인을 검거해야 서로 좋지 않겠나?"

"그건 알겠어요. 이해한다고요. 그런데 저 사람은요? 형사님은 몰라도 저기 저 사람만 특별 대우하는 건 용납 못 하겠는데요."

박수인의 눈짓을 따라 마철준은 고개를 돌렸다. 민도치가 벽돌담을 부여잡고 요란스레 속을 게워내고 있었다. 제일 먼저 현장에 달려온 임택수 소장이 아까부터 등을 두드려주고 있건만 여전히 사경을 헤매는 모양이었다. 마철준은 새어 나오는 한숨을 간신히 틀어막았다.

"그건 내 알아서 할 테니 들어가 있으십쇼."

화창하고 개방감이 있는 앞뜰과 반대로 뒤뜰은 으슥한 골목 같았다. 루프톱 형태의 야외 옥상이 해를 가리고 있기 때문이었다. 시체는 옥상 아래 그림자가 드리운 뒷문 쪽에 늘어져 있었다. 어중간한 출혈량과 혈흔의 확산 정도가 좁다는 점으로 유추하건대 도검류를 이용한 상해는 사망 이후 실행된 것이 유력했다. 태을의 목에 새겨진 끈 자국까지 가산하자 직접 사인은 경부 압박에 의한 질식사, 즉 교살로 추정되었다.

마철준은 태을의 시체를 내려다보며 성호를 그었지만 이마에 닿은 손가락 끝이 턱으로 옮겨지기 전에 재빨리 손을 털었다. 불현듯 개안한 그의 눈이 경관들을 둘러보았다.

"핵심 사항부터 체크해보지. 사체를 끌고 간 흔적이 없는 걸 보면 피해자는 자의로 뒤뜰까지 이동했을 거야. 태을과 범인 사이에 면식이 있다는 걸 의미하겠군. 그리고 정상적인 진입로는 대문과 뒷문이야. 둘 다 닫혀있고 잠겨있었어."

다시 말해 널찍한 대문이든 쪽문 형태의 뒷문이든 안에서 잠그는 구조였다. 최초 사건을 확인했을 때 두 출입문 전부 빗장이 굳게 걸려있었다.

"내부부터 차근차근 따져보자고. 나랑 민도치 씨가 저들과 두 시간 넘게 같이 있었네. 모두 중간에 두세 번 자리를 비웠는데, 피해자와 민도치 씨를 제외하면 공백이 십 분 미만이야. 그 시간에 교살은 몰라도 배를 가르고 간과 쓸개를 끄집어내기엔……. 음, 가능하다고 가정해보지. 그런데 내부인 중에 피 한 방울 묻은 사람이 없었어. 가만. 어이, 김가. 수첩은 나한테 주고 저 담 한번 넘어보겠나?"

한옥의 담장은 평균 키의 성인 남자보다 머리 하나쯤 높았다. 비록 수월하다고 할 수 없으나 김영웅 경사가 실험해본 결과 담을 이용한 침입과 탈출이 불가능한 일은 아니었다.

"그런데요, 계장님."

김영웅이 손을 탁탁 털며 말했다. 이십 대 후반에 경사로 진급해 형기대의 책사를 꿰찼을 만큼 문무를 겸비한 인물이었다.

"외부인이 피해자를 뒤뜰로 꼬드겨서 족쳤으면요. 뒷문을 따고 튀는 게 자연스럽죠. 그런데 뒷문이나 대문이나 다 잠긴 상태 아니었습니까? 들어올 때야 몰라도 나갈 때 담을 넘을 여유는 없을 겁니다. 아무래도 내부인 애들이 구린 거 같은데요."

"내부인이라……. 일단 샅샅이 뒤져보지. 옥상의 장독대부터 들춰보게. 어디서 피 묻은 비닐 옷 같은 게 나올 수도 있어."

핏자국이야 어떻게든 피할 수 있다. 그러나 그 자취마저 완벽하게 지울 순 없는 노릇이었다. 그렇게 옥상의 화분과 장독대를 하나하나 까뒤집었으나 흉기나 장기, 피와 관련된 물증은 좀처럼 눈에 띄지 않았다. 한옥 바깥 주변도 일견 깨끗하니 혈흔 감식에 착수해도 첫 번째 사건처럼 여러 자잘한 물질이 동시 반응할 공산이 높아 보였다. 사람의 피와 그 외의 피를 식별하기는 긴 시일이 소요될 터였다.

"이봐, 김가. 이건 외부의 소행이라고 보는 게 맞겠네."

"하지만 문이 잠겨있던 거, 이거 생각하면 도저히 가다가 안 나와요. 도주 후에 미상의 도구를 이용해서 밖에서 걸어 잠글 수도 있겠지만, 대낮에 그 지랄하면서 질질 끌었다간 털릴 위험만

커질 거 아니에요? 외부 범죄자가 누구 좋자고 밖에서 문짝 붙잡고 염병을 떨었겠습니까? 그렇다고 쌔빠지게 담 타고 토낄 여력이나 있었겠습니까? 간과 쓸개, 범행 도구만 해도 짐이 적다고 할 수 없는데?"

"외부인이 뒷문으로 탈출하고 밖에서 솜씨 좋게 문을 시건했다……. 아니, 도망치기 바쁜데 잔꾀를 부릴 여유는 없었겠지. 뒷문, 뒷문이라. 이거 간만에 대가리 빠개지는군. 헌데 내부인이 일 치르고 완벽하게 은폐했을 리 없잖아. 배를 갈랐을 만한 흉기가 보이는 것도 아니고 말이야. 암만 따져봐도 내부인의 범행은 불가능해."

"아니요, 제 생각은 다릅니다."

불쑥 끼어든 사람은 민도치였다. 초췌한 몰골로, 재킷 소매로 입가를 닦으며 걸어오는 그를 쳐다보자니 마철준은 코웃음을 칠 수밖에 없었다. 추레한 와중에도 태을의 시체 옆에 꿇어앉아 진지하게 합장하는 꼴이 도리어 가소로웠다.

"민도치 씨도 봤다시피 내부인의 옷엔 피 한 방울 묻지 않았네. 하다못해 앞뜰로 이어지는 자갈길에도 핏자국은 보이지 않고."

"옳습니다. 게다가 내부인이 자리를 비운 시간은 오 분에서 길어야 십 분 남짓, 그 촌각에 교살 및 해체를 완료하기는 신의 손을 가진 명의라도 버거울 것입니다."

"아직 정신 못 차렸나 보군. 다시 얘기해주겠네. 범인은 살인을 저지르고 간과 쓸개를 훔쳐 간 데다 마무리까지 감쪽같이 했어. 내부인의 범행이 물리적으로 가능하겠나? 시간부터가 안 되지 않나?"

"아니지요. 시간부터가 남아돌지요. 오 분이 두 번이면 십 분이요, 세 번이면 십오 분입니다. 한 번은 목을 조르고 한 번은 칼을 들이밀고 한 번은 간과 쓸개를 처리하고, 이른바 시차를 두고 작업이 진행되었다는 것입니다."

마철준과 김영웅의 눈이 번뜩였다. 도치는 콜록콜록하더니 셔츠의 윗단추를 풀며 말했다.

"결국 두 번 내지 세 번만 실내를 벗어나면 될 것입니다. 내부인이 피해자를 뒤뜰로 유인한다든지, 교살할 시간과 배를 가를 시간의 간격을 배분한다든지, 동석자의 눈치를 살펴 두 번 이상 응접실을 빠져나갈 기회를 잡는다든지, 이러한 계략을 분할하는 것은 추호의 어려움도 없습니다. 아울러 이번이 두 번째인데 교살이든 해부든 범인도 숙련이 되지 않았겠습니까."

"그럼 장기는? 장기는 어떻게 처리한 건가?"

"장기뿐만 아니라 혈흔의 분출을 막아주는 데 보호구로 쓰였을 비닐 옷이나 비닐장갑, 비닐 덧신은 동물의 식탐으로 빠짐없이 인멸되었다고 주장하는 바입니다."

말이 떨어지기 무섭게 김영웅이 앞뜰로 달려갔다. 하지만 삽살개들이 장기를 먹은 흔적은커녕 핏자국조차 보이지 않았다.

복귀한 김영웅은 성난 얼굴로 민도치를 노려보았다.

"아아, 그쪽이 아닙니다. 이 집 개들이 둘째가라면 서러워할 대식가에 탐식가라도 흉기까지 삼킬 수는 없지요. 그래도 먼 길 다녀오시느라 애쓰셨습니다."

도치는 김영웅의 어깨를 다독여주며 말을 이었다.

"우리가 주시해야 할 것은 잉어들이 서식하는 앞뜰의 연못입니다. 새우나 지렁이 같은, 이를테면 감질날지언정 고단백의 먹이가 사전에 연못에 뿌려졌다면, 이 입맛을 돋우는 애피타이저가 포식자의 습성을 지닌 잉어들과 이와 동거하는 작은 물고기를 포함해 수생 곤충의 식욕을 자극했다면, 그리하여 이 허기진 것들이 간과 쓸개를 남김없이 먹어치웠다면, 여기에 흐리터분한 물의 탁도가 혈액의 확산을 가려주었다고 부연한다면, 본인의 주장에 어떠한 맹점도 보이지 않을 것입니다. 마음먹기에 따라서 내부인의 단독 범행도 충분히 가능하다는 말씀입니다."

전후를 따질 겨를도 없고 이치를 셈할 경황도 없이 마철준과 김영웅은 민도치의 언변에 고스란히 홀려버렸다. 말을 부리는 재주가 초원을 질주하는 준마처럼 막힘없고 거침없어서 고삐를 붙잡고 싶어도 그럴 새가 없었다.

"잉어가 뭐든 잘 먹는 놈인 건 맞는데."

김영웅이 환술 같은 화술에서 어렵사리 헤어났다.

"뭐, 그래. 장기든 비닐이든 그놈들이 다 처먹었다고 치자고.

문제는 흉기예요. 잉어들이 칼 같은 연장까지 배 속에 욱여넣었다는 말이에요? 걔들 몸뚱이만 한 쇠붙이를?"

"그렇죠, 그렇죠. 잉어가 아무리 먹이 소비에 활발한 어류라고 한들 쇠붙이까지 갈아 마시진 못하겠죠. 하지만 망인의 배를 가른 것이 금속성 물체라고 단언하기는 이른 시점입니다. 만일 동물의 유해와 곤충의 잔해조차 일용할 양식으로 삼으리만치 음식에 관대한 영물들이 이 현장에 존재한다면, 아울러 망인을 해한 흉기가 회칼 같은 연장이 아니라 예리하게 연마한 동물의 뼛조각 같은 유기성 재료라면, 이 유기물을 연못 아래서 생활하는 잡식성의 갑각류가 잘근잘근 물어뜯어 분쇄했다면, 아니 그것들이 지금도 흉기로 쓰인 뼈를 현재진행형으로 해체하는 중이라면, 본인의 서술에 그릇됨은 일절 없어질 것입니다."

말이 끝나기도 전에 김영웅은 윗도리와 운동화를 벗어젖히고 연못 안에 뛰어들었다. 지극정성으로 물을 헤집으며 잠수까지 감수했건만 기다란 뼛조각은커녕 손가락만 한 뼈마디조차 발견되지 않았다. 땅으로 올라온 김영웅은 오들오들 떨면서도 빠득빠득 이를 갈며 민도치를 씹어먹을 듯이 노려보았다. 도치는 무척이나 뻘쭘한 듯 입술만 달싹이다가 재킷을 벗어 김영웅의 알몸에 걸쳐주었다.

"경사님의 도전 정신과 무모하리만치 과감한 실천력에 경의를 표합니다. 이 시련이 경사님께 필경 새로운 영감을 제시하리라고 믿어 의심치 않습니다, 하하. ……아, 죄송합니다."

김영웅은 재킷을 땅바닥에 내던지고는 마철준에게 고개를 기울였다.

"인제 보니 이상한 게요, 용의자가 한정되는 집에서 내부인이 이런 미친 짓을 저지를 리 없어요. 형님, 좀전의 내 가설은 말아 먹겠습니다. 이건 백 퍼센트 외부인 새끼가 기획한 범죄예요."

"아뇨, 아뇨. 외람된 말씀이오나 김 경사님, 제가 진정 지적하고 싶은 것이 바로 그런 성급한 태도입니다."

"뭐? 말본새 봐라? 뭐가 어쩌고 어째?"

"아아, 또 실례했습니다. 본인의 어휘가 재차 허물이 되었다면 진심으로 사죄드리겠습니다."

그래 놓고 도치는 꼿꼿하게 입을 놀렸다.

"내부인이 이 좁고 닫힌 공간에서 범행을 자행할 리 없다, 이렇게 말씀하신 김 경사님의 달견에 저도 무한한 갈채를 보내는 바입니다. 그야말로 비효율적이기 이를 데 없는 무모한 발상이죠. 아아, 경사님이 아니라 범인이 무모하다는 뜻입니다. 범인과 피해자 사이에 면식이 있다면, 밀회라도 가져서 타인의 시선을 피해 범죄를 저지르는 게 범인으로서도 안전하죠. 백번 천번 마땅한 의견이지만 제 생각은 다릅니다."

머리가 과열된 마철준은 콧김을 푸푸 내뿜었다.

"자네 얘기는 어째 들으면 들을수록 헷갈리는구먼. 이것도 아니고 저것도 아니라는 건데 무슨 말을 하고 싶은 건가?"

"논리적인 흐름, 본능적인 심리, 정서적인 동기. 이 예사의 개연성을 무참히 박살 내는 경우의 수가 하나 있습니다. 미신적인 신념만큼 맹목적이고 무서운 것도 없지 않습니까."

그것이 민도치가 일찌감치 도달한 결론이었다. 다만 주장을 관철하려면 일반론부터 짚고 넘어가야 했다.

"계장님, 경사님. 감히 강조하건대 나릿놀의 큰 어르신, 우름곶의 이장과 청년단 대표, 섬의 신심을 장악한 단현사 승려, 이 가지각색의 내부인들은 하나의 신앙적 미싱링크로 연결되어 있습니다."

마철준은 곰곰이 생각하더니 눈을 크게 떴다.

"돌신제로군!"

"영문은 몰라도 돌신제에 훼방을 놓으려는 세력이 있다고 확신합니다. 아까만 해도 그것이 나릿놀의 산신제에 한정된다고 여겼지만 이쯤 되면 동네 안 가려도 무방합니다. 우름곶이 용왕제를 감행하려 한다는 건 죽해리 주민이라면 공공연히 알고 있을 터인즉, 우름곶의 대장들에 이어 단현사의 승려까지 죽음을 목도해 부정을 탄다면, 그 죽음의 주체가 하필 단현사의 상좌승이라면, 이래저래 용왕제의 추진은 어려워집니다. 이런 목적을 품은 자가 내부나 외부에 국한된다고 잘라 말할 수 없습니다. 그러하면 내부에서 외부의 힘을 보조받았다는 가설도, 외부인과 태을 스님 간에 모종의 담합이 있었다는 가설도 성립될 겁니다."

"모종의 담합이라니?"

"태을 스님이 범인을 위해 뒷문을 열어줬을 경우입니다. 가장 희박한 경우겠으나, 그러하되 상상의 나래를 펼쳐보자면 태을 스님과 범인은 뜻을 같이하고 있었다. 여기서 뜻이란 돌신제 주요 관계자에게 부정을 살포하는 것이었다. 회의가 있던 오늘이 절호의 기회였다. 그리하여 태을 스님은 자신의 의지로 외부인을 들여보냈다. 그러나 부정의 매개체가 된 건 태을 스님이었다. 이 정도입니다."

"미치겠구먼. 그 말대로라면 첫 번째 사건을 태을과 범인이 결탁했을 수도 있다는 건데. ……그런데 말이야, 뒷문이 잠긴 건 어떤 식으로든 설명이 안 돼. 외부인이 담을 타고 도망칠 이유는 안 보이지 않나?"

"그렇죠. 멀쩡한 문 놔두고 힘겨운 도주로를 택했다는 건 어색하기 한량없죠. 하지만 미신을 향한 강박이 속세의 이론을 추월하면 상식이 외려 역설이 될 수도 있습니다. 다소 억지스럽지만 내부인에게 골탕을 먹이려는 간계가 있을 가능성을 염두에 둬야 합니다. 또 내부인을 결계에 가둬두려는 주술적 의도가 숨어있을 가능성을 고려해야 할 것이며, 이 해괴한 의도에서 비롯된 내외의 공모가 있을 수 있다는 가능성도 필히 눈여겨보아야 합니다. 범인은 무조건 밖에 있다, 혹은 백 퍼센트 이 안에 있다, 이런 단조로운 접근은 지양해야 한다는 말씀입니다."

"하긴 이 동네가 상식으로 설명할 수 없는 부분이 많긴 하지. 김가 얘기가 설득력은 있지만 민도치 씨 의견도 일리가 없지는 않아. 결국 원점으로 돌아온 꼴이로군. 용의자의 범위가 전혀 좁혀지지 않으니."

마철준은 커다란 손으로 이마를 부여잡았다.

"점점 골치만 아파지는군. 나릿놀 기우제야 진작 물 건너갔지, 섬의 구심점 역할을 하는 승려가 사망했으니 우름곶 기우제도 까마득해질 거고. 범인이 기우제를 망치려고 했다면 목적은 달성한 꼴이로구먼. 내부인이야 그렇다 쳐도 천 명 가까이 되는 주민을 일일이 대면하면 그 시간만 해도……. 아니, 아니지. 그렇게라도 해야겠지."

"예, 매우 더디긴 해도 한 사람 한 사람 붙잡고 쏘아붙이는 것이 가장 이상적이겠죠. 전적으로 동의하고 응원합니다. 하지만 제 의견은 이렇습니다. 갈림길이 수만 개라면 무릇 지름길부터 연구하는 게 낫지 않겠습니까."

"지름길이라니?"

도치는 잡히지 않는 실마리에 집착하지 않았다. 당장 가늠할 수 있는 타당한 선택지부터 파고들었다.

"계장님, 내부인이든 외부인이든 두 사람 이상이 짰든, 외부인부터 물색하는 것이 신속할지도 모릅니다."

"짐작 가는 사람이라도 있나? 나릿놀? 우름곶? 아니면 단현사에서 내분이라도 났다는 건가?"

민도치는 안경을 추어올리며 목소리를 내리깔았다.

"나릿놀도 우름곶도 단현사도 아닌, 회색 지대의 인물입니다."

*

참으로 편안하면서도 겸연쩍게 하루하고 반나절을 보냈다.

말로는 뭐든지 맡겨달라고 어머님께 일렀으나 일거리라고는 청소나 설거지 등 잡다한 것에 지나지 않았다. 힘쓰고 땀 흘리는 일이 없으니 별 도움도 되지 못한 채 밥만 축내는 신세가 되고 말았다.

어머님은 소일거리로 산에 올라가 약초를 캐신다고 했다. 고사리나 취나물 같은 산나물도 직접 캐 모아 반찬으로 만드시는 모양이다. 그 일이라도 발 벗고 나서 도우려 했지만, 어머님은 자연에 녹아들어 혼자만의 명상에 젖는 것이 유일한 여흥이라며 신경 쓰지 말라고 하셨다.

그러고 보면 어머님은 혼자가 익숙하신 것 같다. 집에는 그 흔한 전화기마저 없다. 단절을 자처하시는 사연이 내심 궁금했지만 여쭤볼 수는 없었다.

어쨌거나 그저 받기만 하는 것도 도리가 아니다 싶었다. 우리는 약소하나마 현금이 담긴 봉투를 전해드리려고 했다. 어머님은 손사래를 치며 거절하셨다.

"학생들이 무슨 돈이 있다고 그리 쓰나? 부담 갖지 말고 편히 쉬다 가라. 사람 냄새 나는 것만으로 아줌마는 좋으니까."

그러자 윤지가 거사라도 앞둔 듯 비장한 표정으로 나섰다. 뜬금없는 돌발 상황이었다.

"어, 어머님. 어깨 많이 뭉치셨죠? 좀 주물러드릴까요? 제, 제, 제가 이래 봬도 손이 야무지거든요. 아, 앉으세요, 앉아."

윤지는 내 앞에서 단 한 번도 선보인 적 없는 애교를 내놓았다. 그녀가 할 수 있는 최대한의 정성을 쏟아붓고 싶었으리라. 하지만 통나무 같은 여자애답게 말투는 무뚝뚝했고 손놀림은 어설펐다. 본인도 그것을 아는지 얼굴색이 창백하다. 우스꽝스러운 동시에 어머님의 어깨가 우려되었다.

천만다행으로 어머님은 윤지의 딱딱한 안마를 마음에 들어 하셨다. 민망하게도 또다시 빚을 지는 계기가 되었지만.

"도시락 좀 쌌는데 어디 놀러 갈 거면 가져가. 입맛에 맞을지는 모르겠네. 누가 물어보면 꼭 아줌마 조카라고 하고."

시골의 후한 인심은 동화에서나 존재한다고 생각했었다. 한민족의 정이라는 환상도 깨진 지 오래였다. 하지만 순박한 얼굴로 도시락을 건네는 어머님을 바라보며 나는 지난날을 되돌아보았다. 가슬가슬한 잡초밭을 피해 다니기 바빠 모퉁이에 피어난 꽃 한 송이를 놓치고 있지 않았을까. 그곳에 꽃은 없었을지라도 고운 잡초는 있었을 텐데.

윤지와 내가 도시락을 들고 단현사에 도착한 것은 오후 네 시

무렵이었다. 산의 팔 부쯤에 위치한 사찰은 자연의 아름다운 조각만 떼어 붙인 듯 황홀한 조경을 뽐내고 있었다.

산야에 부딪히는 바람은 시리도록 차가웠지만 품에서 느껴지는 온기는 따스했다. 추위에 약한 윤지가 아담한 몸을 바짝 붙였기 때문이다. 신성한 장소에서 이렇게 붙어 다니는 것도 참 낯부끄러웠으나 그 순간만은 본능을 우선시하고 싶었다.-그래도 입술을 맞대거나 껴안는 만행까지 저지르지는 않았다.-

예불이 없는 시간대에 방문해서 그런지 눈총을 받을 일은 없었다. 경내를 돌아다니는 몇 안 되는 시주도 우리를 흘끗 쳐다보고 마는 수준이었다. 단현사가 죽해리의 비무장지대라도 되는 것 같았다.

그나저나 단현사 스님들은 굉장히 이국적이다. 머리를 기른 스님, 석장을 들고 다니는 스님은 「공작왕」 같은 만화에서나 보았는데 실제로 접할 줄은 몰랐다. 본당의 이름도 석가여래를 본존으로 모시는 대웅전이 아니라 대일여래를 상징하는 화엄전華嚴傳이다. 단현사는 고대 밀교의 분파가 아닐까.

때마침 한가해 보이는 스님 한 분이 계셔서 신 씨 아줌마의 조카라고 둘러대며 인사했다. 죽해리의 민간신앙과 관련해 심도 있는 대화를 나누고 싶었던 것이다. 낯을 가리는지 어깨를 움츠린 윤지를 대신해 내가 그녀의 해석을 전달했다. 아쉽게도 성의 있는 답변은 들을 수 없었다.

하긴 바람운의 외도 일대기 같은 설화는 스님보다 향토사학자가 빠삭할 터였다. 우리는 정신승리법을 아로새기며 발걸음을 돌렸다.

슬슬 저녁놀이 붉게 물들고 있었다.

그때 경내를 서성이는 주민 한 명을 보았다. 어깨까지 내려오는 긴 머리였지만 젊은 남자였다. 헤어스타일이야 각자의 취향이지만 등산이나 절에 올 때는 머리를 묶는 게 본인도 편할 것이다. 그런데도 남자는 장발을 세차게 휘날렸다.

얼마 지나지 않아 나는 눈을 크게 떴다. 장발 남자는 귀가 없었다. 전에 보았던 그 사람이 아닌가도 싶었지만 외모부터 나이까지 천양지차였다.

저도 모르게 남자를 뚫어지게 쳐다보다가 그와 눈이 마주치자 잽싸게 시선을 돌렸다. 나는 윤지를 끌고 절에서 빠져나왔다.

산 중턱까지 내려오니 바람도 잠잠해졌다. 우거진 나무를 그늘 삼아 우리는 낮게 솟은 바위 위에 나란히 걸터앉았다.

나는 어머님이 싸주신 도시락을 꺼내 들었다. 식욕은 없었으나 오히려 그렇기에 무작정 입에 욱여넣었다. 윤지 역시 깨작깨작 젓가락질하기 시작했다.

우리는 그렇게 말없이 이른 저녁 식사를 했다. 어머님께는 죄송하게도 나는 아무런 맛도 느끼지 못했다. 곶감에서도 왠지 모르게 쓴 맛이 배어 나왔다.

이틀 새 귀가 없는 사람을 둘이나 보았다는 것은 묘한 구석이 있다. 어쩌면 귀가 없는 사람의 숫자는 그 이상일지도 모른다. 사고가 아닌 경우를 가정해보면 어떨까. 꾸역꾸역 도시락을 먹고 있자니 다분히 작가적인 공상이 떠올랐다.

"혹시나 해서 하는 말인데, 사람 귀가 공양물로 쓰인 사례에 대해 아는 거 없어?"

옆구리를 꼬집히며 한바탕 혼날 줄 알았는데 의외로 윤지는 담담했다.

"글쎄, 그건 나도 잘 모르겠네. 그나마 귀 무덤 정도?"

"귀 무덤? 일본의 귀 무덤?"

임진왜란 때 왜군은 조선인의 귀와 코를 자른 뒤 소금이나 석회에 절여 일본으로 보냈다. 1597년 8월부터 동년 10월까지 모인 귀와 코의 수가 삼만 개에 달했다는 기록도 있다. 종전 후 국내 일부 지방에서 귀가 없고 코가 없는 사람이 유달리 많이 목격되었다는 괴담도 한때 유행했다.

신입생 시절만 해도 나는 귀 무덤이 교토에만 있는 것으로 알고 있었다. 하지만 오카야마현의 쯔야마시津山市에도 귀 무덤이 있다. 그 지역의 향토사가들은 귀를 부처로 모신다는 의미를 담아 귀 무덤을 미미지조耳地藏라고 부르며 조선인 피해자의 넋을 위로하고 있다. 현지에서 이런 인식이 생긴 계기는 생물학자이자 일본 민속학의 시조라고 할 수 있는 미나카타 구마쿠스南方熊楠 선생의 공이 컸다.

"야, 윤지야. 지조地藏면 지장보살을 말하는 거잖아. 지장 신앙은 당연히 불교 신앙이고. 사람들 귀가 없는 게 단현사와 연관이 있지 않으려나? 스님들 행색도 그렇고 일반 불교 느낌이 아니잖아. 뭔가 깊은 뜻이 있을 거 같지 않냐?"

이것도 나 같은 작가 지망생이나 품을 법한 음모론이리라. 이번에야말로 비웃음을 살 줄 알았는데 윤지는 여전히 진지했다.

"괜찮은 발상이긴 한데 무리라고 봐, 나는. 일본은 아무래도 불교 국가에 가까우니까 뭐만 하면 지장보살이 나올 거야."

"그럼 넌 어떻게 생각하는데?"

"모르겠어. 이럴 줄 알았으면 문헌을 더 챙겨올걸."

"하하, 그렇게 잘난 척하더니 너도 막힐 때가 다 있구나. 우리 못난이 아직 멀었네."

장난스레 웃던 나는 이내 미간을 모았다. 윤지의 숨이 거칠었다. 아까부터 그녀가 진지하다고 생각했지만 그것이 아니었다. 그녀와 오래 했던 나는 알 수 있다. 그녀는 지금 불안해하고 있다.

"야, 너 왜 그래. 또 속이 안 좋아?"

나는 도시락을 팽개치고 윤지의 두 어깨를 잡았다. 그녀의 경련이 심해지고 있었다. 얼굴은 하얗게 질려갔다.

"괜찮아……."

윤지는 끝내 슬쩍 웃어 보였다.

"오빠, 오늘은 일찍 가서 쉬자. 나 물갈이하나 봐."

"그런데 너 여기 오기 전부터 이상했어. 비위도 좋은 애가 토하고 난리 났잖아. 어디 다른 데 아픈 거 아니야?"

"몰라, 그냥 뭔가……."

"여기 업혀. 보건소부터 한번 가보자."

나는 수그려 앉아 등을 내밀었다. 윤지는 이따금 빈혈 같은 증세를 일으켜서 이런 적이 간간이 있었다. 업고 업히는 것은 우리 사이에 얼굴 붉힐 일이 아니었다.

그러고 보니 조금 이상한데.

윤지는 내성적이지만 민속학과 관련된 화제만 나오면 사람이 변한다. 그 어느 때보다 말이 많아진다. 그런데 아까는 어땠던가. 스님 앞에서 기죽은 듯 웅크리고 있지 않았던가. 아니, 단현사에 발을 디딜 때부터 그랬다. 전신을 떨었던 이유가 오롯이 추위 탓이었을까. 설마…….

머리가 복잡했던 것도 잠시, 이윽고 허전함이 느껴졌다. 아무리 기다려도 등에 감촉이 닿지 않았다. 나는 얼른 고개를 돌렸다.

윤지가 사라져 버렸다.

3장 회색 지대

1.

“춘자 이모라고 부르는데 정확한 이름은 오춘자입니다. 요즘엔 점을 보러 가는 사람이 없어서 집구석이 어떻게 생겼는지는 모릅니다. 그 이모 일과 말입니까? 맨발로 이 동네 저 동네 나돌면서 구걸하고 서리하러 다닙니다. 사람들한테 받은 음식으로 생계를 이어 나가는 걸로 보입니다. 아, 그런데…….”

“진우 씨? 왜 그러십니까?”

“그, 그게 말입니다. 재작년인가, 꼬맹이 몇 명이 미친 아줌마라고 놀렸나 봐요. 돌을 던지고 도망가는 애들을, 춘자 이모가 무섭게 쫓아와서 잡았다고 합니다. 그럴 만한 게 언뜻 노인 같지만 나이가 사십 대 중반이고, 뭣보다 체력이 웬만한 삼촌들 못지않거든요. 온종일 뛰어노는 아줌마니까요. 그런데 그때 혼내는 걸로 그치지 않고 칼을 휘두르면서 애들을 위협했다고 했던 것 같습니다."

"칼? 어떤 칼이요?"

"그것까지는 모르겠습니다. 춘자 이모 상태가 워낙 안 좋고 다친 애들도 없고 해서 그냥저냥 넘어갔거든요. 칼이라고 해봤자 커터 칼이나 과도 정도 생각했는데……."

하늘은 푸르고 구름은 탐스러웠다. 공기는 청량하며 봄날의 온기는 따사로웠다. 들판에는 계란 같은 망초와 꽃냄새에 취한 벌레들이 사이좋게 얼굴을 비비적거렸다. 그 가운데 난 시골길을 민도치와 마철준이 나란히 밟았다. 우름곶마을의 토박이 김진우가 몇 걸음 앞서 그들을 안내하고 있었다.

"그래서 민도치 씨 얘기는."

산길에 접어들자 마철준이 말했다.

"범인이 돌신제를 망치려는 건 부차적인 목적이라는 거군. 진짜 과제는 단현사를 거하게 엿 먹이는 거고. 여기까진 이럭저럭 넘어가겠어. 헌데 그 점쟁이 아줌마가 수상하다는 건 너무 뜬금없지 않나?"

낮은 산을 이제 막 오르기 시작했지만 도치의 호흡은 엉망진

창이었다. 그러나 다 죽어가는 얼굴에도 생기는 남아있었다.

“저도 이 망측하기 한량없는 얘기를 어찌 입에 담아야 할지 모르겠습니다. 지푸라기라도 잡는 심정으로 하나의 가설을 세워보건대, 오춘자 씨가 승려들을 미워할 수도 있습니다. 참수로 모자라 사지를 분해하고 생살을 씹어도 직성이 안 풀릴 정도로 말입니다. 단, 그이가 점쟁이가 아니라 무당이라는 전제에서입니다.”

“뭐? 점쟁이나 무당이나 다를 게 있나?”

“그렇게 보실 수도 있죠. 일견 그것이 그것처럼 보이니 말입니다. 하지만 그 둘은 엄연히 다릅니다. 간략하게 요약하자면 간호사와 간호조무사의 차이쯤으로 알고 계시면 되겠군요. 무속 업계에선 무당이 훨씬 전문가라는 거죠. 익혀야 할 재주도 많고 해야 할 공부도 많은 고된 직업인데, 무당과 점쟁이를 가르는 가장 직관적인 부분은 무속의 꽃이라 할 수 있는 굿을 할 수 있느냐, 없느냐일 겁니다. 굿만 하더라도 해원, 발원, 고사, 축성, 기원, 축귀 등 한둘이 아닌데 이중 대표적인 굿거리를 간략하게 소개해 드리자면…….”

“그만, 그만.”

마철준은 미간을 찌그러뜨렸다.

“자네가 박학다식하다는 건 잘 알겠어. 본론이나 얘기해주겠나?”

도치는 김이 샌 듯 어깨를 축 늘어뜨렸지만 이윽고 빙그레 웃었다.

"그럼 기우제 얘기를 풀어보겠습니다. 아시는 바와 같이 기우제의 설행 주체는 국가인 경우가 대부분이었습니다. 따지고 보면 정기 의례가 아닌 가뭄 때나 주최하는 단발성, 즉흥성 이벤트에 지나지 않았죠. 삼국시대 이후 통일신라까지, 불교 기우제가 실시된 사례는 단 네 건에 불과하답니다. 그중 세 건도 반도의 승려들이 열도로 건너가 거행한 기록이고요. 뭐, 워낙 고대의 일이니 기록이 온전치 못하다는 여지가 있다 치고 그나마 근대인 조선으로 넘어가 봅시다."

진이 빠져버린 마철준은 두 손 두 발 다 들었다. 이 수다쟁이의 예열이 속히 끝나기를 간절히 기도할 뿐이었다.

"조선시대 전 기간에 걸쳐 진행된 기우제는 천백 회 이상, 한데 불교식 기우제에 관한 기록은 손에 꼽을 정도입니다. 그에 관한 연구 자료 또한 전무한 실정이고요. 이 역사를 계장님께선 어떻게 보십니까?"

"뭐? 지금 나한테 묻는 건가?"

난데없이 날아온 물음에 마철준은 숨이 턱 막혔지만 나름대로 의견을 피력했다.

"글쎄, 조선시대면 불교가 쇠퇴하던 시절이니 나라에서 승려들을 부를 일도 없었겠지."

"지당한 해석이십니다. 어느 정도는 사실이기도 하고요. 하지만 제 생각은 다릅니다."

마철준은 콧구멍을 벌름거렸다. 그리고 역정이 난 눈으로 민도치의 얼굴을 빤히 들여다보았다. 검은 정장 차림의 이 빼빼 마른 사내는 분명 범상치 않은 구석이 있다. 그런데 사람의 복장을 긁는 재주도 가히 일품이다. 그러합니다, 하지만 제 생각은 다릅니다. 그럴 수도 있죠, 하지만 그건 아닙니다. 맞습니다, 하지만 틀렸습니다……. 겸손과 존중이 담긴 화법인 듯하면서도 형언할 수 없는 시건방짐이 완연하게 느껴졌다. 이 고양이같이 생긴 자식은 속이 어떻게 생겨먹었길래 이리 열받게 대화를 끌고 가는 걸까. 처음부터 속 시원하게 털어놓으면 좀이 쑤시는 병이라도 앓고 있는 걸까.

"그래서, 우리 민 선생의 영명한 지혜를 좀 나눠주실 수 있겠나?"

그러나 마철준은 내색 없이 비위를 맞춰주었다. 그 반응이 마음에 들었는지 도치의 입꼬리가 슬그머니 올라갔다.

"그 억불의 시대에도 불교는 여러 의례와 의식을 연구하고 발전시켰습니다. 1600년대에서 1800년대까지 집필된 불교 의례서에 그 실태가 아주 잘 나와있죠. 핍박은 받았을지언정 근본이 근본인지라 나라로부터 최소한의 대우는 받았다는 겁니다. 재미있는 건 고금을 막론하고 어떤 불교 의례서에도 기우제에 대한 언급이 없다는 점입니다."

"기우제는 불교의 정식 의례가 아니라는 건가."

"정확히 말씀드리자면 우리나라 불교의 정식 의례라고 보기

어렵다는 겁니다. 대운륜청우경이라는 기우제용 소의경전이 있음에도 고대부터 조선에 이르기까지, 우리나라에서 운우경이 기우제에 사용된 사례는 고작 몇 건입니다. 적어도 우리나라에 한정하면 널리 유통되지 못했다는 거죠. 그도 그럴 것이 기우제는 무교巫敎 같은 민속종교의 고유 관할이나 매한가지였습니다. 승려들은 무당 그룹에 일시로 편입되어 들러리 취급당하는 경우가 태반이었죠."

마철준은 손부채질을 멈추었다.

"그런데 그 기우제를 단현사라는 절이 담당하고 있으니 걸린다는 얘기로군."

"그럴 수도 있다고 넘어가려고 했습니다. 구미 해평리의 보천사, 해남 송지면의 미황사, 부안 석포리의 내소사도 한 마을의 동제를 책임지고 있는 데다, 영암군 학계리는 아예 미륵제라고 하여 미륵불을 신격으로 받들어 모시니까요. 특히 이런 섬이라면 외래 종교가 민속과 융합해 독자적으로 변형될 여지가 다분하죠. 여하간 단현사가 이 동네에 터 잡은 게 한 300년 됐답니다. 짧지 않은 법맥인데, 그러하다면 섬의 기우제는 역사가 얼마나 됐을 것 같습니까."

"음, 더 오래됐을 수도 있겠지."

"동의합니다. 수십 대를 내려왔다는데 300년은 짧은 감이 있습니다. 미루어 짐작하건대 죽해도의 돌신제는 500년, 800년을 넘어가는 유구한 역사를 지녔을지도 모릅니다. 단현사가 들어서기 전, 다른 누군가가 돌신제를 주관했다는 이야기가 됩니다."

"그게 무당이라는 건가."

"돌신제를 준비하는 단현사를 보고 있노라면 자꾸 무당이 생각나더군요. 물론 불교식이든 무속식이든 제관의 청정한 계행은 공통된 사항일 것인바, 한데 참관자까지 엄격하게 정결을 유지하는 건 다분히 무속적인 색깔입니다. 몸 정성, 몸 비림 같은 말도 무당들이나 쓰는 용어고요. 아이고, 숨 차라. 잠깐만, 잠깐만 쉽시다."

폐가 쪼그라들자 도치는 나무에 기댄 채 숨을 몰아쉬었다.

"숭유억불 무렵 궁핍한 사찰도 필시 많았을 겁니다. 스님 중 일부는 파계승으로 타락해 노략질을 일삼았을 수도 있겠죠. 그 파계승 중 한 세력이 쫓기고 쫓겨 이 섬에 나앉았다고 칩시다. 계장님이라면 뭘 먼저 하시겠습니까?"

"할 줄 아는 일로 먹고살 길부터 만들어 보겠지."

도치는 기특하다는 듯 마철준의 등을 토닥였다.

"백 점입니다. 스님들이 늘 하는 게 부처님 말씀을 설법하는 것 아닙니까. 순진한 시골 사람을 감화시키는 화술이야 충분히 구비하고도 남죠. 종국에는 파계승들이 토착 무당의 밥그릇을 뺏었을 수도 있습니다. 무당이라고 해봐야 아낙 한둘이었을진대 튼튼한 승병들을 감당할 수 없었을 테고요. 한데 파계승들이 무당의 자리를 꿰찼다고 해도 마을의 오랜 전통까지 바꿀 수는 없습니다. 시주가 있어야 절이 굴러가지 않겠습니까. 울며 겨자 먹기로 무속식 기우제를 계승할 수밖에 없었다는 거죠. 그 과정에서 스님들도 무당처럼 변용될 만합니다. 불무습합佛巫習合 내지 무밀습합巫密習合이라는 표현이 알맞겠군요."

"앞뒤는 맞다고 해두지. 그 과거의 일이 원한의 뼈대라고 생각하나?"

"오춘자 씨가 세습이든 강신이든 무업巫業을 계승한 적통이라면 동족의 개체 보호 본능에서 발현한 종교적 대의를 품을 수도 있고, 태곳적의 신앙적 원한을 대물림받았을 수도 있습니다. 스님들의 경계를 피하려고 광기를 품은 양 연기하는 걸지도 모르죠. 옛날에도 파락호 행세를 하며 뜻을 감춘 사람이 꽤 있지 않았습니까."

"선뜻 동의하기는 힘들어. 백번 양보해서 오춘자가 토착 무당의 후손이고 승려들에게 원한이 있다고 쳐보지. 헌데 왜 지금인가? 5년 전에도 10년 전에도 복수에 대한 열망은 있었을 거 아닌가? 더군다나 나릿놀 이장은 중도 아니지 않나?"

도치는 손가락을 탁 튕기고는 마철준을 향해 엄지손가락을 치켜세웠다.

"좋은 질문입니다. 아까부터 기다리고 있었습니다."

마철준은 벌레라도 씹은 얼굴로 계속하라고 턱짓했다.

"제아무리 신앙적이고 종교적이고 미신적인 원한에서 발발한 괴상하기 짝이 없는 살인이라고 해도, 거사를 행할 때의 마음가짐은 여타 범죄와 다를 바 없습니다. 아니, 더 치밀하면 치밀했지 허술하게 구상하지 않을 겁니다."

"말하자면, 오랜 시간 연구해 계획적으로 꾸몄다는 얘기인가. 완벽한 복수를 위해?"

"이 경우엔 때를 기다렸다는 게 더 적확하겠죠. 2년간 이어진 유례없는 가뭄으로 천신을 자처하던 단현사의 기운은 쇠약해졌습니다. 아울러 교회까지 들어선다면 그들의 기세는 더욱 가라앉을 겁니다. 이런저런 사유가 겹쳐 불국토에 균열이 가고 있다는 거죠. 단현사를 노리는 적군으로선 얼마나 좋은 시기입니까. 상대의 세가 약화된 지금이 맹공을 펼칠 적기라고 판단하지 않겠습니까."

"이거 어디까지 받아들여야 할지 모르겠군. 그러면 장기를 훔쳐 간 동기에 대해서도 합리적인 추측이 있나."

"그렇죠, 그렇죠. 시신 훼손이야 깊은 원한 탓이라고 넘겨짚어도 구태여 내용물까지 가져갈 것은 없었을진대 말입니다. 그게 난점이다마는 부족하나마 한때 계장님께서 입에 올리셨던 공양설을 근거로 보충해보겠습니다. 싱싱한 제물을 봉납할수록 오춘자, 자신의 신기가 증대된다고 믿었을지도 모르죠. 나릿놀마을 이장님을 살해한 것도 일종의 예행 의식일 수 있습니다. 본격적으로 진짜 적을 학살하기 전, 신령님의 가호를 받고자 말입니다."

온갖 흉악 범죄에 빠삭한 마철준마저 이번만은 혀를 내둘렀다. 죽해리 입도 당시 선입견에 얽매이지 말자고 그토록 다짐했건만 민도치의 발상을 따라가기는 버거웠다.

"계장님."

깃털처럼 가볍던 도치의 목소리가 문득 낮아졌다.

"터무니없는 억측이라는 것은 제가 제일 잘 알고 있습니다. 하지만 계장님이 말씀하셨던 대로 섬의 특수성을 고려할 의무가 있습니다. 어차피 오춘자 씨도 우리가 정의한 외부인에 포함될 진대 일찍이 만나봐서 해가 될 것은 없지 않겠습니까."

그렇게 울퉁불퉁한 비탈길을 지나 빽빽한 향나무밭을 가로지르니 덩그러니 놓인 오두막을 볼 수 있었다.

"요즘에도 이런 산골에 집이 있군. 수도는 나오려나?"

도치가 손수건으로 얼굴을 닦으며 중얼거렸다. 다 쓰러져 가는 허름한 오두막은 속세와 담을 쌓은 듯 지저분한 잡초로 에워싸여 있었다. 얼기설기 뻗어있는 나뭇가지와 이파리가 일광을 차단하는 데다, 벽의 창유리는 부식되고 마모되어서 대낮에도 흉가 같은 음산함이 감돌았다.

"저래도 있을 건 다 있을 겁니다."

김진우가 근무모를 탁탁 털며 말했다.

"박 씨 어르신께서 알게 모르게 챙겨준다는 소문이 있습니다.

몇 년 전에 어르신이 전기를 놔줬다는 얘기도 있고요."

"나릿놀의 큰 어르신이 여기까지? 이런 산골에 전기를 놓는 건 여간한 작업이 아니었을 텐데?"

"그렇다고 들었습니다. 박 씨 어르신이 항상 하시는 말씀이 옥덩이도 옥이고 쥐방울 또한 옥이다, 이거거든요."

"옥덩이도 옥이고 쥐방울 또한 옥이다……. 전우치가 지은 시로군."

"그렇습니까. 어쨌든 어르신께선 사람은 모두 평등하니까 소외되는 이웃이 있으면 안 된다고 늘 강조하십니다. 그래도 대놓고 도와주면 농지 임차인들이 질투할 수 있으니까 몰래몰래 지원해주시는 것 같습니다. 오두막 지붕도 들어냈다가 그대로 다시 붙였을 거예요. 티 안 나게 설비하느라 수천은 깨졌을 텐데 정말 존경스러운 분입니다."

도치는 고개를 갸웃하며 오두막의 널문으로 향했다. 노크하려는데 삐걱 소리가 나며 문이 저절로 빠끔 열렸다. 집주인이 문단속을 깜박 잊은 모양이었다.

"계십니까?"

몇 번을 불러보아도 대답은 고사하고 어떠한 인기척도 느낄 수 없었다. 도치는 앞머리를 비비 꼬더니 오두막의 문을 열어젖혔다. 향을 태우는 냄새가 코를 파고들었다.

"역시……. 초야의 점집이라기엔 너무 화려하지 않습니까."

오색찬란한 빛깔이 거실의 음영을 가르고 있었다. 빼곡한 촛불이 제단 위의 신령 상과 벽에 걸린 탱화를 은은히 밝히고 있었다.

"무당이 신에게 치성을 올리는 신당이라고 보시면 됩니다. 이렇듯 주거 공간과 신당이 일원화된 경우가 많죠. 한데 오춘자 씨는 역시나 유랑의 길을 떠나셨나 봅니다."

"이제 세 시밖에 안 됐으니 기다려 보지. 엇? 잠깐, 민 선생?"

민도치는 이미 오두막 안으로 몸을 반쯤 들이밀고 있었다. 마철준이 그의 뒷덜미를 잡아 끌어당겼다.

"자네, 가택 수색이라도 하겠다는 건가?"

"아아, 혹시 몰라서 말입니다. 제가 살짝 보고 올 테니 두 분은 망을 봐주시죠. 이런 일은 저 같은 놈이 도맡는 게 여러모로 좋지 않습니까?"

"이것 참……. 이봐, 민 선생. 조급한 건 알아. 하지만 경솔하게 굴 건 없어. 당장 이 집을 감식할 수도 없지 않나?"

"그러하니 눈으로나마 더듬어야 하지 않겠습니까. 핏자국이나 흉기 같은 게 있나만 보고 오겠습니다."

마철준은 내심 구미가 당겼다. 정신 질환이 있는 오춘자라는 거동수상자와 대화해서 소득을 남길 자신이 없었기 때문이다.

김진우가 밖에서 사주경계를 하는 가운데 도치는 구두를 홀라당 벗고 집 안으로 들어섰다. 마철준도 마지못해 그 뒤를 따랐다.

촛농이 바닥 군데군데 얼룩져 있고 소반 위로는 쌀이 흩어져 있었다. 실내는 자못 깔끔했지만 미미한 불빛만이 아른거려서 조명은 어스름했다.

“저런 큰 칼은 어디서 구해 온 건지, 쯧쯧.”

마철준이 주시한 물건은 제단 위에 정연히 놓인 신칼이었다. 휴대는 불편할지라도 무기로서는 안성맞춤일 성싶었다.

“아뇨, 계장님.”

도치는 피식 웃으며 검지로 칼날을 쓱 만졌다.

“이건 완구나 다름없는 무딘 칼입니다. 무기보단 무구巫具에 가깝죠. 굿 따위를 할 때나 쓰는 겁니다. 이것 보십쇼. 이런 같잖은 장난감으로 사람을 죽이거나 벨 수 있겠습니까.”

그러나 도치는 눈썹을 찡그렸다. 칼날을 만진 손가락 마디에 붉은 실금이 그어져 있었다. 신칼의 날은 어설프나마 관리되고 있었다.

“아이고, 쓰라려라. 뭔 칼을 이딴 식으로……. 설마 독을 발라 놓진 않았겠죠? 후딱 병원부터 가보죠. 저기, 계장님?”

대꾸가 들려오지 않자 도치는 고개를 획 돌렸다.

“계장님? 왜 그러십니까?”

마철준은 좀처럼 입을 열지 못하고 왼손을 들어 보였다. 물러서라는 수신호였다.

“저기, 저기 뭐가 있어.”

“저 방에 말입니까? 사람이라도 있습니까?”

마철준은 닫힌 방문을 노려보고 있었다. 호랑이 같은 강골이 잔뜩 긴장한 채 주먹을 쥐고 있었다.

"사람인지 귀신인지는 모르겠구먼."

2.

마철준은 재킷을 벗어 던졌다. 언제라도 상대를 덮쳐 육탄전에 들어갈 태세였다. 직권을 남용했다는 공무원으로서의 자각은 완전히 사라진 상태였다.

"계장님, 진정하시죠. 제가 한번 해보겠습니다."

도치가 마철준을 앞질러 방문을 똑똑 두드렸다. 대답은 없었고 문고리도 돌아가지 않았다. 여닫이문은 안에서 잠겨있었다.

"누가 있군요. 저어, 실례합니다. 오춘자 선생님 되십니까?"

"민 선생, 내가 본 건 여자가 아니었어. 물러나 있게. 안에 있는 놈이 범인일지도 몰라."

"잠시만, 잠시만 기다려주십시오."

도치는 재킷 안 주머니에서 볼펜을 꺼내더니 방문에 어깨를 기댔다. 낡은 여닫이문이 뒤로 밀리며 문틈이 미세하게 벌어지자 그 안으로 볼펜을 집어넣었다. 볼펜이 녹슨 래치 부분을 밀어내면서 문이 스르륵 열리기 시작했다.

방 한구석에 누런 한복을 입은 남자가 벽에 기댄 채 무릎을 끌어안고 있었다. 두 사람과 눈이 마주치자 남자는 얼른 고개를 떨어뜨렸다. 짧은 찰나였지만 민도치도 마철준도 남자의 얼굴을 볼 수 있었다. 그의 뺨과 이마는 오돌토돌한 붉은 물집으로 덮여 있었다. 피부가 퉁퉁 부었고 눈가는 일그러져 있었다.

"도, 도둑인가?"

경계를 강화하는 마철준에게 검지를 휘저으며 민도치는 남자를 향해 걸어갔다. 섬에 건너온 첫날이 떠올랐다.

"오춘자 씨의 아드님이로군요. 승구 씨, 맞습니까? 제 이름은 민도치라고 불리는데 떠돌이 한량쯤으로 아시면 되겠습니다."

도치는 한쪽 무릎을 꿇고 남자 앞에 앉았다. 맨눈으로 가늠하건대 십오륙 세밖에 안 되는 소년이었다.

"아, 안 돼요! 저리 가세요."

소년이 대뜸 악을 질렀다.

"전 나병을 앓고 있습니다. 잘못하면 아저씨한테 옮을지도 몰라요. 가까이 오시면……."

도치는 안경다리를 잡고 소년을 재차 살펴보았다. 소년의 손등에도 붉은 반점이 얼룩덜룩 돋아나 있었다.

"글쎄올습니다. 본인의 하찮은 의학적 견해로는 중증 아토피나 대상포진으로 보입니다만. 승구 씨, 한센병이라는 건 의사의 소견입니까?"

소년은 도치를 피해 몸을 돌리며 무릎에 얼굴을 파묻었다.

"이러고 있을 게 아니지. 병원부터……. 아니, 의사 선생을 이쪽으로 오시라고 하는 게 낫겠군요. 계장님, 보건소나 김영태 원장님께 연락해주시겠습니까. 심한 피부병 환자라는 언질도 부탁드립니다."

마철준이 불통이 된 핸드폰을 흔들려니 소년이 번쩍 고개를 들었다.

"아, 안 됩니다! 안 돼요!"

딱지로 얼룩진 그의 뺨이 도치의 눈에 들어왔다.

"의원은…… 의원은 안 됩니다. 누구신진 모르지만 돌아가 주세요. 부탁드릴게요."

소년의 얼굴은 다시금 무릎에 매몰되었다. 시종일관 흐느끼는 것이 잔뜩 주눅이 든 모습이었다. 도치는 그 앞에 엉덩이를 깔고 앉았다.

"승구 씨, 당신은 여기서 요양할 때가 아닙니다. 얼굴이 간질간질해서 마구 긁은 모양인데 한센병, 즉 나병은 가려움증이 없습니다. 설사 나병일지라도 어딘가에 끌려가 격리될 일은 없으니 안심해도 됩니다."

"아뇨, 안 돼요. 죄송합니다. 돌아가 주세요. 아저씨들도 옮을 거예요."

"승구라고 했지? 나 전남청 마철준 계장이야. 다른 사람한테 얼굴을 보이고 싶지 않은 마음은 알아. 그래도 치료가 먼저 아니겠나? 금방 의사 데려올 테니 가만히 있어."

"안 돼요! 제발…… 제발 가만히 두세요. 정말 죄송합니다."

마철준은 고개를 설레설레 휘저었다. 이 여리여리한 소년이 진료를 격하게 거부하는 까닭은 무엇인가.

"어머님 때문이로군요."

그 연유를 간파한 사람은 민도치였다.

"의원이 아니라 신령님께 빌어야 완쾌될 것이라는 얘기를 주야장천 들었겠지요. 병원에 가봤자 상태는 악화될 터이고, 약을 먹어봤자 듣지 않을 터이니 기도만이 둘도 없는 방편이라고 말입니다. 귀신이 뿌린 역병이라고 어머님께서 단단히 일렀을 것입니다."

소년은 도통 얼굴을 들지 못하고 훌쩍거렸다. 도치가 그의 어깨에 손을 얹었다.

"승구 씨, 신령님도 신령님이지만 사람 손이 약손일 때도 있습니다. 이 정도 병마라면 의사 선생님의 영력으로도 넉넉히 몰아낼 수 있을 겁니다."

"죄송합니다……. 거절하겠습니다."

"거참, 이러는 게 본인의 뜻도 아니지 않습니까?"

"네? 아……. 제, 제가 이러고 싶어서 이러는 거예요. 지, 진짜예요."

도치는 한숨을 내쉬었다. 유아기 때부터 그릇된 사상을 학습했다면 회유는 불가할 것이다. 그러나 이 소년은 알고 있지 않을까. 어머니의 방식에 큰 문제가 있다는 것을.

"뭐, 좋습니다. 갑자기 들이닥쳐서 이런 말을 하면 경황이 없을 만도 하죠. 약자라고 해서 무작정 동정을 표하는 것도 차별의 줄기에 속할 터이니 강요는 자중하겠습니다. 우린 마을회관에 상주하고 있습니다. 언제라도 찾아주시기 바랍니다."

도치는 수첩을 한 장 뜯어 연락처를 적은 뒤 소년 앞에 내려놓았다.

"한데 승구 씨, 계속 이렇게 집 안에서만 지냈습니까."

"나, 나갈 수가 없습니다. 이 꼴로는……."

"하기야 그럴 만도 하죠. 사람들 눈을 피할 수 있는 야밤이라고 해도 밖에 나오기는 심히 부담이었을 겁니다. 그렇지 않습니까."

"네……? 마, 맞아요. 그, 그렇습니다."

마철준은 문갑 위에 명함을 올려놓다가 무심코 소년을 고쳐보았다. 귀신같은 얼굴, 야밤에 외출, 누런 한복 차림…….

"자, 잠깐! 이 애가 즉신……."

도치가 재빨리 손을 들어 언로를 가로막았다.

"승구 씨, 어째 식사는 잘하고 있습니까. 모자란 것이 있으면 나누고자 해서 말입니다. 병과 상극된 식사를 하면 몸에 더 안 좋습니다."

"밥은 어머니가 잘 챙겨주고 계세요. 가, 감사합니다."

"그렇군요. 이만 실례하겠습니다."

도치는 걸음을 돌렸지만 방문에 다다랐을 때 소년을 흘깃 쳐다보았다.

"사람의 옷이 그러하고 짐승의 털이 그러하듯이, 우주 삼라만상을 꾸며주는 빛깔도 하나의 껍데기요 거죽에 불과합니다. 피가 물보다 진하다고 한들 이 또한 하늘에서 내려다보면 허물의 갈래에 지나지 않을진대, 인륜의 탁류에 휩쓸려 의지를 펼치지 못하는 것은 결코 아니 될 일입니다. 다음번에는 양지에서 얼굴을 맞대면 좋겠습니다."

승구의 존재는 김진우도 금시초문이라며 놀라워했다. 천재길이장이나 장대희도 그 사실을 모르리라고 단언했다. 그들은 멀찍이 떨어져 볕이 들지 않는 오두막을 바라보았다.

"민 선생, 이거 하나는 들어맞는군."

마철준이 쓴웃음을 지었다.

"승구도 집구석에만 있는 게 답답했을 테니 밤사이에 밖을 나돌아다녔겠지. 그래서 우름곶 꼬마도 저 애를 보고 귀신 같은 스님이니 어쩌니 했던 거야. 한복이나 승복이나 밤에 보면 그게 그거로 보일 테니까. 이거 참 웃기지도 않는구먼."

"저도 그렇게 생각합니다. 그건 그렇고 빨리 복귀하지요. 긴한 안건이 생겼습니다."

"안건이라니? 오춘자는?"

"만나본 거나 같습니다."

따가운 햇볕이 쏟아지는 산골에서 민도치의 눈은 은방울처럼 반드러운 윤을 내고 있었다.

3.

박한기, 박수인, 천재길, 장대희, 청혜.

참고인의 의복에서 검출된 혈흔은 미세하기가 육류를 손질하거나 코피를 흘릴 때처럼 일상을 영위하면 잔류할 법한 수준이었다. 뒷문을 감식한 결과, 그 집에 거주하는 박한기 가족 외에 뚜렷한 지문은 나오지 않았다. 그 외의 지문은 융선이 선명하지 않거나 형태가 불완전했다. 임대료 납부 등의 사유로 방문한 주민의 지문이 겹친 것으로 추정되었다. 지문을 지우려는 공작도 전무했으므로 다섯 사람을 사건과 깊게 엮을 구실은 없었다. 하지만 민도치가 내외 공모설을 파기하지 않는 바람에 수사반도 의심의 눈길을 돌리지 못했다.

오후 다섯 시경 경찰은 우름곶마을의 논두렁길을 배회하던 오춘자를 불심검문했다. 그녀는 변함없이 사달의 원흉이 즉신불이라고 주장하며 난리를 치고 있었다.

그녀가 늘 들고 다니는 검은색 비닐봉지에서 흉기라고 볼 만한 물건은 발견되지 않았다. 필시 거동이 수상한 인물인데도 살인과 관련해서는 취조는 고사하고 추궁할 명분도 부족했다. 형기대의 고상철 경장이 조심스레 임의동행을 권해보았으나 돌아온 대답은 악에 받친 폭언뿐이었다.

"경비이자 감시입니다. 예방과 검거, 두 마리 토끼를 잡는 것이 목표입니다. 그들에게 발각되지 않도록 아주 은밀히 훔쳐봅시다. 오늘 밤에 범인이 움직인다는 보장은 없지만 그래도 어떻습니까. 최악의 가능성을 차단할 확률은 일 푼 일 리나마 올라가지 않겠습니까."

민도치는 재킷을 던져놓고 셔츠 소매를 걷어 올렸다. 그리고 서류뭉치를 손에 든 채 실내를 돌아다녔다.

"이렇게 말하는 저도 긴가민가하고 알쏭달쏭합니다만, 단서가 미약한 지금 의외로 도움이 될 수도 있습니다. 선입견 없이 용의자의 범위를 확대해보자는 거죠. 저는 신앙적 원한이라는 가설을 언급해드렸고 이 주장은 현재도 유효합니다. 다만 범인에겐 그것과 별개로, 그러나 그만치나 중요한 또 다른 목적이 있었을지도 모릅니다."

마을회관에 모여앉은 경찰관들은 이맛살을 찌푸리며 그의 깡마른 몸을 지켜보았다.

"전술한 바와 같이 오춘자 씨 댁에 병약한 아들이 몸조리하고 있습니다. 자기 말로는 한센병이라고 하는데 제 생각은 다릅니다. 드물게도 대상포진이 전신에 나타난 것으로 보입니다. 풀을 달여 연고처럼 바른다거나, 뱀의 즙을 먹인다거나, 이러한 검증되지 않은 민간요법을 병행했기에 증세가 악화됐을 겁니다. 살펴야 할 것은 병의 요인이 아니라 오춘자 모자의 인지입니다."

한편 승구라는 소년의 신원은 미상이었다. 애초에 오춘자는 아들의 출생을 신고하지 않은 것으로 보였다. 그녀의 행동거지를 감안하면 놀랄 일도 아니었다. 그녀가 일동을 아연하게 만든 발언은 따로 있었다.

"오춘자 씨 말씀으로는 자기와 박 씨 어르신이 만나 낳은 자식이 승구 씨랍니다. 박수인 씨가 만 이십칠 세, 승구 씨는 못 해도 이보다 열 살 아래로 추정되니 오춘자 씨 말이 사실이라면 불륜에 해당할 겁니다. 한데 이건 오춘자 씨의 일방적인 주장이죠. 여기서 진위를 가릴 필요는 없을 터이니 참고만 해주시길 바랍니다."

몇몇 주민은 오춘자가 박한기를 '신랑'이라고 부르는 것을 전부터 들어왔다고 했다. 물론 모두가 허언으로 치부하고 있었다.

"그, 그러니까 말입니다. 민 선생님 이야기는."

염주를 만지작거리며 말한 사람은 임택수 소장이었다. 그가 경찰을 대표해서 당혹스러운 입장을 표명했다.

"오춘자가 살인을 저질렀다는 거 아닙니까? 아들이 나병에 걸렸다고 착각해서 간이랑 쓸개를 먹였다는 거고요. 이게 참……. 민 선생님, 간이니 쓸개니 하는 게 나병 특효약이라는 건 옛날 옛적에나 돌았던 헛소문이지 않습니까? 아무리 가설이라지만 이건 너무……."

"아닙니다, 아닙니다. 결단코 단언하는 것이 아닙니다."

도치는 서류를 들고 있는 손을 다급히 저었다.

"단지 일말의 의심까지 싹 다 털어내 군더더기를 제거하고자 하는 바람입니다. 말이 나온 김에 그 가설을 점검해보건대, 오춘자 씨를 범인으로 가정하고 그이가 자리를 비우는 틈을 타 승구 씨가 산책을 나왔다고 쳐봅시다. 그러다가 승구 씨는 즉신불로 오해받습니다. 승구 씨가 작정하고 즉신불 행세를 했다기보다는 사람들이 무의식중에 그리 받아들였겠죠. 그 전에도 승구 씨가 출타한 적은 종종 있었겠다마는, 나릿놀 이장님의 흉사가 사람들 눈에 희뿌연 가림막을 끼게 했을 것이고, 아울러 첫 목격자인 상상력 풍부한 꼬마의 진술이 인지의 왜곡을 부추겼을 겁니다. 일종의 착각 상관, 혹은 과잉 일반화로 보시면 되겠습니다만."

도치의 눈이 고양이처럼 날카롭게 빛났다.

"이러한 가설도 파생됩니다. 승구 씨가 시선을 끄는 사이 오춘자 씨가 살인을 벌였을 수도 있습니다. 한마디로 공범이라는 거죠. 뭐, 저도 이건 머리카락보다 얇은 가능성이라고 생각하긴 합니다만."

"그래도 그렇지, 그럼 정 이장님을 죽였을 때 간과 쓸개뿐만 아니라 장기를 싹 쓸어간 이유는 뭔가요? 그것도 약으로 삼으려고?"

"내장 기관을 구분하지 못해 통째로 썰어갔을 수도 있죠. 전문의도 아닌 사람이 그 급박한 상황에서 이게 간이다, 이건 쓸개다, 이런 걸 어찌 구분하겠습니까. 아울러 정 이장님의 사망 추정 시간은 일몰 무렵과 걸쳐있습니다. 몽땅 가져가서 분류하는 게 확실하죠. 기실 태을 스님의 경우엔 간과 쓸개만 적출했습니다. 보는 눈이 단련됐다는 방증입니다."

마철준이 참다못해 끼어들었다.

"그럴 수 있다고 쳐. 그 무당 여자는 제정신이 아니니까. 몸집은 작지만 꼭두새벽부터 이 동네 저 동네 휘젓고 다니니 사람을 죽일 완력이 있을 만도 해. 그런데 아무래도 부자연스러워. 자네는 단현사가 쇠약해진 틈을 탄 무당의 범행이라고 했잖아? 주장이 나가리되면 근거도 나가리될 게 아닌가? 난 말이야, 오춘자가 범행을 벌인 시기가 하필 지금인지 통 납득이 되지 않아."

"예, 계장님. 송곳 같은 지적 감사합니다. 그렇죠. 그 시기가 작위적이죠. 이곳에서 나고 자란 무당이, 사람의 간과 쓸개가 한센병 치료에 효과가 있다는 속설을 마침 올해 돌신제를 앞두고 알게 되었다, 그리하여 이러한 범행을 꾸몄다, 이건 너무 절묘한 감이 있습니다. 하지만 또 다른 경우의 수와 결부하면 동기에 힘이 실립니다."

도치는 서류뭉치를 한 장 한 장 넘겼다. 학생들을 대상으로 강의라도 하는 모양새였다.

"조선왕조실록에 따르면 선조 10년, 심한 가뭄이 들어 국가 차원에서 기우제에 열을 올렸답니다. 40년엔 30년 전보다 훨씬 극심한 가뭄 탓에 나라가 망국을 맞을 지경이었고요. 이 동네 실정과도 비슷하지 않습니까? 더 오묘한 점은, 이 시기에 사람의 배를 가르고 장기를 적출한 사건이 유독 많았다는 겁니다. 비가 오지 않으니 심사는 날카로워지고, 심사가 날카로워지니 몸은 쇠약해지고, 몸이 쇠약해지니 특별한 보신이 필요해 그러한 범죄가 성행했겠죠. 동물의 쓸개도 약재로 쓰이는 마당에 사람의 것이라면 환장했을 법도 합니다."

사고가 마비된 일동은 차마 말을 꺼내지 못했다. 까마득한 과거의 일화까지 끌고 와서 갖다 붙일 필요는 없지 않은가.

"이 안타까운 역사를 조금 다른 방향에서 살펴봅시다. 가뭄이 약재의 숙성을 의미할 수 있다는 지극히 미신적인 관점으로 말입니다. 당연히 오춘자 씨의 기도가 이러한 환경을 재현했을 리 없을 터인즉, 이 섬의 근래 동향이 무당에게 계시를 내렸다고 보는 게 옳겠죠. 해묵은 지식, 현재의 환경, 어그러진 신앙이 맞물려 하나의 영감으로 귀결되었다는 겁니다. 아들에게 역병을 뿌린 귀신을 사멸할 최적의 시기가 도래했다고요."

일동은 진저리를 내다 못해 해탈의 경지에 이르렀다. 이런 개도 안 짖을 개소리를 물 흐르듯 유창하게 지껄이는 것도 재능이라면 재능이리라.

“저도 압니다, 알아. 우스갯소리 취급도 못 당할 가설이죠. 이딴 사유로는 어떠한 영장도 발부받을 수 없다는 것도 잘 알고 있습니다. 하지만 태을 스님 살해 현장에 있던 내부인을 떠올려주시길 바랍니다. 용의자는커녕 주요 참고인이라고 볼 만한 어떠한 증거도 확보하지 못했습니다. 아울러 외부인의 범위는 한없이 넓습니다. 언제 어디서 또 탈이 날지 모르는데, 아무것도 안 하고 발만 동동 구르는 것보다 낫지 않겠습니까?”

“그래서 그들을 내탐하자?”

그나마 마철준만이 평정을 유지하고 있었다.

“그러합니다. 내부인은 물론이고 오춘자 모자까지요. 박 씨 어르신의 자택, 천재길 이장님과 장대희 씨의 자택, 단현사와 오춘자 모자가 사는 오두막. 여기를 밤새 감시하는 겁니다. 특히 폐문된 단현사에서 빠져나오는 승려가 있는지 확인해야 합니다. 승구 씨가 즉신불이 아닐 가능성도 고려해야 하니까요.”

“승구가 즉신불이 아니라면…….”

“미루어 짐작하건대 단현사의 살아있는 승려들과 연관이 있을지도 모릅니다. 현재 살인사건과 별개로 혼란을 야기하는 요소가 즉신불입니다. 죽은 이가 부활했다는 소문이 계속해서 퍼지면 주민들의 동요도 심해질 터인데, 이게 결코 수사에 도움이 될 리 없습니다. 범행과 관련이 있을지, 단순한 장난질일지는 미지수지만 당장이라도 즉신불이 출현할 구멍을 원천 봉쇄해야 합니다."

마철준은 울퉁불퉁한 손가락으로 테이블을 톡톡 두드렸다.

"하긴 내부인이 결백하다고 단정하기엔 이른 감이 있지. 신원이 파악되지 않은 이상 승구라는 남자애도 요주의 인물이긴 해. 간 빼 먹는 구미호는 몰라도 즉신불을 잡아야 한다는 주장은 찬성하네. 한 곳에 집중해도 모자랄 판에 매우 거슬린단 말이지. 인원이 한정돼 있으니까 근무조를 잘 추려야겠군."

"천기가 허락한다면 오늘, 추가 범행을 노리는 범인의 의표를 매질할지도 모릅니다. 한데 인력 지원은 여전히 기대 밖입니까."

"여기서 또 초상이 나면 자네가 됐다고 해도 일손이 충원될 걸세."

이 작전을 위해 현장을 보호하고 통제하던 인원까지 부득불 복귀했다. 그리하여 현재 가용 가능한 인력은 민도치 포함 총 열 명, 수사본부를 지킬 한 명을 제외하면 아홉 명이었다. 출입구가 두 개인 데다 정문과 뒷문의 간격이 좁지 않은 박한기의 한옥은 두 명, 감시범위가 넓은 단현사도 두 명, 천재길과 장대희는 독채에 독거하기에 각각 한 명의 인원을 배치하기로 했다.

"오춘자와 그 아들은…… 인원이 둘이니 우리도 두 사람이 필요할 거야. 특히 오춘자의 동선은 예측 불가니까. 이쪽은 민 선생이 맡는 게 낫겠군. 지금 거기 지켜보고 있는 김진우 의경과 팀을 이루게."

남은 한 명은 순찰 근무를 담당하기로 했으며 이는 마철준이 자원했다. 수사본부에 남을 한 사람은 임택수 소장이었다.

"업무용 핸드폰이랑 무전 중개를 이용하면 소통은 원활하겠어. 모두 리시버Receiver 착용하고. 회의는 여기까지. 이제 발로 뛸 시간이야. 목숨 달리고 밥줄 걸린 일이니까 빡세게 뛰어보도록 하지."

4.

석양의 홍조가 연해지면서 섬은 아스라이 밀려드는 어둠 속으로 빠져들었다. 서녘 하늘에 떠오른 보름달은 낮게 솟은 산골까지 두루두루 비추며 자비로운 호롱불이 되어주었다. 달의 뒷면에 돋아난 주근깨 같은 골의 숫자만큼이나 민도치의 머릿속에는 별의별 생각이 총총히 박히기 시작했다.

박한기와 오춘자의 내연관계가 사실이라면 두 사람의 공모도 의심할 수 있다. 구태여 공범이 아니더라도 최소한의 이음새는 형성된다.

박한기는 여태껏 오춘자를 남몰래 지원했다. 그것이 대인배적 기질에서 비롯된 동정이 아니라 육친을 위한 뒷바라지라면 어떨까. 그에게 과거의 여자와 피붙이를 보듬고자 하는 감정이 남아

있고, 육감이 발동해 한발 앞서 오춘자가 범인임을 감지했다면, 모자를 감싸려고 뒷문을 닫아 혼선을 초래했을지도…….

하지만 도치는 실소를 머금었다.

지나치게 낭만적이고 인간적인 꿰맞추기였다. 불륜에 혼외자, 대지주의 위상. 이 낱말들로 가늠하자니 등가교환이 성립되지 않았다. 이들은 현실과 비현실의 극단에 있다.

도치는 달에서 시선을 떼고 고개를 돌렸다. 수런거리는 수풀을 헤치며 김진우가 걸어오고 있었다. 그렇게 식사 교대를 마친 두 사람은 관목 뒤에 숨어서 오춘자 모자의 오두막을 지켜보았다. 어둑한 밤이라 가시거리가 널리 미치지 못했지만 월광이 베푸는 은혜 덕에 출입 여부는 파악할 수 있었다.

"승구 씨가 박 씨 어르신 핏줄이라는 거 어찌 생각합니까?"

도치가 자못 진지하게 물었으나 김진우는 폭소를 터뜨렸다.

"두말할 거 없이 새빨간 거짓말이죠. 어르신께서 챙겨주시고 하니까 괜히 물귀신처럼 달라붙는 겁니다. 저 아줌마라면 뻔해요."

김진우의 얼굴은 차차 굳어졌다.

"예전에도 이 근처에서 요괴 같은 걸 봤다는 사람이 있었어요. 그게 저 승구라는 놈이겠죠. 저런 문둥이 새끼가 사는 줄은 다들 몰랐으니까요. 집에나 얌전히 처박혀있을 것이지."

"진우 씨, 잠깐……."

"역시 살인도 저 미친 아줌마 짓이었어요. 제가 저럴 줄 알았다니까요. 여기서 지켜볼 게 아니라 쳐들어가서 족쳐야 하는 거 아닙니까?"

입 안이 씁쓰름해진 도치는 담배를 물었다. 부싯돌이 수차례 부딪쳤지만 바람 탓인지 라이터의 불은 켜지지 않았다.

"민 선생님, 저것들은 동네 망신시키는 종자들입니다. 저것들이야말로 화근을 가져오는 부정이에요. 어르신이랑 대희 형이 사람이 좋아서 망정이지 예전 같았으면 강제로 조졌을 텐데. 무당답게 복 하나는 타고났나 봅니다."

"진우 씨, 하나 물어봅시다."

도치는 새 담배를 퉤 뱉고 라이터를 팽개쳤다.

"진우 씨도 나릿놀 주민한테 무시당하는 걸 서럽게 여기지 않았습니까? 그런 사람이 소외되고 무고한 이를 아무 근거 없이 망나니로 점찍고 멸시하는 건 자가당착이자 자기모순 아닙니까?"

"네? 그게 무슨 말씀이십니까? 저 아줌마가 범인이란 얘기는 민 선생님이……."

"어디까지나 가설일 뿐입니다. 그것도 몹시 희박한 가능성에 지나지 않고 말입니다. 뭐라도 잡고 매달리자는 심정으로 제 의견을 말한 것이지, 저들이 범인이라는 소리가 아닙니다. 아닐 확률이 비할 데 없이 높습니다."

김진우는 뭐라 대꾸하려다가 리시버 송화구가 달린 재킷 옷깃에 입을 갖다 댔다. 무전을 수신한 것이었다.

"여기 매 다섯, 김진우 AP입니다."

김진우는 발신자와 조곤조곤 이야기를 주고받은 뒤 도치에게 일렀다.

"민 선생님, 수인이 누님이 밖에 나왔답니다."

도치는 손목시계를 눈에 바짝 갖다 붙였다. 열한 시 반이 넘어 있었다.

"이 시간에? 해서 어르신 집 근무자들은? 설마 자리에서 이탈했나?"

"아뇨, 근무자들은 근무지 사수하고 있고요. 순찰조 마 계장님이 따라붙는 중이랍니다. 수인이 누님한테 귀가를 권유하신다고……."

"아니, 아니, 그건 안 돼."

도치는 김진우의 옷깃을 끌어당기고 송화구에 입술을 붙였다.

"계장님, 저 민도치입니다. 박수인 씨에게 접근하지 말고 거리를 두고 미행해주십시오. 경찰이 참고인들을 감시한다는 걸 들킨다면 말짱 도루묵이 될지도 모릅니다. 그이 역시 주요 관계자 아닙니까?"

무전 중개를 통해 답신을 받은 김진우가 전달했다.

"계장님도 민 선생님 생각에 찬성하셨습니다. 그런데 민 선생님은 설마 수인이 누님을 의심하시는 겁니까."

"아직 모르지. 그래도 잘하면……."

두 마리 토끼를 잡을지도 모른다. 살인을 방지하는 동시에 범인을 검거할 수 있을 것이다. 도치는 흥분으로 터질 듯한 가슴을 달래고자 심호흡에 열중했다.

"그나저나 박수인 씨는 어떤 사람입니까? 영 종잡을 수 없는 분이던데."

"겁나게 센 누님입니다. 어떨 때는 공주 같은데 또 어떨 때는 장군 같거든요. 간혹 소름 돋게 눈을 치뜰 때가 있는데요. 그러면 콧방귀 좀 뀐다는 이모들도 눈치를 살살 보죠. 박 씨 어르신 빽도 있지만 누님도 사람 자체가 보통이 아니에요."

"그렇군. 혼인은 안 하셨으려나?"

"눈이 하늘에 걸렸을 텐데 성에 차는 남자가 있겠습니까. 결혼 쪽은 아예 관심 없으신 거 같던데요. 누님이 귀향하신 지가……. 아, 청혜 스님 오고 나서니까 반년 좀 안 됐구나. 잠시만요. 네, 매 다섯 김진우입니다."

김진우가 또다시 무전을 받고 상황을 알렸다.

"민 선생님, 우름곶이랑 나릿놀 사이에 정자처럼 생긴 쉼터가 하나 있거든요? 박 씨 어르신께서 주민들 쉼터로 기증하신 건데요. 수인이 누님이 그쪽에 혼자 앉아있다네요. 기타를 치면서 노래를 흥얼거린다나?"

"기타? 노래?"

"누님 직업이 작가입니다. 책도 세 권이나 냈고요. 지금도 시

집 하나 막바지 작업 중이라고 들었습니다. 영감 같은 걸 얻으려고 산책 나온 게 아닐까 싶습니다."

하지만 밖에서 한가로이 풍월을 읊기에는 밤바람이 차가웠다. 작물 보호를 위해 가로등이 대부분 꺼져서 운치보다 음산함이 만연했다. 아울러 연쇄살인이 일어난 판국이고 그중 한 건은 벌어진 지 반나절도 되지 않았다.

"다른 근무지는? 별 이상 없고?"

"천 이장님은 진작 곯아떨어졌을 거예요. 소주를 물처럼 달고 다니는 사람이라. 대희 형은 간간이 마당에 나와서 담배 빨고 들어간답니다. 그 외에 별다른 사항은 없습니다."

"그쪽이야 길목이 한정되어 있으니까 괜찮은데 단현사 쪽이 걱정이로군."

"부지가 넓긴 하지만 금강문을 제외하면 따로 빠져나갈 길은 없습니다. 금강문으로 가는 계단이 겁나 높잖아요. 계단 빼면 주변은 험한 비탈길입니다. 완전히 절벽이에요."

도치는 고개를 끄덕였다. 만에 하나 승려들이 경찰의 감시를 간파해도 험준한 샛길을 이용해 동네까지 나올 일은 없을 터였다.

"네, 매 다섯입니다."

김진우가 다시금 무전을 받았다.

"아, 알겠습니다. 민 선생님께도 전달하겠습니다. 저어, 민 선생님. 대희 형을 담당하는 고 형사님이 감시를 들켰답니다."

"이런, 이런. 별 마찰은 없었나? 고성이라도 오가면 난감한 노릇인데."

"그럴 리가요. 대희 형처럼 물렁한 사람이 또 없는데요. 홍수 때 물탱크랑 경운기랑 막 떠내려가는데 옆집 똥개 새끼 한 마리 구한다고 물바다에 뛰어든 인간이에요. 고 형사님한테 캔 커피 갖다주면서 헤벌쭉거렸답니다. 마당에서 같이 담배도 피웠다는데요?"

이 정도면 순조로웠다. 무엇보다 추가 피해가 발생하지 않았다. 또 불온한 움직임을 보이는 주요 참고인이 그물망에 걸려들었다. 누가 그녀를 꾀어냈는지, 그녀가 범행에 가담했는지는 몰라도 수확이라면 수확이었다. 오늘이 아니라면 내일, 내일이 아니더라도 모레, 이 부수적인 소득이 굵직한 실마리로 거듭나지 않을까. 긴 꼬리를 늘어뜨린 별똥별이 황금알처럼 환히 빛나며 떨어지는 현상도 희망의 전조 같았다.

그러나…….

한껏 부풀어 오른 기대는 단박에 흩어졌다. 동시에 기도가 막힌 듯 답답해지며 진땀이 흘러내렸다. 뭔가 오산이 있었다는 잡념을 도저히 뿌리칠 수 없었다.

"진우 씨, 오늘 작전 다른 사람한테 말한 적 없지? 아까 밥 먹으러 갔을 때 누가 뭘 캐물었다거나."

"네? 그런 적 없습니다. 누구랑 노가리 깔 시간이나 있었겠습니까?"

가늘게 뜬 도치의 눈이 서서히 오두막으로 옮겨졌다. 지나치게 고요한 흐름이 외려 예사롭지 아니하였다.

"오춘자 씨 집에 들어간 건? 확실히 봤어?"

"해 지고 집에 들어가서 그 이후로 나오지 않았습니다. 승구라는 자식도 그렇고요. 민 선생님도 같이 보지 않았습니까?"

기어코 불길함에 불이 지펴졌다. 도치는 펜 라이트를 꺼내 흙바닥 곳곳을 내리비췄다. 빛이 새 나가지 않도록 손으로 가리며 반경 일 미터 내 지면을 낱낱이 조명했다. 고양이 같은 눈동자가 번쩍이는 곳에 방금 버린 새 담배가 굴러다녔다. 그리고 디스This 로고가 새겨진 담배꽁초들이 바람에 쓸려 이리저리 나뒹굴었다. 그중 멀리 날아간 한 개비가 무녀의 촉에 걸렸을지도 모를 일이었다.

"민 선생님? 어디 가십니까?"

"여기 있어. 잠깐 보고 올 테니까."

도치는 오두막을 향해 살금살금 걸어갔다. 뿌연 유리창으로는 실내를 확인할 수 없었다. 빠끔 열려있는 널문 앞에 수그려 앉자니 문틈으로 독경 소리가 흘러나왔다.

"……제자가 향을 사르러 문자를 올리옵나니 비나이다, 비나이다. 엎드려 바라옵나니 비나이다, 비나이다."

우물 밑바닥에서 거슬러 오른 듯한 스산한 음색, 술자는 분명 오춘자다. 치성을 올리든 기원을 드리든 살을 날리든 오춘자는 집 안에 있다. 그러나 확신은 금물이다. 두 눈으로 보지 않는 한 오춘자 본인이 독송하고 있는지 단언할 수 없다.

"이 몸을 호위하여 받들게 하시옵고, 요사한 귀신을 베게 해주시옵고, 간사한 귀신을 묶어주시옵고, 천만의 귀신을 죽이게 해주시옵고……."

도치는 입술을 깨물며 널문을 살며시 당겼다. 나무판자 벌어지는 소리가 고막을 긁었다. 미약한 불빛이 동공을 찌르며 싸한 냉기가 코를 엄습했다. 그런데 좁은 틈새로는 집 안을 가늠할 수 없었다.

조금 더, 조금만 더…….

얼굴을 들이밀 수 있을 만큼 문을 열자 다소곳이 앉아있는 뒤태가 보였다. 승구가 제단 앞에 꿇어앉아 두 손을 마주 비비고 있었다. 그리고 지금도 귓속을 울리는 오춘자의 목소리가 미리 녹음한 음성임을 알 수 있었다.

"승구 씨."

머리가 하얘진 도치는 지체 없이 오두막에 들어섰다. 승구는 소스라치게 놀라며 앉은 자세로 뒷걸음질 쳤다.

"아, 아저씨는 아까……?"

"민도치입니다. 밤늦게 실례합니다. 혹시 어머님, 댁에 계십니까?"

승구는 입을 뻐끔뻐끔하다가 미음의 목소리로 말했다.

"어머니는 안 계세요. 정화수 만들 물을 뜨려고 나가신 거 같습니다. 무슨 일 때문에 그러시는데요? 또 안 좋은 일이라도 있었나요?"

비록 병마에 잠식당한 얼굴이지만 승구의 두 눈에는 소년만이 지닐 법한 순수한 이채가 흐르고 있었다. 도치는 이를 사리물며 등을 돌렸다.

"아닙니다. 여하간 승구 씨, 부디 재고해줬으면 하는 바람입니다. 효심도 효심이고 신심도 신심이지만 사람은 사람의 본심부터 떠받들어야 할 의무가 있습니다. 정 도리가 없거든 저한테 와주시길 바랍니다."

심오한 표정의 승구를 남겨둔 채 도치는 오두막에서 나왔다. 김진우가 헐레벌떡 뛰어오고 있었다.

"미, 민 선생님. 나릿놀에서 또 살인이 났대요. 빨리 철수하고 현장으로 집합하랍니다."

벽돌로 얻어맞은 듯한 충격이 전해지며 바람 소리가 이명처럼 들려왔다. 그런 민도치와 달리 김진우의 안색은 어둡지 않았다.

"그, 그래도요. 계장님이 현장에서 범인을 잡았답니다. 역시 민 선생님 생각이 맞았어요. 그 아줌마가 벌인 짓이었습니다."

5.

사건 현장은 나릿놀마을의 논두렁길이었고 피해자는 단현사의 승려 소정昭淨이었다. 단현사의 취침 시간은 오후 아홉 시, 승려들의 진술과 기타 정황을 고려하건대 사건 발생 시간은 밤 열두 시 전후로 추정되었다.

"피해자 상태 봤지? 정수리에 망치 같은 걸로 제대로 한 방 먹은 흔적이 있어. 목 조르는 건 그다음에 이루어졌을 거고, 확인사살 후에 곧바로 배를 가르려고 했을 거야. 사시미 칼이 퍽 매섭더군. 수법을 봤을 때 지난 사건들도 오춘자의 소행이 명백하겠지."

순찰 근무자 마철준은 오춘자를 단신으로 검거했다. 회칼로 시체를 훼손 중인 오춘자의 뒤를 노려 신속하게 제압했다. 그 과정에서 오춘자가 마철준의 몸 여기저기를 할퀴고 물어뜯는 바람에 그는 반창고를 한 통이나 붙여야 했다.

범행 동기는 민도치의 예상대로였다. 오춘자는 나릿놀의 한 폐가를 근거지로 삼아 흉기, 고무장갑 등 범행 도구를 보관했고 휴대용 가스레인지로 장기를 달였다고 자백했다.

"그이가 아닙니다."

도치가 말했다. 타들어 가는 담배처럼 메마른 목소리였다.

"제 눈이 심히 탁한 것이 아니라면 범행을 꾸린 자는 그이뿐만이 아닙니다. 발단이자 핵심이 된 인물, 교살자는 필경 따로 있습니다."

"그럼 공범이 있다는 말인데……. 오춘자와 담합할 만한 인간이 이 동네에 있을지 모르겠군."

큰 공을 세운 마철준 또한 개운하지 않은 기색이었다. 마음 같아서는 축배를 들고 싶었지만 도저히 떨치기 힘든 의혹이 그를 괴롭혔다.

"거주민이 아닌 제삼의 인물이 끼어있을 수도 있겠지요. 허나 이건 사후공범이자 은닉 및 방조에 해당한다고 상을 보겠습니다. 이를테면 마니또 게임 말입니다."

마을회관 간판에 반사된 새벽 햇살이 두 사람의 침침한 얼굴에 빛깔을 입혀주었다. 그들의 게슴츠레한 눈은 유리문 너머 실내에서 실실 웃고 있는 오춘자를 향해있었다.

"나릿놀 이장님과 태을 스님은 눈에 띄는 외상이 없었습니다. 중년 여성인 오춘자가 밧줄 하나로 남성들을 제압했다는 견해가 의문이냐고 하면 그건 또 아닌 것이, 사건 당시 나릿놀 이장님은 취중이었고 태을 스님은 원체 체격이 왜소했습니다. 어찌어찌 목을 조르고 이래저래 칼을 쑤셔 박고, 첫 번째나 두 번째나 저이의 단독 범행이 충분히 가능하고도 남습니다. 하지만 오늘 있었던 세 번째, 소정 스님 건만은 납득할 수 없습니다."

"이봐, 민 선생. 그렇다고 단현사 근무조를 책망할 수 없어."

"그런 뜻이 아닙니다. 애초 모든 불찰은……. 아니, 흘러간 날은 잠시 제쳐두죠."

도치는 꽁초를 패대기치며 말을 이었다.

"소정 스님이 쥐도 새도 모르게 출타했을 수도 있습니다. 부지가 워낙 넓다 보니 열댓 명이 지키고 있어도 어딘가 빠져나갈 구멍은 있었을 겁니다. 경찰의 감시를 감으로 때려 맞혔을 수도 있고, 몰랐다고 해도 심야에 대문을 열고 나갈 수 없는 사정이 있을 수도 있습니다. 난점은 말입니다."

도대체 왜 소정이 오밤중에 단현사를 탈주했느냐는 점이다. 공무를 위해 외출했다고 볼 여지는 없다. 승려들도 그렇게 진술하고 있다. 아울러 단현사의 출입 경로는 정문으로 한정되어 있다. 그 외의 길은 사실상 절벽이나 다름없다.

소정은 담을 넘어 은밀히 움직였다. 그리고 빽빽한 묘목을 헤친 뒤 가파른 비탈길을 타고 내려와 나릿놀마을로 향했다. 그의 승복이 찢어진 이유도 오춘자의 난도질 때문만은 아닐 것이다. 산에서 내려오는 중에 옷자락이 나뭇가지에 걸리고 몇 번을 넘어졌음이 자명하다. 한낮에도 버거운 행보인데 어둑한 밤이라면 감히 엄두도 내기 힘든 일이었다.

"소정 스님이 오춘자한테 볼일이 있었다? 설사 그랬다고 한들 그리 황망히 절 밖을 나서 위험을 불사할 일은 없었을 겁니다. 아니, 상식 따위 접어두고 오춘자가 용하디용한 주술을 부려 소정 스님을 꾀어냈다고 쳐보죠. 한데 피해자를 실신시켰을 둔기와 교살에 쓰였을 흉기가 현장에서 보이지 않았다? 뭐, 부적 한

장 날려서 변신술을 꾀했을 수도 있으니 이것도 넘어갑시다. 그러나, 그런데 사건 현장이 자기가 거주하는 우름곶이 아니라 나릿놀이었다? 오춘자로서도 발품을 팔아야 했다는 말인데, 그렇게 해서 저이가 얻는 실익이 무엇이 있겠습니까?"

"뭐 하나 시원하지 않고 턱턱 걸리는구먼. 헌데 굳이 실익을 따지자면 말일세. 나릿놀에 부정을 묻히기 위해서일 수 있지 않나. 오춘자는 우름곶 사람이니까."

"그렇죠, 그렇죠. 그렇게 생각할 수도 있죠. 한데 계장님, 그 부정이란 것도 어미의 모정 앞에서는 한낱 잡동사니에 지나지 않습니다. 비뚤어진 방편일지언정 이것도 아들의 병을 완치하겠다는 사명하에 자행된 범죄입니다. 한시가 급했을진대 그리 멀리까지 가서 판을 벌였다는 건 모순이 있죠. 더군다나 오춘자는 나릿놀도 우름곶도 아닌 회색 지대의 사람입니다. 저이에게 두 동네가 크게 다를 바 있나 싶습니다. 오히려 저이에게 도움의 손길을 뻗은 사람은 나릿놀의 큰 어르신이고요. 주민들에게 앙심을 품었다고 쳐도 나릿놀에만 국한되지 않았다고 보는 것이 저의 역설입니다."

"어쨌든 자네 생각은 교살한 사람과 배를 가른 사람이 다르다는 거군. 범인들은 따로 밀약 없이 우연히 연대했다는 거고. 거 참……. 이거, 두 번째 사건이 더 요상해지는구먼."

두 번째 사건은 박한기의 한옥 뒤뜰에서 태을이 살해당한 것이었다. 잠긴 뒷문과 관련해 오춘자는 깔깔 웃으며 이렇게 말했다.

"야, 이 자식들아. 우리 승구 밥해주러 가기 바쁜데 그깟 문단속까지 내가 어떻게 신경 쓰냐? 그냥 내 손으로 열고 나갔다니까."

그렇다면 오춘자의 난도질이 끝난 이후에 누군가 뒷문을 닫고 빗장을 걸었다는 셈이 된다. 그 누군가는 내부인일 수밖에 없다.

"오춘자 얘기를 무조건 신뢰할 순 없겠지."

마철준이 말했다.

"오춘자가 도주하면서 뒷문에 잔꾀를 부렸을 수도 있으니까. 하지만 이것도 '어떻게'보다는 '왜'가 핵심이야. 오춘자가 굳이 그런 수고를 들일 게 있었겠나?"

"옳습니다. 비효율일뿐더러 살펴보건대 요령을 부릴 정신머리도 없었을 겁니다. 응접실에 있던 내부인 중 하나가 그랬다고 해도 이상한 것은 매한가지, 내부인이 진범이든 공모자든 둘 다 아니든, 어쨌거나 빗장을 걸고 문을 잠글 까닭은 터럭만치도 없죠. 현실적으로나 미신적으로나 동기가 보이지 않습니다. 실은 박씨 어르신을 의심했었지만…… 근거는 빈약할 따름입니다."

결실을 앞두고 또 다른 난관에 봉착했지만 도치는 덤덤히 맞아들였다.

"계장님, 사냥감부터 요리하죠. 제가 오춘자 씨와 담화해보겠습니다."

마을회관 내 경관들의 얼굴은 하나같이 질려있었다. 틈만 나면 앙칼진 쇳소리로 악을 쓰며 난동을 부리는 오춘자 때문이었다. 형사 밥을 물리게 먹은 장정들이 윽박지르고 위협해도 그녀의 기운은 왕성하기 그지없었다. 끝내 수갑을 풀어주는 조건을 내걸고서야 그녀를 얌전하게 만들 수 있었다.

"오춘자 씨, 본인의 이름은 민도치라고 불립니다. 모쪼록 귀를 여시고 입을 티주셨으면 하는 바람입니다."

도치는 재킷을 아무렇게 집어 던지며 오춘자와 마주 앉았다. 경관들은 그제야 무거운 짐을 내려둔 듯 한숨 돌렸다.

"당신은 산책 중에 소정 스님의 시신을 목격해 배를 갈랐다고 했습니다. 동기는 아드님에게 들린 귀신을 퇴치하고자 함이라고 했습니다. 다시 말해 살인자가 따로 있다고 주장하고 있습니다."

"응, 맞아. 내가 안 죽였어."

"예, 인정합니다. 하여 범인은 누구입니까? 피해자들의 목을 조른 그 인간이 누구인지, 자진해서 일러주신다면 이보다 기쁜 일은 없겠습니다."

"몰라, 나도 못 봤어. 그냥 놀러 다니는데 송장이 엎어져 있었다니까."

"그렇습니까? 그러하다면 매우 부자연스럽게도 세 구의 시신을 전부 우연히 목격했다는 것이로군요."

오춘자는 사자 갈기 같은 머리를 흔들며 쿡쿡 웃었다. 도치는 셔츠 목 부분의 단추를 몇 개 풀며 목소리를 낮게 깔았다.

"최초의 발견이 우연일 수도 있지요. 당연히 그럴 수 있습니다. 허나 우연이 세 번이나 반복되면 필연을 점쳐보지 않을 수 없거니와, 특히 두 번째 살인은 박한기 씨 댁에서 일어났거니와, 당신이 시신의 배를 가른 것도 그곳입니다. 태을 스님이 사망한 기막힌 시점에 때마침 당신이 거기 있었다는 것인데, 이런 조그만치의 오차도 없는 셈이 나올 확률은 가히 무無에 가깝습니다. 뭔가 조짐을 알아차리지 못했다면 몰래 진입해서 기다리고 있을 리 없습니다."

"아, 그거? 신랑네 옥상에 젓갈 담가둔 거 있잖아. 장독대들 말이야."

오춘자가 말한 '신랑'은 박한기일 것이다.

"그거 좀 얻어 가려고 했어. 요즘 승구가 기운이 통 없어서 먹이려고 했지. 그런데 꺽꺽 소리가 나더니 누가 뻗어있지 뭐야? 그래서 배를 짼 거야. 생간이 아닌 이상 한 개로는 부치거든."

"아이고, 그러십니까? 하필 그때 칼을 갖고 계셨다니 신통함과 비범함을 뭐라 찬탄해야 할지 모르겠습니다. 그럼 세 번째는 어떻습니까? 그 야밤에 돌아다니다 또다시 우연히 시신을 목격했다? 그것도 두 발로 어슬렁어슬렁 걸어 다니다가? 여러 사람이 수색해도 그런 현장을 포착하기 버거울진대 홀로 해내셨다니 이 얼마나 신묘한 일입니까? 오춘자 씨, 여기까지 온 김에 속 시원히 털어보시지요. 단언컨대 당신은 피해자들을 교살한 범인을 알고 있습니다. 최초 사건 시 우연히 범인을 목격했고, 범인의 꽁무니를 따라다녔기에 자연스레 시신들을 맞이한 것입니다. 틀립니까?"

"글쎄 모른다니까 그러네. 그리고 총각. 왜 자꾸 우연, 우연 거려? 젊은 사람이 우연에 의지하면 쓰겠어? 고양이상치곤 영 뭉뚝하네."

"뭐요? 그건 또 무슨 말씀입니까?"

"무슨 말씀이긴, 우리 만남은 우연이 아니라는 거지. 내가 고귀한 제물을 찾은 건 다 그럴 만한 인연이 따라서야. 결과엔 항상 원인이 따르는 법이라고. 중놈들도 인과 어쩌고 하잖아. 그러니까 항상 귀를 기울여야 해."

도치는 불쑥 몸을 내밀었다.

"설마, 누가 귀띔이라도 해줬단 말입니까? 시신이 있는 장소를?"

"응."

"그게 누구입니까?"

"누구긴 누구야. 우리 신령님이지."

오춘자는 몸을 배배 꼬며 헤실헤실 웃었다.

"신령님이 계시를 내려준 거야. 우리 승구한테 씐 잡귀를 쫓아내라고 가호를 내려주신 거라고. 이제 우리 승구도 만개하는 거야."

도치는 안경을 벗고 두 손으로 얼굴을 감쌌다. 백발의 무녀가 말을 돌리는 까닭이 짐작되며 일전의 가설이 새로이 개편되었다.

300년 전 섬을 수호했던, 그러나 파계승의 침략에 터전을 약탈당했던 토착 무당……. 그리고 토착 무당의 대를 계승하고 있는, 또 그 선조의 원념까지 고스란히 상속받은 자…….

진범의 목적이 단현사 승려의 몰살이라면 얼추 궤가 맞아떨어진다. 그렇게 가정한 진범의 진의를 오춘자가 진즉 꿰뚫어 보았다면, 그녀가 대대손손 내려오는 신앙적 원수를 알아서 죽여주는 귀인이 강림한 것을 축복했다면, 비록 원한의 사유는 별개일지언정 표적은 동일하니 그녀가 진범의 신상을 보호할 법도 했다. 범행 가담자끼리 암묵적 이해관계가 형성된 만큼, 남은 승려가 모조리 불귀의 객이 되어버릴 때까지 오춘자는 내막을 함구할지도 모른다.

물론 그녀가 진범을 지목한들 진술이 신빙성을 갖추기 어려움은 알고 있었다. 그런데도 도치는 끓어오르는 화를 다스리지 못했다. 역습을 허용해 살인을 방치한 어제의 자신이 꼴사나웠다. 새장 속에 갇혀 제때 치료를 못 받은 여린 소년이 떠오르자 노기는 배가 되고 오기는 곱이 되었다.

"야! 문 잠그라고 했잖아!"

마철준의 호통이 울려 퍼졌다. 유리문이 열리는 동시에 비통한 목소리가 날아들었다.

"어, 어머니가요? 우리 어머니가 사람을 해쳤다고요?"

일동을 깜짝 놀라게 한 사람을 승구였다. 그의 얼굴을 보자 경관들은 뒷걸음질 쳤다.

"어머니, 살인이라니요. 무슨 오해가 있는 거죠?"

승구는 오춘자 옆에 꿇어앉았다. 장난스레 웃어대던 오춘자도 눈시울을 붉혔다. 그녀는 승구의 머리를 쓰다듬으며 잠긴 목소리로 말했다.

"승구야, 엄마는 널 위해서라면 어떤 모진 수모도 감내할 수 있단다. 넌 섬의 미래를 짊어진 가장이잖니. 사람 간을 두 개나 달여 먹였으니 널 괴롭히는 잡귀도 곧 떨어질 거야."

"어머니? 그게 무슨……?"

"오춘자 씨! 승구한테 그런 얘기 할 필요 없어!"

마철준이 외쳤으나 오춘자는 눈 하나 깜짝하지 않았다.

"비록 산 사람 것이 아니라서 양양하지 않지만 과유불급보다는 감질나는 편이 낫지. 승구야, 이젠 네가 섬을 보살펴야 한다. 엄마 말, 알겠지?"

"어머니, 설마 제가 먹은 약이……."

무릎을 꿇고 있던 승구는 중심을 잃고 바닥에 손을 짚었다.

"제가, 제가 먹은 게 사람 간이었다는……."

도치는 질끈 눈을 감았지만 곧바로 현실을 직시했다. 때로는 극약처방이 필요한 법이다. 가끔은 충격요법도 절실한 법이다. 승구가 구원받으려면 어머니의 울타리에서 완전히 벗어나야 했다.

도치는 승구의 어깨에 손을 얹었다. 파르르 떨리는 경련이 손을 타고 흘러들어 심장을 건드렸다.

"승구 씨, 유감이지만 앞날을 맞아야 할 때입니다. 어느 누가 당신에게 손가락질하겠습니까. 고단에 대해서는 뭐라 위로조차 드릴 말이 없다마는, 이제 어머니의 그림자에서 벗어나 새 삶을 시작합시다. 부족하고 빈약할지언정 본인도 승구 씨의 새 출발에 도움이 되고자 부단히 노력할 것을 이 자리에서 맹세합니다."

승구가 살며시 고개를 들었다. 우수에 찬 그의 눈과 마주치자 도치는 애통함을 가눌 길이 없었다. 맑은 눈빛을 가진 소년이기에 가슴 언저리가 더욱 아렸다. 그러나 도치의 입은 서서히 벌어졌다. 승구가 별안간 오춘자를 끌어안았다.

"어머니! 어쩐지 요즘 기운이 불끈불끈 솟는 게 참 신기하다 싶었습니다. 그런 귀한 약을 다 구해 오실 줄이야. 하하하! 어머니의 사랑에 이 못난 아들은 환희를 금할 길이 없습니다. 이제 중놈들도 끝났어요. 제가 어머니의 유지를 받들어 신령님과 함께 섬을 굽어살피겠습니다!"

승구와 오춘자는 서로를 얼싸안으며 눈물을 흘리기 시작했다.

"그래, 이제야 승구 네가 날개를 펴는구나. 암, 그래야지. 네가 이 동네의 등불이고 태양인데. 그래도 승구야, 암만 중놈들이 미워도 기꺼이 제물이 되어준 헌신을 잊어서는 안 된다. 그들의 넋을 위해 엄마랑 기도하자꾸나."

그렇게 무당 모자는 두 손을 비비며 독경을 낭송했다. 얼이 빠져버린 일동은 그 장면을 망연히 바라볼 뿐이었다. 거기서 마철준이 빈 의자를 걷어찼다.

"미쳤군. 당신들 제정신이야? 사체를 훼손한 게 얼마나 큰 중죄인지 알아? 야, 김영웅! 배는 언제 온대? 꾸물대지 말고 냉큼 튀어와서 이 아줌마 데려가라고 해!"

6.

구정물이 정체된 망가진 농수로, 그곳에서 정승배 이장은 밧줄 따위로 목이 졸린 흔적이 선명했다. 하지만 부검 결과 사인은 자상으로 인한 과다출혈일 가능성이 상당히 큰 것으로 나타났다. 의식불명 상태의 정승배를 최후에 이르게 한 결정적 원인은 오춘자의 칼부림이 유력했다. 최초의 교살은 미수에 그쳤던 셈이다.

그런데도 오춘자는 승구에게 죽은 이의 간과 쓸개를 먹였다고 굳게 믿는 모양이었다. 금쪽같은 아들을 위한다는 과업으로 기도한 결단일진대 맥을 짚지 못한다는 감이 없지 않았다. 이 정황이 진범이 따로 있다는 추측을 보강했다.

수사반 일동은 낙담했으나 마철준의 독려하에 일찌감치 열의를 되찾았다. 배를 절개한 사람을 검거했으니 이제 교살범, 즉

살인범만 잡으면 될 일이었다.

물론 오늘 새벽에 있었던 사건은 의문스러울 따름이었다. 살해 현장, 사망 시각을 따져보니 박수인은 범행과 동떨어져 있었다. 사건이 벌어지는 동안 그녀는 정자에서 보란 듯이 기타를 치며 노래를 부르고 있었다. 장대희는 이따금 마당에 나와 보란 듯이 존재감을 드러냈고 근무자와 함께 맞담배도 피웠다. 박한기와 천재길은 보란 듯이 집 밖으로 한 발도 나오지 않았다. 애당초 소정이 단현사를 빠져나온 이유는 무엇인가.

태을이 사망한 사건 또한 더욱 깊은 미궁으로 빠져들었다. 피투성이 시체가 널브러진 판국에 뒷문을 닫고 잠근 사람은 누구인가. 그 동기는 무엇인가.

하지만 수사반은 불가해한 요인에 구애받지 않기로 했다. 미상의 인물이 연루되었을 가능성을 계산하면서도 박한기와 박수인, 천재길과 장대희, 청혜를 주시하는 데 추를 기울였다. 일련의 사건이 동일범의 소행은 분명할 터이니 경위보다 사람에 주목했다.

이 다섯 사람은 박한기의 한옥에서 발생한 살인과 밀접해 있다. 수사반이 심혈을 기울여 뜯어보는 것도 이 두 번째 사건이다. 오춘자가 범인과 승려들의 동선을 눈여겨보았고, 뒤뜰에 잠입해 대기한 이유가 범죄의 징후를 감지해서라면 용의자의 범위는 자연스레 축소된다. 저울질 끝에 다섯 사람 중에 진범이 있으리라고 일동의 뜻이 일치했다. 그 남자가 묘한 소리를 하기 전까지는.

"아니, 아니, 이거 한 사람 더 가능할지도……."

민도치가 무심코 뱉은 그 발언은 거센 돌풍을 몰고 왔다. 일동의 눈이 번뜩이는 가운데 마철준이 물었다.

"한 사람 더? 용의자로 포함할 인물이 또 있나?"

"그건……."

도치는 입술을 잘근잘근 씹더니 끝내 말을 얼버무렸다.

"아, 아닙니다. 실언이었습니다. 선생님들, 심려를 끼쳐드려 송구합니다. 요즘 잠이 통 모자란지라, 하하. 저 바람 좀 쐬고 오겠습니다."

도치가 대피하듯 밖으로 나가자 수사반 일동은 고개를 갸우뚱했다. 엉뚱한 가설조차 야무지게 늘어놓던 그 수다쟁이가 말을 아끼는 모습이 무척이나 낯설었다.

그러나 의아함은 머지않아 뒤로 밀려났다. 수사 범위가 확대되며 방향이 더욱 뚜렷해진 것은 그날 오후 기이한 제보를 받고 나서였다.

*

하늘이 어두워지며 시야는 흐려졌다. 끊임없이 오르막을 타느라 호흡은 가빠졌다. 눈 깜짝할 새 사라진 윤지를 찾아 헤매느라 몸은 만신창이가 되어갔다.

우거진 관목을 가로질러 산언덕에 들어서자 나는 또다시 넘어졌다. 몇 번을 자빠졌지만 이번에는 쉽게 일어설 수 없었다. 등 뒤에서 느껴지는 또 다른 기척 때문이었다.

금세 끊겨버린 바스락하는 발소리.

그것은 내 발이 만든 마찰음이 아니다. 이미 사라져버린 윤지가 내는 소리도 아닐 것이다. 돌이켜보면 아까부터 그랬다. 내가 넘어지면 그 발소리도 멎었다. 메아리치듯 일발의 시차를 두고 뒤를 따라다닌다. 산짐승이 아니다. 사람의 보폭이다.

나는 마른침을 삼키며 뒤를 돌아보았다. 어둠이 깔리기 시작한 데다 나무와 수풀에 가려서 분간은 가지 않는다. 그래도 어슴푸레 비치는 사람의 실루엣을 볼 수 있었다. 나풀거리는 옷자락을 보니 스님인 듯싶었다. 도움을 요청하려 목소리를 높이려고 했다. 하지만 간발의 차로 입을 틀어막았다.

저쪽도 내 존재를 알고 있었다. 내 뒤에 있었으니 그럴 수밖에 없다. 그런데 왜 나를 부르지 않았는지 의문이었다. 어째서 이렇게 은밀하게 쫓아오는지 더럭 의혹이 들었다. 정체를 들키기 싫다는 듯, 조용히 접근해 덮치겠다는 듯 실체를 감추는 것만 같았다.

등골이 서늘했다. 정처 없이 달렸다. 그것 또한 내 뒤를 추격했다. 절대 바싹 붙지 않는다. 일정한 간격을 두고 희롱하듯 후방을 위협할 뿐이다.

눈물과 땀으로 범벅될 무렵이었다. 멀찍이 찍힌 하나의 점이 눈에 들어왔다. 그녀의 등이었다. 윤지가 오도카니 서있었다. 재빨리 뛰어가 밀착했다. 희미한 음색이 귓가에 스며들었다.

"왔어……."

윤지의 목소리인가.

"드디어 왔어……."

내가 아는 윤지와 뭔가 다르다. 하지만 이것저것 따질 겨를은 없었다.

"왔다니, 무슨 말이야? 됐고, 갑자기 가버리면 어떻게 해? 걱정했잖아."

나는 윤지의 어깨에 손을 얹었다. 강렬한 위화감이 느껴졌다. 그녀의 몸이 돌덩어리처럼 딱딱하다. 아무리 손에 힘을 주어도 그녀는 꿈쩍도 하지 않는다.

"짜증 나게 보채지 말고 이거나 봐봐."

윤지는 내 손을 뿌리쳤다. 헐떡거리는 나와 달리 숨 한번 고르지 않았다.

"이거, 어떻게 생각해?"

우리 앞에는 거대한 흙무덤이 있었다. 아니, 동굴에 더 가까웠다. 입구에 달린 목재로 된 널문은 반쯤 열려있었다. 충남 홍성에 하계답사를 갔을 때 보았던 새우젓을 숙성시키는 토굴이 떠올랐다.

아니야, 그런 저장고보다는…….

산사 근처의 토굴이라면 스님들의 수행처가 틀림없다. 그런데 그것도 생소하다. 우리나라 불교에서 일컫는 토굴은 스님이 머무는 개인 처소를 의미한다. 말이 토굴이지 홀로 수행하는 스님을 위한 공간으로 암자처럼 짓는 것이 일반적이다. 수행을 위해 산을 뚫고 굴을 만든 것은 너무나도 드문 사례였다.

생각에 잠겨있던 나는 턱을 끌어당겼다. 고추와 솔가지를 엮은 새끼줄이 바닥에 널려있었다. 성聖과 속俗의 경계를 나누고 잡귀와 병마를 차단한다는 금줄이었다. 널문에 달려있던 금줄을 누군가 훼손한 모양이었다.

"윤지 너, 저기 들어갔었어?"

윤지는 어깨를 들썩거렸다. 소풍 나온 어린아이처럼 즐거워하고 있다.

"저건 자연의 신비로움이야. 신령의 영험함이고. 어때? 오기를 잘했지? 저 안은 더 재밌을 거 같지 않아?"

윤지는 널문에서 눈을 떼지 못했다. 지나치게 쾌활한 모습이 매우 작위적이었다. 그녀가 자취를 감췄던 시간은 고작 이십여 분, 그새 무슨 일이 있었던 것일까.

어느새 나도 토굴 입구에서 흘러나오는 기운에 압도되고 있었다. 내 뒤를 따라다니던 이상한 것은 까맣게 잊고 있었다.

"요즘도 이런 전통적인 수행법을 고집하시는 스님들이 계시다니, 놀랍지 않아? 어? 놀랍지?"

윤지는 돌연 내 멱살을 붙잡았다. 그녀의 눈동자에 초점이 없다. 입꼬리는 광대처럼 찢겨 올라갔다.

"놀랍지 않냐고. 왜 대답이 없어? 정말 모르는 거야?"

"윤지야……."

"알겠어, 모르겠어? 빨리 대답 안 해?"

"너……."

"네가 그런 식이니까 욕을 처먹고 다니는 거야. 이런 대발견 앞에서 얼치기처럼 구니까 그 모양 그 꼴이라고."

목이 죄어왔다. 갑자기 돌변한, 마치 뭔가에 홀린 듯한 윤지를 보자니 숨이 막힐 따름이었다. 그녀는 나를 밀치고 토굴 안으로 들어섰다.

정신을 차리기까지 차 한 잔 마실 시간이 흘렀다. 뒤늦게 그녀의 이름을 외쳤다. 널문을 지나 새어 나오는 찬바람만 뺨을 핥고 지나갈 뿐이었다. 나는 입술을 깨물어가며 그녀를 쫓았다.

토굴 안으로 들어설수록 공간은 높아지고 넓어졌다. 습기가 피부를 타고 기어오르며 공기는 뼈가 에일 정도로 차가워졌다. 바닥에 고인 물웅덩이가 군데군데 놓인 석등의 불빛을 반사하고 있었다. 미미한 빛에 의지하며 깊은 곳까지 걸어갔다. 아담한 불단이 보였다. 그 앞에 윤지가 의식을 잃은 채 쓰러져 있었다. 다급히 발을 떼려고 했다. 그런데 온몸의 힘이 풀려버렸다.

불단 위에 누군가 앉아있었다. 스님, 그것도 꽤 연로한 노스님이다. 스님은 두 눈을 감은 채 가부좌를 틀고 있다. 분명 인기척을 느꼈을 텐데 조금의 움직임도 없다. 낯빛은 생기가 돌지만 어째서인지 죽은 사람 같았다. 앉은 자세로 안치된 시체 같았다.

불현듯 소름이 돋았다. 노승에게서 형언할 수 없는 사위스러움이 물씬 배어 나왔다.

저건 마물이다. 승려의 탈을 쓴…….

불상이 불가의 영역에서 벗어나 오랫동안 방치되면 귀물鬼物이 된다고 한다. 부처를 증오하는 마귀에게 능욕당해 악의 노리개로 타락하는 것이다. 승려라고 사람이라고 다를 것 없다. 토굴 입구에 금줄을 쳐놓은 이유도 저것을 가둬두기 위함일 것이다.

윤지가 변한 것도 수긍할 수 있었다. 저 마물에 현혹당했으리라. 부아가 치밀어 올랐다. 느닷없이 살의가 끓어올랐다.

귀가 움찔거렸다. 가냘픈 신음이 토벽에 부딪혔다. 윤지가 몸을 가누고 있었다.

오빠…….

윤지는 휘청거리며 일어섰지만 불단을 보더니 다시금 주저앉았다. 손가락으로 노승을 가리키며 비명을 내지른다. 그런데도 노승은 아무런 반응이 없다. 시체처럼 가만히 앉아있을 뿐. 윤지인지 뭔지 모를 것이 엉금엉금 기어 온다.

오빠……?

나는 그것을 밀쳐버렸다. 이 여자가 내가 알고 있는 윤지일까. 불결한 마귀가 그녀의 거죽을 뒤집어쓴 것은 아닐까.

오빠, 왜 그래…….

윤지, 아니 윤지를 가장한 그것이 말한다. 윤지라고 하기에는 목소리와 말투가 미묘하게 다르다. 진짜는 사라지고 가짜가 나를 잡아먹으려 하고 있다.

지, 진정하고 그것 좀 내려놔. 자꾸 왜 그러는데?

나는 어느새 두툼한 나뭇가지를 손에 쥐고 있었다. 연인을 흉내내며 나를 농락하는 이 요물을 죽이고 싶었다. 만약 진짜 윤지라면? 상관없다. 진위를 가리기 위해서라도 한 대 갈겨야만 한다.

맞아, 그랬어. 아까 내 뒤를 따라다녔던 그 이상한 것도. 그것은 나를 붙잡을 생각이 없었어. 이 토굴에 나를 몰아넣으려고 했던 거야. 이 가짜와 대면시키려고. 그래서 나를 죽이려고…….

"내가 미쳤나 보다."

윤지의 눈물을 보고서야 가까스로 평정을 찾을 수 있었다. 나는 노승을 뒤로한 채 윤지를 데리고 토굴을 빠져나왔다. 그러나 하산하기까지도 그녀와 가까이 붙지 못했다. 미지의 위협은 이후로 느끼지 못했지만 연인을 향한 불신은 북받쳐 올랐다.

어머님의 집에 도착하니 저녁 여덟 시가 넘어있었다. 우리의 몰골을 보자 어머님은 무척 놀라셨다. 걱정을 사고 싶지 않은 마음에 산을 타다 길을 잃었다고 둘러댔다.

수수께끼는 쌓여가고 있었다. 다그치듯 경위를 물어보아도 윤지의 기억은 흐릿했다. 문득 정신을 차려보니 토굴 안이라고 했다.

"그 산도 그렇고, 그 스님도 그렇고…… 여기 이상해. 진짜 이상해."

윤지는 무릎을 끌어모은 채 손톱을 물어뜯었다. 험악하게 굴었던 내가 무섭지도 않은지 곁을 떠나지 않고 끊임없이 중얼거렸다. 그보다 더 불온한 것에 꽂혀버린 모양이었다.

윤지가 이 정도로 동요하는 모습은 3년 전 건설 현장에 출근하던 나를 만류한 이후로 처음이다. 모기가 앵앵대는 소리 같아서 거슬렸다. 나는 손에 쥐고 있던 펜을 내던졌다.

"그만해, 알았으니까."

"이상해……. 너무 이상해……."

"알았다고. 짜증 나니까 그만 말해."

"이상해……. 이상해……."

"알았으니까 그 입 좀 닥치라고!"

불신은 급기야 증오로 거듭났다. 나는 나조차 놀랄 정도로 화를 억누르지 못했다. 흐느끼며 경련하는 그녀를 달랠 생각도 못 하고 있었다.

그 산에 흐르는 수맥이 부정적으로 작용한 것일까. 아니면 토굴이 문제였을까. 마귀에 홀린 것은 윤지가 아니라…….

지금 와서 원인을 규명할 것은 없다. 날이 밝는 대로 배편부터 알아보아야 할 것이다.

한숨도 자지 못한 채 무거운 심정으로 짐을 꾸리고 있었다. 이른 아침 어머님께서 우리가 있는 방문을 똑똑 두드렸다.

"너희 어제 무슨 일 있었니?"

나는 말을 얼버무렸다.

"나룻놀에 간 건 아니지?"

그건 아니라는 대답만 드렸다.

"이상하네. 얘들아, 잠깐 여기 있어."

얼마나 지났을까. 여러 목소리가 벽을 타고 넘어왔다. 두세 명의 남자와 어머님이 마당 한가운데에서 대화를 나누고 있었다.

괜스레 의아했다. 이 집에 머문 지 3일 차, 짧은 시간이지만 그동안 어머님과 이웃 간의 교류를 본 적이 없다. 심지어 전화기도 없는 집이다.

나는 현관문에 귀를 갖다 붙였다. 남자들이나 어머님이나 음성이 낮아서 대화 내용은 파악할 수 없었다. 그런데도 나쁜 예감이 솟구쳤다. 싸우는 목소리도 아니고 다투는 목소리도 아닌데 왠지 모르게 불안했다. 맹수가 먹잇감을 포착하고 숨을 죽이듯, 폭풍이 몰아치기 전의 밤처럼 몹시 불길한 고요였다.

대화가 멎고 기척이 사라지고 나서야 문을 슬쩍 밀었다. 마당을 지나쳐 나가는 남자들은 전부 스님이었다.

나는 태연한 척 어머님께 사정을 여쭤보았다. 어머님이 미소를 지으려고 안간힘을 쓰고 있다는 것은 경직된 뺨을 보고 알 수 있었다. 어머님은 목이 멘 듯 말을 꺼내지 못하고 숨만 들이마셨다. 입술 끝에서 새어 나오는 실낱같은 신음에 오열과 고뇌, 전율 같은 감정이 뒤섞여 있었다.

나는 똑똑히 깨달았다. 어머님이 뭔가 협박받았다는 것을. 그리고 그 중심에 우리가 있다는 것을. 우리가 마을의 금기를 위반한 것은 아니었을지…….

이제 서둘러야 한다.

4장 신앙의 기원

1.

파도가 굽이치듯 유연한 곡선을 그리는 전통 기와가 망막에 비친 순간, 이어폰을 끼고 방황하던 민도치는 불현듯 환상에 사로잡혔다. 오후의 햇살이 드리운 정자 안에서 청초한 백합이 산들바람에 하늘거리고 있었다. 눈을 몇 차례 비비고서야 그것이 박수인임을 알 수 있었다.

기척을 숨기고 다가가 훔쳐보니 박수인은 무릎 위에 공책을 펼쳐놓은 채 눈을 감고 있었다. 예쁜 글귀를 채집하고자 무의식으로 여행을 떠난 모양이었다. 화하니 상큼한 향기가 꽃가루처럼 코끝에 살랑이는데, 장의자 위로 늘어진 색동무늬 두루마리 필통은 갖가지 자개로 단장한 보석함 같았고, 하물며 갈색 서류 봉투조차 한 송이 우아한 패물이었다. 도치는 휘이 휘파람을 불고는 그녀와 마주 앉았다.

"이야, 수인 씨는 자나 깨나 열심이시군요. 하기야 집필이라는 게 여간 노력으로 되는 게 아니겠죠. 목은 안 마르십니까? 본인이 도울 것이 있다면 사양치 않고 받들겠습니다."

박수인은 살며시 눈을 뜨며 공책을 덮었다. 돌연 들리는 목소리에도 여인은 놀란 기색이 아니었다. 눈앞에 날아다니는 파리라도 한 마리 보는 듯한 얼굴이었다.

"용건이라도 있어요?"

그녀의 감미로운 음색에는 차디찬 냉기 또한 서려있었다. 찬란히 빛나면서도 결코 녹지 않는 만년설이 도치의 눈에 아른거렸다.

"다름이 아니라 어젯밤에 말입니다. 경찰분들이 순찰에 매진하시는데 이 정자에서 혼자 기타를 치시던 수인 씨를 보았답니다."

"그래서요?"

"감시한 게 아니니까 그리 박하게 대하실 건 없습니다. 뭐, 수인 씨의 거동을 잠시 지켜본 건 사실이지만요. 허나 연달아 사달이 들이닥치니 그 흉흉함이 차마 필설로 다 형언하기 어려울 지경 아닙니까. 경찰분들은 수인 씨를 의심해서가 아니라 신변이 염려되어 그랬던 겁니다. 말을 튼 김에 여쭙건대 그 늦은 시각에 나오셔야만 했던 사정이 따로 있습니까?"

"그쪽, 몇 살이에요?"

생뚱맞은 물음에 도치는 입을 헤벌렸지만 이내 차분히 대답했다.

"하잘것없는 몸, 올해 스물여덟입니다만."

"동안이네. 그럼 그쪽도 돼지띠?"

"1월 출생이라 개띠입니다만."

"강아지 띠라고? 음……. 글쎄, 차라리 고양이 띠라는 게 더 잘 어울리겠다. 어쨌든 나랑 동갑이네."

은근슬쩍 말을 놓는 박수인을 대하자니 도치는 자신이 휘둘리고 있음을 느꼈다.

"민도치 씨, 우리 말 편하게 할래?"

"지금도 적당히 편합니다만."

"어머, 보기보다 딱딱하네? 아무튼 왜 한밤중에 혼자 싸돌아다녔냐고 묻고 싶은 거죠? 별거 없어요. 잠이 안 와서 산책 나갔던 것뿐이야. 종종 있는 일이거든. 됐어요?"

"그러셨군요. 한데……."

"시간이 벌써 이렇게 됐네? 내가 좀 바쁘거든요? 더 못 놀아줘서 미안해."

주섬주섬 짐을 챙기는 박수인을 응시하며 도치는 말을 던졌다.

"혼야에 산책이라. 시국이 이러한데도 낭만을 추구하는 데 여념이 없으시군요. 비보의 거푸 속에서도 옥문을 두드릴 줄 아는 지혜와 여유엔 경의를 표합니다만, 한데 그것이 다입니까?"

"그럼 또 뭐가 있겠어요?"

"어젯밤에 따로 약속이 있어서 나가신 게 아닌지 해서 말입니다."

박수인은 하던 일을 멈추고 눈을 치켜떴다.

"어라? 왜 그러십니까? 전 별 뜻 없이 여쭤본 겁니다. 혹시 사실입니까?"

도치는 건들건들 다리를 떨며 말을 이었다.

"이런, 이런. 연인과의 밀회라도 있었나 보군요. 우리 얼음공주님을 영접한 공자님이 어떤 분인지 부러울 따름입니다. 낭군이여, 산 높고 물 깊어서 못 온다고 말하지 마라. 우리 빙氷 소저께 야박하게 군다면 이 민모가 좌시하지 아니하리니, 곧바로 지축을 가르고 번개처럼 날아가서……."

도치는 외마디 비명을 지르며 냉큼 몸을 수그렸다. 박수인이 그의 얼굴에 필기구를 내던졌던 것이다. 그녀는 숨을 몰아쉬었다. 긴 속눈썹에 경련이 일며 어깨에 걸쳐져 있던 머리카락이 뺨과 입술에 달라붙었다.

"너 있잖아, 되게 역겨워. 그 땍땍거리는 말투도 상당히 짜증 나."

도치는 어안이 벙벙할 뿐이었다. 이중적 성향은 진작 간파했지만 이런 극단의 간극은 전혀 뜻밖이었다. 흑백의 대비가 지나치게 선명한 그녀의 눈동자는 오히려 병색마저 짙어 보였다. 언젠가 단현사의 주지 범영이 했던 이야기가 떠올랐다.

죽해리 주민들은 마음의 병이 있어…….

남부러운 것 없는 대지주의 영애도 그런 질병을 앓는다는 말인가. 하기야 병마가 성별과 고하를 가리며 기생하지는 않을 테지만.

도치는 어버버하며 징자 바닥에 떨어진 필기구를 집어 들었다. 수선스레 움직이는 손이 닫혀있던 필통을 활짝 열어 연필들을 떨어뜨리고, 덮여있던 공책을 속지까지 헤집다 한 장 찢어먹고, 급기야 비좁은 봉투 안으로 들어가 내용물을 쑤셔대며 더한 난장판을 만들 무렵, 그의 눈은 한 곳에 고정되었다.

카디건 소매 밖으로 빠져나온 박수인의 손목에 칼로 그은 듯한 자국이 있었다. 털끝의 감촉이 마비되는 가운데 날이 바짝 선 곡소리가 울려 퍼졌다.

"야! 더러운 손으로 어딜 만져? 이리 안 내놔?"

박수인은 도치가 쥐고 있던 물건들을 홱홱 낚아챘다. 그러고는 거칠게 발을 구르며 떠나갔다.

바닥에 굴러다니는 토끼 모양의 지우개를 물끄러미 보고서야 도치는 탄식을 삼킬 수 있었다. 박수인의 태도는 아랫사람을 깔보는 개념과는 미묘하게 결이 달랐다. 괄시라기보다는 어리광이었다. 불순함보다는 순수함이었다. 혼기를 맞은 여인이 어린아이나 부릴 법한 응석을 충실히 재현하고 있었다. 마치 열 살배기

조카의 투정을 받아주는 기분이었다.

그런데, 그래도 그렇지 대놓고 역겹다고 모욕하다니…….

그녀의 독설이 지지고 후비며 남긴 마음속 흉터는 쓰라리기 그지없었다. 내심 상처를 입은 민도치는 코를 훌쩍이며 시무룩한 낯빛으로 이어폰을 귀에 꽂았다. 그러면서도 반성의 의미를 담아 못난 주둥이를 찰싹찰싹 때리고 있는데 귓속을 꽉 채운 음악 귀퉁이로 희미한 육성이 넘실거렸다. 정자에서 오십 보쯤 떨어져 있는 들판, 나릿놀과 우름곶을 가르는 경계, 장승 두 개가 떡하니 서있는 그곳에서 열댓 명의 남자가 두 편으로 갈려 씨근대고 있었다. 도치는 그곳으로 달려갔다.

"……그 점쟁이 아줌마 짓이라는 거잖아. 그런데 적반하장을 부려? 네놈 새끼들 양심은 어디다 갖다 팔아먹었냐?"

그렇게 말한 남자는 나릿놀에 발을 걸치고 있었다. 챙이 넓은 밀짚모자도 만면의 화를 가려주지 못했다.

"야, 이 멍청한 놈들아. 대가리가 그렇게도 안 굴러가냐?"

이번에는 우름곶 진영의 늙수그레한 남자가 나섰다.

"경찰들 하는 거 못 봤어? 그 미친 아줌마가 범인이면, 경찰도 진작 철수했을 거 아니야? 그 누구냐, 그래, 그 장비 같은 양반도 오만상 찌푸리고 돌아다니더만."

'장비 같은 양반'은 마철준 계장을 뜻할 것이다. 지금도 유비처럼 장졸들을 다독이며 열심히 근무 중일 터였다. 나릿놀의 남자가 말을 받아쳤다.

“까고 있네, 이 새끼들이. 그 아줌마, 우리가 얼마나 많이 챙겨줬는지 알아? 너희 동네 사람이면 너희가 알아서 관리해야 할 거 아니야?”

“너희가 챙기긴 뭘 챙겨. 다 어르신이 공덕을 베푼 거지. 이놈들이 감히 어르신한테 묻어가려고 하네. 그나저나 용왕제는 내일 열린다는데 너희는 어쩐다냐?”

우름곶 세력의 입가에 조소가 걸리고 나릿놀 세력은 분개를 금치 못하는, 마침내 몇몇은 윗도리를 벗어젖히며 육탄전에 돌입하려는 일촉즉발의 상황이었다.

첨예한 대립을 한편의 후방에서 지켜보던 민도치는 슬슬 뒷걸음질 쳤다. 그러나 지원군으로 보이는 남자들이 속히 모여들어 등 뒤를 가로막는 바람에 한쪽 진영에 꼼짝없이 갇힌 꼴이 되어버렸다. 졸지에 나릿놀 무리에 끼어 좌불안석하고 있으려니 이윽고 피부가 따가워지며 간담이 서늘해졌다. 우름곶의 한 남자가 도치를 뚫어지게 쳐다보고 있었다.

“저 양복 입은 양반, 여기 오신 손님 아니야? 돌신제에 참관하기로 했다는? 왜 저쪽 애들이랑 붙어있대?”

그것이 신호가 되어 우름곶의 성난 눈빛이 하나둘 도치를 겨냥하기 시작했다. 도치는 빽빽한 무리를 어기적어기적 비집고 나와 양 진영의 한가운데로 이동했다.

"아, 안녕들 하십니까. 저는 민도치라고 불리는 한량입니다. 만춘이 가고 초하가 오니 바야흐로 씨름의 계절이 도래한 듯싶습니다, 하하."

막 나가는 입이 씨름판에 기름을 끼얹은 탓인지, 경황없이 움직이는 몸이 우름곶에 치우쳐서 노여움을 산 탓인지, 나릿놀의 싸늘한 눈길 또한 검은 정장 차림의 사내에게 꽂혀버렸다. 두 마을 사람들은 식은땀을 줄줄 흘리는 도치에게 다가오며 공세를 펼쳤다.

"그쪽, 경찰 편이지? 그 미친 아줌마가 범인이야, 아니야? 우리 이장 그렇게 만든 게 그 아줌마 맞냐고."

"그래, 확실히 말해봐. 그 아줌마 아니지? 범인은 따로 있는 게 맞지? 나릿놀에도 수상한 놈은 있지?"

무슨 말을 내놓아도 두들겨 맞을 분위기였다. 양 마을 주민들의 기세는 흉포하기가 무려 만주 벌판을 호령하는 마적 같았다.

아마도 나릿놀 측은 오춘자가 범행에 연루되었음을 어디선가 듣고 부정을 입었던 것에 격분한 나머지 지나가는 우름곶 주민을 붙잡고 추궁했을 터. 우름곶 측은 그럴듯한 정황을 바탕으로 진범의 존재가 따로 있다고 반박하는 동시에 진범이 나릿놀 사람이라는 근거 없는 주장을 지속하는 듯했다. 사소한 시비가 걷잡을 수 없는 격화일로로 치달았을 것이다.

사실 수사반은 진범의 존재 여부를 일시나마 대외비에 부치기로 가닥을 잡고 있었다. 민심도 민심이고 혼란도 혼란이거니와 진범이 방심의 여지를 두게끔 연막전술을 펼치는 편이 추후 전개할 작전에 이롭다고 판단했다. 함구령의 배경에는 민도치가 있었다. 도치는 기밀 유출의 범위를 최소로 줄이고자 경관들을 하나하나 붙잡고 보안의 중요성을 간곡하게, 또 엄하게 웅변했다.

그랬건만 자기 입이 제일 먼저 탈을 내게 생겼으니 목 놓아 울고 싶은 지경이었다. 그렇다고 줄행랑을 쳐보았자 허약한 체력이 일 리도 못 가 발목을 잡을 터이고, 최악의 경우에는 눈이 뒤집힌 주민들의 분풀이 대상으로 전락할지도 모를 노릇이니 그야말로 진퇴양난의 궁경이었다. 처량한 신세를 자탄하며 그는 마지못해 입을 열었다.

"그게…… 오춘자 씨의 소행이 아니라는 것을 부정할 수 없다는 것이 틀렸다고 보는 것은 필시 무리가 없지 않겠으나, 달리 보면 무턱대고 그이가 모든 원흉이라고……."

"뭐라는 거야, 이 양반. 그 아줌마가 범인 맞냐고. 그것만 얼른 말해보라니까?"

만 시간의 수련으로 이룩한 장인의 손재주도 심상에 흔들림이 깃들면 삐끗하게 현상되기 마련이다. 한번 당혹감이 엄습하니 민도치의 뻔뻔하리만치 유려한 말재간이 제대로 실현될 리 없었다. 사람들은 이 동네 저 동네 가리지 않고 도치를 향해 한걸음 성큼 내디뎠다. 야성적인 전사들에게 포위되자 도치는 급히 말을 고쳤다.

“마, 맞습니다. 오춘자 씨의 단독 소행입니다. 그분은 검거됐으니 한시름 놓으셔도 되겠습니다.”

말이 떨어지기 무섭게 나릿놀은 핏발 선 눈으로 우름곶에 분통을 터뜨렸다. 우름곶 놈들은 근본부터가 썩었다는 둥, 태생 자체가 미개하다는 둥 온갖 폭언을 퍼부었다. 그런 나릿놀은 제쳐두고 우름곶은 도치에게 삿대질하며 침을 튀겨댔다.

“이 양반이 무슨 소리 하는 거야? 그러면, 왜 경찰이 아직도 눈에 불을 켜고 돌아다니는데? 집에 가려는 시늉이라도 해야 믿을 거 아니야?”

얼굴이 벌게진 우름곶 사람들은 끝내 도치의 가슴팍을 밀치기에 이르렀다. 재차 신변의 위협을 자각하며 벼랑 끝으로 떠밀리기 직전, 필생의 방편이 떠올랐다.

“여러분. 잠시만, 잠시만 제 말에 귀 기울여 주십시오.”

도치는 두 동네 사람을 둘러보며 짐짓 당차게 말했다.

“여느 동네 할 것 없이 무척이나 심란하시겠지만 이런 식의 대치는 바람직하지 않습니다. 다툼이 싸움이 되고 만에 하나 사고로 번진다면, 해서 또다시 부정이 똬리를 틀고 기지개를 켠다면, 여러분에게 좋은 일이 하나도 없습니다. 올해만큼은 단비를 맞으며 웃음으로 보내야 할 거 아닙니까?”

그제야 양편 사람들은 멈칫거렸다. 죽해리에서 부정이라는 단어가 가진 파급력을 새삼 통감하는 순간이었다. 하지만 안도의 한숨도 잠시, 나룻놀에서 짜드락거리는 볼멘소리가 고요해진 조류에 폭탄을 투하했다.

“어차피 우린 물 건너갔어. 벌써 세 번이나 그 지랄이 났는데. 이왕 이렇게 된 거, 저 새끼들이랑 같이 뒈져도 별반 다를 거 없어. 뭐, 한동네 한식구인데 이참에 같이 부정 타는 것도 괜찮겠네.”

“뭐? 그걸 말이라고 하냐? 이 금수만도 못한 새끼들이.”

각고의 한 수도 무위로 돌아가며 마른하늘 아래 뜨거운 들판 위로 격렬한 전운이 몰아닥쳤다. 때아닌 소용돌이에 휘말린 민도치는 정수리를 감싸 쥐고 냉큼 꿇어앉았지만 즉시 고개를 들고 안경을 추어올렸다. 나룻놀을 이끄는 밀짚모자를 쓴 남자, 끊임없이 욕설을 지껄이는 그의 얼굴을 밑에서 올려다볼수록 동공이 격동했다. 남자는 한쪽 귀 모양이 자못 어색했다. 실리콘으로 만든 인공 귀가 틀림없었다.

“그만! 그만들!”

째진 고성이 일대에 쏟아져 내리더니 한 남자가 더벅머리를 휘날리며 두 진영 사이를 횡단했다. 우름곶 청년단의 장대희였다. 그는 엉겨 붙어있는 사람들을 힘으로 떼어놓고는 우름곶 쪽을 나무랐다.

“뭣들 하는 거예요? 얌전히들 있으라고 몇 번을 말했잖아요.”

“야, 대희야. 그게 아니라 저쪽 놈들이 먼저…….”

"됐고, 빨리 돌아가세요. 오늘 일 안 할 거예요?"

그러자 물불을 가리지 않던 우름곶은 늑대를 맞닥뜨린 강아지처럼 꼬리를 내렸다. 단신으로 다수를 제압하는 장대희를, 민도치는 넋 놓고 바라보았다. 허허실실 유들유들한 모습은 온데간데없으니 어김없이 풍기는 진한 알코올 향도 콧속 깊이 들어오지 않았다. 기껏해야 도치 자신보다 조금 더 탄탄한 체격에 키는 그보다 못 미치는데도 그의 기상은 백 년 묵은 거목과 견주어도 손색이 없었다. 장대희는 나릿놀을 돌아보고 허리를 숙였다.

"안 그래도 뒤숭숭하실 텐데 뭐라 드릴 말씀이 없습니다. 죄송합니다."

드센 언행 저편으로는 현장의 지혜도 발현되었다. 나릿놀 일부는 울분을 사그라뜨렸지만 나머지 일부의 입에서는 여전히 험한 말이 오르내렸다. 그들의 기를 완전히 꺾어놓은 이는 따로 있었다.

"나릿놀마을도 자제들 하시오. 금선 스님께서 얼마나 슬퍼하시겠소?"

단현사의 주지 범영이었다. 장대희와 나란히 동네를 누비다가 뒤따라온 모양이었다. 석장을 쥐고 있는 야차 같은 노승 앞에서 양측 진영은 너 나 할 것 없이 하얗게 질려버렸다. 주민들의 낯빛은 엄숙하다 못해 두려운 감정이 일어난 것 같았다. 그 순간 민도치가 뼈저리게 실감한 것은 범영이라는 승려의 위력이었다.

장대희의 외침이 임시로 화를 억누르게 하는 미봉책이라면, 범영은 걸걸한 목소리 하나로 좌중을 굴복시켰다는 감상이었다.

부정만큼이나 무서운, 혹은 범인 이상으로 위험한, 어쩌면 범죄와 별개로 무서운 음모를 꾸미고 있을지도 모른다……. 예의 의혹이 기어이 농후해지고 있었다.

2.

"그쪽도 참 분주히 나다니는군."

무리가 해산한 뒤 범영은 부리부리한 눈으로 민도치를 쳐다보았다. 도치는 뭐라도 캐묻고 싶었지만 범영은 곰 같은 몸을 돌려 그대로 자리를 떠버렸다. 그를 따라갈지 말지 혼자 허둥대는데 벌컥벌컥 물을 마시는 소리가 귓바퀴를 건드렸다.

"어이, 민 선생님. 안 다쳤어요?"

장대희가 플라스틱 물병을 구기며 말했다. 그새 기개를 잃어버린 듯 여느 때처럼 목덜미를 벅벅 긁으며 껄렁거렸다.

"장 단장님의 기백을 영접하나니 자잘한 상흔조차 정갈스레 치유되는 듯하옵니다, 하하. 단장님께선 범영 스님과 산책이라도 하셨나 봅니다?"

"단장은 개뿔, 그래 봤자 촌 동네 놈팡인데. 범영 스님 일과가 수시로 동네 둘러보는 거예요. 나도 동네에 이것저것 전달하다 보니 하루에 한 번꼴로 뵙지. 정 이장님 사고 있고 나서 스님도 더 신경 쓰시는 것 같더라고. 이런 싸움이 날까 봐 염려되셨나 보지. 사람들도 참."

그러고서 장대희는 손가락 두 개로 브이v를 만들어 도치 앞에 들이밀었다. 담배나 냉큼 한 대 꼽아보라는 손짓이었다. 도치가 친히 마일드세븐을 조공하며 물었다.

"한데 두 동네 주민분들 말입니다. 말싸움이야 그렇다손 치더라도 이렇게 물리적으로 충돌하는 경우가 빈번합니까?"

"그동안 조용하긴 했는데 요즘 심해진 것 같네. 때가 때다 보니 뭐……. 그전에야 박 씨 어르신이 이 동네 저 동네 자주 돌아다니셔서 사람들도 대놓고 싸워댈 생각을 못 했지. 참 든든했어. 그런데 어르신도 요즘은 많이 쇠해지셨는지 통 댁에만 계시더라고. 참, 민 선생님. 내일 얘기 들었어요? 우리 동네 용왕제 연다는 거?"

장대희는 별안간 퀭한 눈을 치켜떴다.

"내일 용왕제, 내 기우에 그치면 좋겠지만 큰 싸움이 날지도 몰라. 봤다시피 나릿놀은 지금 초상집 분위기잖아요. 그런데 웃긴 게 뭔지 알아? 예민한 건 우리 우릉곶도 똑같다는 거야. 춘자 이모가 잡혔다고는 하는데, 그 이모가 범인이 아니라는 얘기가 공공연히 퍼진 데다, 금선 스님이 걸어서 돌아다닌다는 껄쩍지근한 소문이 자꾸 돌잖아."

문제는 뭐냐. 그의 목소리에 무게가 실렸다.

"나릿놀이 우름곶을 잔치 분위기라고 오해한다는 거지. 오늘 새벽에도 나릿놀 아저씨 하나가 우리 동네까지 내려와서 깽판을 쳤거든. 내일 용왕제엔 못해도 백 명은 모일 거야. 나릿놀도 용왕님까지 거스를 수 없으니까 많이들 참여하겠지."

"그래도 풍요를 기원하는 행사라면 잠시나마 풀리지 않겠습니까? 적어도 내일 하루만큼은."

"나도 의례 중에 사고가 터질 거라는 생각은 안 해. 그런데 이게, 해산 과정에서 한둘이 시비 붙을 수도 있어."

장대희는 더벅머리를 박박 긁었다.

"청년단 사람들한테는 주의를 주고 있지. 의례에 참관하는 어른들한테도 일일이 찾아가서 당부하고 있고. 다들 알았다고는 하는데 막상 내일 두 동네 사람이 모이면 어떻게 될지 몰라요. 그나마 범영 스님이 중심을 잡으시겠지만 이런 해괴한 일이 터진 건 처음이라……. 새벽 시간에 의례를 거행하는 것도 처음인데, 이것도 참석 인원을 하나라도 줄이려고 그런 거예요."

사소한 시비가 집단난투극으로 번질 뻔한 장면을 두 눈으로 목격한 민도치였다. 잇따른 부정 탓에 나릿놀은 속이 부글부글 끓을 터이고, 우름곶에도 과한 적대감을 품은 이가 필시 존재할 것이다. 도화선은 이미 절정으로 불타고 있을지도 모른다.

"그냥 내 생각은 이렇다고만 알아둬요. 설마 그렇게까지는 안 가겠지."

아무렇지 않은 척 말했으나 며칠 새 부쩍 야윈 몸이 심경을 대변해주었다. 장대희는 몇 걸음 앞에 떨어진 종이상자를 들고 탁탁 털었다.

"아이 씨, 이 귀한걸. 민 선생님, 찹쌀떡 하나 줄까? 어르신 댁 갔다가 선물받았는데 맛이 기가 막혀. 하나 잡숴봐. 나 먼저 가요."

장대희는 콧노래를 흥얼거리며 떠나갔다. 독한 술 냄새를 타고 흐르는 그의 입말이 노래가 아니라 금강경임을 알게 되자 도치는 아연함을 금할 수 없었다.

여태껏 만나본 죽해리 주민 중에 박한기와 더불어 가장 견고한, 그리고 유일하게 상식적인 인물이 장대희였다. 박한기의 한옥에서 다 같이 모여있을 때만 해도 미신에 초월한 면모를 보이던 유유한 장정이었다. 그랬건만 그조차 이름 모를 신에게 빌기 시작한 것 같았다. 추가 범행에 앞서 의식이라도 치르는 것일까. 거듭되는 사달이, 누적되는 부정이 저 듬직한 사내까지 뒤흔든 것일까.

언뜻 까닭 모를 실망감이 치솟기도 했지만 달리 보면 순수함의 발로라고 여겨지기도 했다. 절실할수록, 궁지에 몰릴수록 부질없는 힘에 의지하는 것은 인간의 본성일 테니까. 실은 도치마저 진범의 정체를 깨우쳐달라고 부처에게 점쳐보고 싶은 심정이었다.

그러나 기도는 기합과 다를 바 없다고 신념을 다지며 도치는 마음을 다잡았다. 찹쌀떡을 오물오물 씹으면서 마을회관으로 돌아가는데 마침 동쪽에서 마철준이 어깨에 재킷을 걸친 채 성큼성큼 걸어왔다. 장대희와 똑같은 찹쌀떡 상자를 들고 있는 것이 박한기의 집에 들렀다가 순찰이라도 다니는 듯했다.

"날씨 좋구먼. 민 선생은 마음 좀 추슬렀고? 헌데 유감스러운 소식이 있네. 아니, 이젠 나도 모르겠군. 이게 좋은 건지 나쁜 건지도. 사건이 또 일어난 건 아니니까 놀라지는 말고."

그 유감스러운 소식이 무엇인지 도치는 금세 알아차렸다.

"아침에 박한기네 집에 들렀는데 내일 새벽에 예정대로 우름곶 기우제를 진행한다는군. 나릿놀, 우름곶, 단현사 전부 합의를 마쳤어. 장소는 우름곶의 해안가 쪽이고 경찰의 참관은 거절당했네."

마철준은 쩍 벌어진 어깨를 으쓱했다.

"박 씨 부녀나 천재길 이장, 장대희, 전부 사체를 목도해서 참관을 못 하게 됐어. 피를 본 사람은 근처도 얼씬거리지 못하는 게 이 동네 전통이라는군. 헌데 승려들은 특별 예외 대상이라나? 더 가관인 게 뭔지 아나? 승려들이 박한기한테 이렇게 말하는 거야. 그래도 섬의 기둥이나 다름없는 어르신인데 기우제를 지켜보셔야 하는 거 아니냐, 절에서 하루 동안 몸 정성을 받으면 부정을 씻을 수 있을 거다. 손바닥 뒤집듯이 씻을 수 있는 부정이면 왜 그리 겁들을 내는지, 원. 귀에 걸면 귀걸이, 코에 걸면 코걸이도 아니고 말이지."

"해서 박 씨 어르신은 뭐라고 하셨습니까?"

"대쪽같이 거절하더군. 옥덩이도 옥이고 쥐방울도 옥이라면서, 사람끼리 차등을 둬서는 안 된다고 근사하게 연설하기까지 했네. 홍길동? 아아, 전우치라고 했지. 그 양반 시는 나도 마음에 들더군. 우리 딸내미가 말이야. 제 엄마한테는 순한 양인데 나만 보면 빽빽대거든? 조만간 그 녀석에게 전우치 선생의 가르침이나 과외를 해줘야겠어."

마철준은 껄껄 웃었으나 방금 있었던 소동을 듣자 눈썹을 굳혔다.

"그래, 맞아. 잠깐 잊고 있었는데 내가 걱정한 것도 그런 우발적인 사고였어. 지금 두 동네 붙여놓으면 뭐라도 터질 거 같단 말이지."

"계장님, 인력 지원은 멀었습니까? 의경 중대 하나만 있어도 그런 대규모 불상사는 충분히 예방할 수 있습니다."

마철준은 허탈한 웃음을 흘렸다.

"곧 확충될 거긴 한데 중대 단위는커녕 분대 단위나 되면 다행일세. 그리고 전의경 애들이 어디 놀고먹나? 정비 중인 애들이 남아돈다고 해도 그래. 시골 마을 행사의 안전을 관리한다는 사유로 지원을 요청해봤자 씨알도 먹히지 않아. 기우제 때 무슨 일이 난다는 것도 심증이지 않나?"

"그건 그렇지만……."

"거기다가 다도해는 자잘한 분쟁이 많아. 닷새 전엔 근방에 있는 섬 부근에서 익사체가 떠올랐다는군. 어제는 옆에 있는 거안도에서 관광객들을 암매장한 미친놈들이 검거됐고. 육지에 있는 직원들은 사시사철 이 섬 저 섬 왔다 갔다 하느라 바쁘지. 외부에서 구원해줄 거란 기대는 접는 게 좋을 걸세."

민도치의 속이 바짝 타들어가고 있을 때, 늘 강직하던 마철준의 얼굴에 먹구름이 끼기 시작할 때, 그들에게 주뼛주뼛 다가오는 초로의 남자가 있었다. 도치가 살펴보니 예의 싸움판에서 활약한 무리 중 하나였다. 남자는 몽글몽글한 땀을 훔치며 입을 열었다.

"괜한 소리 하는 거 같아서 그냥 넘어가려고 했는데 영 걸려서 안 되겠네. 다른 건 아니고 난 나릿놀 주민인데, 내가 어젯밤에 이상한 걸 좀 봤거든."

3.

"이장님이랑 스님들 죽은 거, 그 점쟁이 아줌마 짓 맞지? 하여

간 미친 여편네 같으니라고, 쯧쯧. 이래서 우름곶 새끼들이 욕을 처먹는 거야. 이거 펜스라도 쳐야 하는 거 아닌지 몰라. 청년단 단장 그놈은 참 남자다운데 나머지는 다 쓰레기 새끼들이야. 어르신 아니었으면 그놈들도 예전에 말라 죽었을 텐데."

그 뒤로도 남자는 한참이나 우름곶을 흉보더니 갑자기 손을 부들부들 떨어댔다.

"어제 양계장에 뭐 고칠 게 있어서 한 시 좀 안 돼서까지 혼자 일을 했어. 일 마치고 자전거 타고 집으로 넘어가는 중이었지. 그런데 김 씨 밭두렁에 웬 불이 났더라고. 전에도 어떤 개새끼가 담뱃불 제대로 안 꺼서 큰일 날 뻔했거든. 다행히 큰불이 아니라서 발로 밟아서 금방 껐는데, 뭔 이상한 것이 네발로 꿈틀꿈틀 기어 다니는 거야. 산비탈 쪽에 딱 붙어서 말이야. 워낙 어두운 데다 거리도 있어서 뭐가 뭐고 구분할 수는 없었는데…… 딱 보니 들개 같더란 말이지. 근데 개치고는 너무 크다 싶어서 손전등을 비췄는데."

남자는 침을 꿀꺽 삼키고는 말했다.

"그, 그런데 그것이 갑자기 두 발로 일어서지 뭐야? 비틀비틀 하더니 막 뛰어가대? 혼비백산해서 정신없이 귀가했지. 남자인지 여자인지는 몰라. 사람인지 귀신인지도 헷갈릴 판에. 그냥 두 손 두 발 달린 이상한 거였어."

"저기 선생님, 혹시 스님은 아니었습니까."

민도치가 받아치자 남자는 미간을 모았다.

"스님이라. 인제 보니 옷이 나풀나풀했던 게 승복 같기도……. 아아, 그랬던 것 같네."

"그렇죠? 그건 소정 스님께서……. 아니, 아니지. 시간대가 한 시쯤이라고 했습니까?"

남자가 '승려와 비슷한 그것'을 목격한 시각은 소정이 사망하고 한 시간이 지난 후였다. 우름곶의 승구가 나릿놀까지 한달음에 달려갔다고 보기는 시원찮았다.

"자, 잠깐."

남자는 시퍼렇게 질린 얼굴로 휘청거렸다.

"설마 그, 금선 스님이……?"

그러더니 그는 고꾸라졌다. 도치가 그를 부축하며 느낀 것은 황당함이었다. 위화감이었다. 뭐라 말하기 힘든 기묘함이었다. 이 남자가 귀신을 두려워하는 까닭이 쉬이 이해되지 않았다.

설사 귀신이 출현했다고 한들 그 정체가 금선이고, 그토록 명망 높은 승려가 부활했다면 오히려 경축해야 할 대사가 아닌가. 최소한 전적으로 절에 의지하는 풍속신앙체라면 이렇게 전율에 떠는 일은 없을 것이다. 아까 격한 대립각을 세웠던 양편 마을 사람도 매한가지, 범영이 등장하자 그들은 악귀라도 목격한 듯 덜덜거렸다. 공포의 대상은 범영이 아니었다. 그가 언급했던 금선이 분명하다. 단현사에 처음 방문했을 때 느꼈던 희미한 이질

감이 드디어 진해졌다.

돌이켜볼수록 이 죽해리라는 동네는 일관성을 찾아볼 수 없다. 성불한 금선이 살인에 가담했다고 주장하는 세력이 있다면, 그것을 단칼에 잘라버리는 입김 또한 만만치 않아야 한다. 아니, 이 섬이라면 후자의 숫자가 압도해야 이치에 맞을 터이다. 그런데도 절대다수의 주민은 금선을 그저 무서워하는 것으로 보인다. 그러면서도 그의 시신 앞에서 경건하게 두 손을 비비고 있다.

그건 그렇고 사건을 재차 고찰한다면 어떨까. 어떠한 덕을 쌓았어도 망자가 깨어날 리 없다. 어젯밤 소정 외에 또 다른 승려가 단현사를 탈주했다는 답안이 논리적이고 현실적이다.

"민 선생, 먼저 가게. 난 저치 얘기를 더 들어봐야겠어."

부리나케 도망가는 남자와 그를 쫓아가는 마철준을 뒤로하고 민도치는 수사본부로 향했다. 마을회관 어귀에서 전날 밤 단현사를 감시했던 김영웅 경사가 혼자 담배를 피우고 있었다. 이야기를 전달하자 김영웅의 언성이 살짝 올라갔다.

"저기 민 선생님, 물론 내가 피해자를 놓쳐서 면목은 없는데요. 그래도 빵꾸가 두 번이나 났겠어요? 이 섬이 암만 개떡 같아도 승려가 두 명이나 빠져나와 벼랑길 타고 나릿놀에 갈 이유가 있겠냐고요."

"그 이유까지는 저도 알 수 없습니다. 다만 그렇게 해서라도 일부 승려가 단현사를 탈주해야 했던 일련의 사정이 있었다고 짐작할 뿐입니다. 그리고 그 사정이 사건과 연관이 있을 가능성을……."

도치는 돌연 김영웅의 어깨에 팔을 두르고는 그를 이끌고 걸음을 옮겼다. 강세훈 경장이 유리문을 열고 나와 주변을 서성이고 있었다. 도치의 의도를 눈치챈 김영웅도 목소리를 낮추었다.

"민 선생님, 그게 박수인의 외출이랑 엮였다고 보는 거예요?"

"뜬금없는 감이 있지만 그게 첫 번째 가설입니다. 그 까닭이 무엇이냐, 그 사이에 무슨 끈이 있는 것이냐고 물으신다면 지금으로서는 저도 드릴 대답이 없습니다. 그저 뭔가 그럴 만한 계기가 있었으리라고 지레짐작할 뿐입니다."

"나도 박수인 개가 찜찜하긴 했어요. 근데 두 번째 가설은요?"

"단현사에서 내분이 일어났다는 것입니다."

김영웅의 얼굴에서 불쾌한 기색이 싹 가셨다.

"이 또한 근거 없는 잡생각에 불과합니다. 소수의 승려로 구성된 승가에서 집안싸움이 나봤자 무엇이 심각하겠습니까. 허나 살인이 세 건이나 연달아 터졌기에 가벼이 볼 수만도 없습니다. 구태여 그림을 그려보자면 소정 스님은 알면 안 되는 것을 알게 되어 도망을 선택합니다. 그 뒤를 또 다른 스님이 좇습니다. 추격전은 쉴 새 없이 이어지고 소정 스님의 꼬리는 나룻놀에서 잡힙니다. 그렇게 살해당하고 오춘자한테 해부당하는 지경까지 갔다는 겁니다."

"그럼 승려들이?"

"제보자의 말로는 스님으로 보이는 미상의 인물이 산비탈을 네발로 기어 다녔다고 합니다. 범영 스님이 범행 후에 단현사로 복귀하다가 지쳐서 엎어졌을 수도 있습니다. 그 과정에서 무언가를 떨어뜨렸고 그것을 회수하고자 오늘 산책을 핑계로 동네를 나다니는지도 모르지요. 범영 스님이 아니더라도 그의 지시로 움직인 승려가 있었을지도 모릅니다. 무엇이 무엇인지는 아리송할 따름이지만 확실한 것은 단현사 내부에서 무슨 일이 일어나고 있습니다. 가능하다면, 아니 무슨 수를 쓰더라도 그들의 동태를 지척에서 살펴야 합니다."

"뭔 말인지는 알겠는데요. 승려가 둘이나 죽어 나갔어도 정작 사건 현장은 절이 아니라 나릿놀 쪽이에요. 승려 애들 붙잡고 빠개는 거면 몰라도 절간을 들쑤실 구실은 없다고요. 우리랑 종교시설은요, 물과 기름이에요. 성당 같은 데만 해도 맘 놓고 수사 못 하잖아요. 더군다나 기우제인지 뭔지 해서 민감한 분위기인데 자기들 안방에 들어앉는 걸 허락하겠어요?"

게다가 공연히 긁어 부스럼을 만들어 단현사의 공분을 산다면 주민들의 협조 또한 요원해질 수 있었다. 도치가 그 부담을 모를 리 없었다.

"어려움 없습니다. 밤을 둘러메고 달을 벗 삼으면 그만입니다."

4.

“잠입이라. 그 점이 거슬리는 건 사실이지. 우리가 지정한 용의자가 사는 곳인데 내부에 대한 파악이 전무하잖아. 간첩이 숨어 지내는지 누가 알겠나? 하지만 이런 식의 강제 진입은…….”

“불법이 아니라 편법입니다. 강제 수사가 아니라 개인의 관찰입니다. 우리끼리만 입을 맞춘다면 문제 될 것이 있겠습니까.”

단현사에 몰래 침입해 승려들의 동태를 염탐한다……. 불법사찰이나 다름없는 명백히 경찰 복무규정에 위반되는 행위였다. 하지만 수색 영장만 하염없이 기다리기는 시간이 촉박했다. 만일 주민들이 또다시 터져 분쟁이 촉발된다면 그때는 돌이킬 수 없는 유혈사태가 발생할지 모를 일이었다. 민심의 안정을 위해서라도 가능한 모든 수를 고려해 한시바삐 부정의 원흉을 검거해야만 했다.

마철준은 민도치의 제안을 못내 수락했다. 경찰관의 사유지 뒷조사가 아니라 민간인의 관찰이라는 명목이었다. 당사자에게 들키지 않고 수사 책임자가 눈을 감아준다면 민도치도 거리낄 것이 없었다. 단현사 침투 작전을 공유하는 경찰은 마철준과 휘하 형기대 직원 둘뿐이었다. 이 보안 체계 또한 민도치의 주장으로 만들어졌다.

동쪽 하늘이 붉게 번지고 봄날을 무색게 하는 냉풍이 산야에 굽이칠 무렵, 단현사에서 돌신제 참관이 제한된 주민을 위한 간이의식이 거행되었다. 산신전과 용왕전 사이에 감도는 투쟁의 기운은 한결 미지근해졌지만, 서로를 곁눈질하는 두 동네 사람의 눈에는 여전히 증오가 침전되어 있었다.

"민 선생은 너무 걱정할 거 없어. 자네가 절에 있는 동안은 외곽에 에이스 애들을 배치할 거니까. 그럴 리는 없겠지만 뭔 일이 터지면 영웅이랑 상철이가 바로 날아갈 거야."

구두에서 캔버스화로 갈아 신으니 발소리가 널리 퍼지지 않았다. 민도치는 보다 가벼워진 발걸음으로 경내를 거닐었다. 혹시 모를 음모의 색출을 위해서는 보는 눈이 다 사라지는 폐문 후 암약하는 것이 적합할 터. 야밤의 칠흑을 온몸에 꿰고 어둠으로 팔방에 진을 친다면, 설령 기척을 발각당해도 금세 먹의 조각으로 둔갑할 수 있을 것이다. 절에서 나가라고 할 때 나가지 않고 어딘가에 숨어있다가 해가 저물면 경내로 기어 나오는 것이 그의 계획이었다. 단현사가 올라서 있는 이 넓은 부지는 은신처로 삼을 곳이 차고 넘쳤다.

용왕전 앞에서 장대희가 우름곶 사람들을 타이르며 땀을 뻘뻘 흘리고 있었다. 천재길 이장을 포함한 주민들이 나릿놀을 간간이 흘겨댄 까닭이었다. 참다못한 장대희가 핏대를 세우고서야 우름곶 사람도, 이에 맞서 어금니를 꽉 깨무는 나릿놀 사람도 못내 독기를 내려놓았다.

산신전의 맞배지붕 아래로는 모처럼 절을 찾은 박한기가 모시저고리를 펄럭이며 나릿놀 주민과 원을 두르고 있었다. 입을 여는 사람은 박한기뿐이었다. 나릿놀 주민은 흡사 왕을 알현하듯 외경을 담은 자세로 이야기를 경청하고 있었다. 우름곶 주민조차 도사 수염의 노신사에게만은 허리를 반으로 접을 정도였다.

두 집단 내 흐르는 공기는 달라도 대표가 짊어진 짐의 무게는 차이가 없을 것이다. 말도 많고 탈도 많은 섬이지만 어쩌면 그러하니 양쪽의 대장도 서로에게 동질감을 느끼지 않을까. 그렇게 생각하면서 도치는 장대희와 박한기를 번갈아 보고 있었다. 그러다가 문득 박수인과 눈을 마주쳤다. 박수인은 두 손을 가지런히 모으고 허리를 숙였다. 그녀가 하얀 이를 보이며 미소까지 보내자 도치는 고개를 돌리고 구시렁구시렁 투덜거렸다. 환경에 따라 시시각각 외향을 바꾸는 분장술이 밉살맞기 이를 데 없었다.

아버지에게 다정히 팔짱을 끼고 절을 빠져나가는 박수인의 뒤태를 끝까지 째려보고서 밥 한 공기 먹을 시간이 지났을 때, 도치는 임전무퇴의 정신으로 또 다른 과녁을 향해 전진했다. 경내 약수터에서 주민들이 물을 받는 것을 도와주던 청혜가 막 휴식을 취하려던 참이었다. 얼굴에 솜털이 채 가시지 않은 몇몇 처자가 추파를 던지듯 그 주위를 맴맴 나돌았지만, 민도치가 화난 고양이 같은 낯짝으로 난입하자 그녀들은 슬금슬금 대피했다. 도치는 청혜의 무장을 해제시킬 절기를 고안했다고 확신했다.

"청혜 스님, 안녕하십니까."

장발의 젊은 승려는 늘 그랬듯이 감정을 읽을 수 없는 표정으로 묵례를 건넸다. 그러면서도 도치의 위아래를 흘긋거렸다. 그의 눈길이 도치의 발치에 멈춘 순간이었다.

"제 양복 말입니다. 가끔 맞춤이냐고 여쭤보시는 분들이 계시지만, 기실 맞춤도 아니고 명품도 아니며 상표 취급도 못 받는 시장 물건입니다. 벨트에 조금 힘을 주었다마는, 그래 봤자 옷가지나 신짝이나 저렴할 따름입니다. 심산유곡을 떠도는 것이 제 일인데 비단을 두를 수는 없지 않겠습니까."

그러자 곱게 깎은 목각에 혼이 깃들기 시작했다. 청혜가 민도치와 눈을 못 마주쳤던 이유, 민도치의 몸만 훔쳐보았던 이유는 속세의 의복에 관심이 많기 때문일 것이다. 엄격한 계율에 묶여 있어도 세수 스물다섯의 청년이었다. 도치는 있는 지식 없는 지식 쥐어짜서 옷 이야기로 대화의 물꼬를 튼 뒤 자연스레 화두를 틀었다.

"아뇨, 아뇨. 스님의 승복처럼 향기로운 금대가 또 어디 있겠습니까. 향냄새만 한 향수가 또 없을진대 말입니다, 하하. …… 한데 스님. 두 번 여쭙는 것이 저로서도 무척이나 괴롭지만, 송구하건대 스님께서는 소정 스님이 어젯밤 무슨 연유로 출타했다고 보십니까?"

"말씀드렸던 대로 소승으로서는 짐작이 가지 않는 일입니다. 큰스님께서도 소정 스님 일로 종일 골몰하셨습니다. 식사도 제대로 못 하시고 말이지요."

"하기야 큰스님도 마음고생이 이만저만이 아니겠지요. 돌아가신 스님들과 큰스님 간의 우애도 깊었을 텐데 말입니다. 큰스님, 태을 스님, 소정 스님, 전부 도반으로서 평생을 어울려 수행한 벗 아니겠습니까. 이 돈독한 사이에 불화가 있을 리 만무할 터인데, 소정 스님은 누구에게도 털어놓을 수 없는 근심이 있기에 홀로 시름겨워하며 하늘의 상을 살피셨던 것이 아닌가 싶습니다."

청혜 스님, 당신도 그렇지 않습니까. 도치는 눈빛으로 뒷말을 이었다. 청혜의 눈은 도치의 무릎에 머물러 올라올 기미를 보이지 않았다. 도치는 재킷을 여미며 짐짓 헤프게 웃었다.

"그나저나 박수인 씨 말입니다. 모름지기 일대를 주름잡는 대범한 여걸이요, 시시한 낭인조차 영웅을 갈구하게끔 할 자색을 지닌 가인인데, 그에 걸맞은 신랑감을 아직 구하지 못한 듯합니다. 어젯밤 참으로 불경하게도 이 민모가 수인 씨와 쌍을 이루는 꿈을 꿨는데 글쎄, 누가 주례를 봐주셨는지 아십니까? 바로 달마철준 님이었습니다, 아하하."

청혜는 비로소 턱을 치켜들었다. 눈자위가 불그스름한 까닭은 사사로운 정에 옥죄여 밤새 울음을 머금어서일까. 음험한 수작을 부리느라 잠을 이루지 못해서일까. 분명한 점은 그의 내외가 들썩이고 있다는 것이었다. 어렵사리 벌린 틈을 파고들려던 찰나 도치는 모골이 송연해졌다.

거무죽죽한 구름 떼가 몰려들더니 집채만 한 눈알이 되어 고공에서 노려보는 듯하였다. 그 섬뜩한 눈빛이 삼십 보나 떨어진 곳에서 발산한다는 것은 불쾌한 귀울음으로 알 수 있었다. 살갗을 에는 바람이 석장을 스치며 내는 방울 소리 같은 울림이, 간악한 음공처럼 사지를 옭아매고 오장육부를 쥐어질렀다. 범영이 본당을 등진 채 눈을 부라리고 있었다.

아스라한 향내를 남긴 채 다급히 물러가는 청혜와 그제야 그에게서 눈을 떼는 범영을 번갈아 보며 도치는 미련도 군말도 다 접어두었다. 부르튼 입술을 핥으며 밤을 기약할 뿐이었다.

5.

저녁놀이 지나가고 어둠이 내려앉자 범영과 두 명의 승려는 요사寮舍 : 절에서 승려들이 거처하는 공간 안으로 들어섰다. 몇 건의 흉사가 안전을 도모하게끔 했는지, 그 흉사를 도모하기 위함인지는 알 길이 없다만, 적어도 오늘 밤은 다 함께 모여 취침하기로 한 모양이었다.

격자문에 비치는 세 그림자가 몸을 눕힌 것을 확인한 뒤 도치는 슬그머니 행동을 개시했다. 따로 거창한 묘수를 창안한 것은 아니었다. 승려들이 물 샐 틈 없이 전각을 걸어 잠근 통에 모색의 구간도 제약되었다. 그래도 딱히 상관없었다. 눈살에 구애받지 않고 구석구석을 살펴보고 싶은 바람이었다.

석등의 흐릿한 불빛이 안간힘을 쓰며 기울어진 명암의 균형에 저항하고 있었다. 여린 들꽃은 암흑에 파묻혀 머리를 숙이면서도 끝내 제자리를 사수하고 본연의 색을 간직한 채 심야의 모퉁이에 걸터앉았다. 새까만 상공을 자유로이 방랑하는 저 떠돌이 별도 언젠가는 발붙일 터전을 잡아 자기만의 기념비를 세울 것이다.

불현듯 밤의 정취에 취한 민도치는 콧노래를 흥얼거렸다. 물 흐르는 소리, 활엽수 잎을 스치는 바람 소리, 풀벌레 우는 소리, 거기에 이따금 곁드는 동물 울음소리. 천연의 합주 속으로 그의 휘파람이 녹아들었다.

이 각양각색의 조화가 어우러진 대자연에 길들자니 추호의 틈을 빌려서라도 풍류에 젖고 싶었다. 그 노래는 아수라장을 헤엄쳤던 어제의 자신에게 바치는 헌정곡이자, 앞으로 있을 난관에 대적할 내일의 자신을 위한 축성곡이었다.

상쾌한 밤공기로 원기를 거의 회복시킬 무렵이었다. 등 뒤에서 발소리가 스쳐 지나간 것은.

도치는 펜 라이트를 끄고 몸을 숙인 채 주변을 둘러보았다. 캄캄한 밤이라 맨눈으로는 아무것도 분간되지 않았다. 기척의 주인은 필시 승려일진대 해우소에 가려는 발걸음 같기도, 몰래 절을 빠져나가려는 움직임 같기도 한 것이 가늠이 여의찮았다. 단숨에 사라진 자취로 짐작하건대 또 다른 존재, 민도치를 감지하고 급히 몸을 숨기는 듯도 했다.

살금살금 걸으며 소리의 발원지를 추적했다. 하필 그 방향도 담벼락 쪽이었다. 뭔가가 부스럭거렸다. 조금이라도 티 내기 싫다는 듯 조심스러운 몸짓이다. 도치는 마른침을 삼키며 펜 라이트를 비추었다. 돌담 위에서 살쾡이 한 마리가 눈을 껌벅껌벅하다가 도도히 담을 타고 넘어갔다.

"저 자식 저거 사람 놀라게 하기는. 역시 고양이보다 강아지가 낫다니까."

가슴을 쓸어내리는데 시선이 무심코 발치로 내려갔다. 바로 옆에 있는 키 작은 나무에서 예사롭지 않은 빛이 발현했다. 기울어진 묘목 위에 피어나 영롱한 빛을 내는 것은 야광 버섯이었다. 그늘이 지는 곳에 자란 활엽수목, 또 약수가 흐르는 환경이 절묘하게 겹친 덕에 이런 희귀버섯이 자생하는 듯했다.

그 외에는 조명만 어두워졌을 뿐, 낮의 풍경을 빼쏘았으니 그다지 눈에 담을 것이 없었다. 도치는 금강문 밖에서 잠복하는 형사들과 접선하고자 걸음을 옮겼다. 대놓고 문을 열고 나갈 수는 없기에 우회해야만 했다.

낮은 담을 넘어 사찰 밖의 땅을 밟은 순간, 도치는 아등바등 하며 짧은 비명을 내질렀다. 잽싸게 몸을 지탱해서 망정이지 하마터면 산비탈을 굴러다닐 뻔했다. 대문 쪽 계단 외의 길은 듣던 대로 가파르고 험난했다. 도저히 맨정신으로 내려갈 수 없는 절벽 같은 경사가 끝없이 이어지고 있었다. 금강문에 이르기까지는 십여 미터의 짧은 거리였지만, 두 손으로 담을 꾹 잡고 게걸음을 쳐야 했으므로 적잖은 시간을 할애해야 했다.

이윽고 금강문 계단 언저리에서 손부채질하며 땀을 식히는 김영웅 경사를 볼 수 있었다. 전날 소정을 놓쳐버린 것이 한이 되었는지 그 또한 위험한 외곽을 둘러보고 온 모양이었다.

"민 선생님, 나왔어요? 오늘은 아직 잠잠하네요. 안은 좀 어때요?"

"불안할 정도로 조용합니다. 어라? 경사님, 그건 뭡니까?"

김영웅은 삼각대에 거치한 캠코더를 고장 난 텔레비전 다루듯 두들겨 패고 있었다. 그가 이마의 땀을 닦으며 말했다.

"어제 빵꾸 낸 게 자꾸 걸려서요. 이놈으로 대문을 촬영하고 샛길을 삥 돌아보려고 했죠. 나는 오른쪽으로, 상철이는 왼쪽으로요."

"흠, 뭘 녹화하기엔 광량이 너무 부족하지 않습니까."

"그렇긴 하죠. 야간촬영으로 세팅해도 외부 조명이 없으면 뭐가 잡힐 리 없죠. 그냥 빵원짜리 보험 하나 들어놓은 거예요. 그런데.”

“그런데?”

김영웅은 떨떠름히 머리를 긁적였다.

“이놈이 먹통이 돼버렸어요. 아까 민 선생님 절에 들어가고부터 테스트하려고 녹화해 봤거든요. 그때부터 켜져있어서 그런지 아주 맛탱이가 가버렸어.”

“……경사님의 몽둥이찜질 때문에 망가진 건 아닙니까.”

김영웅 경사가 비지땀을 흘리는 이유는 유동 근무에 전념해서만은 아닐 것이다. 그는 애꿎은 캠코더를 몇 대 더 쥐어박고서 말머리를 돌렸다.

“민 선생님, 오늘 아침에 던진 얘기 있잖아요. 참고인 애들 말고도 용의자가 있다고 한 거. 그거…… 경찰 가리키는 거죠?”

도치는 앞머리를 비비 꼬며 먼 산을 내다보았다.

“괜찮아요. 나도 그 얘기 듣고서야 대가리가 좀 뚫리더라고. 난 내부자가 올챙이 새끼를 넘어서 큰 물고기일 가능성도 따지고 있어요.”

김영웅은 어깨를 으쓱하고는 말했다.

“알지, 나도. 요즘 세상에 이딴 미친 짓을 저지르는 경찰은 없겠지. 그것도 이런 쪽박 같은 섬에서. 그런데 또 이런 섬이니까, 하고 생각하면 구린내가 안 가시더라고.”

“해서 계장님은 뭐라고 하십니까.”

"에이, 이건 우리끼리 하는 얘기지. 귀가 열린 형님도 분열 조장, 결속 저해, 이런 거에 대해서는 되게 꼰대처럼 굴어요. 말해봤자 괜한 꼬장부리지 말라고 쪼인트나 까일 게 뻔하죠. 그럴싸한 동기를 가진 놈이 보이는 것도 아니고."

하기야 아무런 근거 없이 섣불리 언급했다가는 득보다 실이 더 클 터였다. 도치가 오만가지 상념을 가슴속에 넣어둔 이유도 그 때문이었다. 그러나 도치의 추리는 김영웅보다 광범했다. 도치가 찾는 본질은 제삼자가 지닐 속성에 있었다. 부정에서 초탈한 동시에 두 마을에 미련이 없는 중도의 인물, 예컨대 정체를 감추고 있는 외부인이 존재하지 않을지…….

"민 선생님, 늦은 감이 있긴 한데 사과는 드릴게요."

김영웅의 목소리에 도치는 시점을 바로잡았다.

"예? 감이 있는데 사과를 주신다니요? 딸기를 주시면 안 됩니까?"

"후, 개그 쪽은 진짜 젬병이시네. 솔직히요, 나 민 선생님 별로 안 좋아했어요. 외부 전문가가 수사에 참견하는 게 꼴 같지 않아서요. 근데 민 선생님은 이름값 제대로 하시더라고. 내가 좀 꼴통이라도 인정할 건 인정합니다. 선생님 아니었으면 지금도 오춘자 건으로……."

"아이고, 경사님."

도치는 손을 휘휘 저으며 한쪽 눈을 찡긋거렸다.

"천하는 양귀비와 다를 바 없어 일대 호걸도 굴복시킨답니다.

단신으로 태평성대를 이룩하는 위인이 세상천지 어디 있겠습니까. 저야말로 김 경사님의 노고 덕에 이런 절에서 마음 놓고 머무를 수 있는 것 아닙니까. 사의를 표해야 할 건 이 민모라고 생각하는 바입니다만."

김영웅은 저도 모르게 활짝 웃었다. 민도치라는 인간을 한 대 패주고 싶은 주책바가지라고만 여겼는데 역시나 눈에 보이는 것이 다는 아니었다. 품행이 방정맞고 언동은 깃털처럼 가벼운 데다 눈치라는 감각이 조금도 발달하지 않은 푼수데기인데도, 기저에는 상대를 아늑하게 하는 온기도 깃들어 있었다.

"참, 경사님. 선물이 하나 있습니다."

민도치는 재킷 안주머니를 뒤적이더니 담뱃갑만 한 폴리백 하나를 꺼냈다.

"웬 버섯? 뭐예요, 이건?"

"그새 말라비틀어졌네. 꽤 희소한 놈이라서 하나 따봤습니다. 식용버섯은 아니니까 절대로 드시면 안 됩니다. 제 지기 하나도 버섯 한번 잘못 먹어서 며칠이나 구천을 관광하다 이승에 귀국했습니다. 조심하셔야 합니다."

그러면 뭘 하라고 이런 누리끼리한 물건을 준 것인가. 희귀버섯에 관심이 있을 리 없는 김영웅은 사고가 궁해질 뿐이었다. 잊을 만하면 보이는 나사 하나 풀린 모습도 민도치라는 사내의 개성일 것이다.

"그럼 애쓰십시오. 저도 안에서 스님들을 잘 보고 있겠습니다."

그렇게 단현사 땅을 다시 밟은 민도치는 금선당을 지나칠 때 문득 걸음을 멈추었다. 자물쇠가 걸린 꽃살문을 응시하려니 왠지 모를 충동이 일었다. 손가락으로 장지에 구멍을 뚫은 뒤 동그란 틈새로 눈을 갖다 붙였다. 일말의 흔들림 없이 가부좌를 틀고 있는 즉신불이 보였다.

이튿날 단현사가 개문되고 용왕제가 서곡을 울리기까지 변고는 일어나지 않았다. 제의 장소에 많은 이가 모였기에 시퍼런 서슬도 술렁였지만 다행히 의례는 평화롭게 마감되었다. 도통 종잡을 수 없는 난해한 사건은 한숨 돌릴 때쯤 발생했다.

"즉신불…… 즉신불이 사라졌습니다."

죽해도의 돌신제 중 우름곶마을의 용왕제는 하당신이 모셔져 있는 나릿놀과 우름곶의 경계가 출발점이다. 제관과 참례자들이 행렬을 이루어 향, 등, 꽃, 차, 과일, 쌀의 공양물과 그것을 담을 용기를 메고 마을을 한 바퀴 누비는 '삼산돌기'로 의례의 시작을 알린다. 이것은 조상을 위령하며 무주고혼과 수중고혼에 헌식을 하는 동시에 신로神路를 터놓는 절차이다.

이후 상당上堂에 해당하는 나릿놀의 뒷산을 경유하여 해달바위 앞에서 산신을 향해 재해 예방을 위한 경배를 간소하게 올린다. 그리고 하당下堂에 해당하는 우름곶의 해안가로 이동하여 제단을 진설한다. 용왕도량龍王道場의 한 형태로 물을 관장하는 용왕신에게 기우를 발원하는 것이다.

용은 불교에서 불법을 호위하는 호법신으로 변용되었으므로, 우름곶의 일부 노년층은 용왕제가 돌신제의 원형이라고 주장하고 있다. 그러나 우름곶의 주업이 어업이었다는 과거의 사실이 명백하기에, 풍어를 기원하던 용왕제가 환경의 변화에 맞춰 풍년을 발원하는 것으로 바뀌었다는 나릿놀 원로들의 반론이 더 설득력이 있다고 볼 수 있다.

용왕제 참례가 금지된 사람(아동, 임산부, 병자)은 제의 장소에서 멀리 떨어져 돗자리를 깔고 기도하는데 이 자리를 '뒷가물'이라고 한다. 근래 집안에 상喪이 있었던 사람은 '부정을 입어 몸이 비렸다'고 하여 뒷가물마저 참석할 수 없다. 나릿놀의 산신제는 삼산돌기 후에 용왕제와 반대의 순서로 거행된다.

곽대석 외 2명, 『다도해의 민속학』, 우리문화연구원, p87

6.

바닥에 널브러진 불상 조각들, 화마가 남긴 시커먼 그을음, 그리고 한 구의 시체. 금선당 내부는 부동명왕의 업화가 휩쓸고 지나간 듯 난장판이 되어있었다.

민도치는 어금니가 닳도록 이를 사리물었다. 그의 어깨에 올라가있는 마철준의 커다란 손도 허탈함과 노여움으로 일렁거렸다.

"이거…… 정말 말이 안 나오는군."

도치의 시선은 교살되어 사망한 효양效敭의 얼굴에 잠시 머물렀다가 즉신불이 사라진 허전한 불단 위로 이동했다. 두 눈은 활활 타오르는데도 정작 입에서는 헛웃음이 흘러나왔다.

경찰을 비롯해 범영과 청혜, 강당을 공사하는 건설노동자까지 동원되어 경내를 샅샅이 살펴보았다. 장대희를 주축으로 한 우름곶 청년단은 산 곳곳을 뒤졌고, 이내 박한기가 쇠한 몸을 이끌고 나와 나릿놀 주민을 지휘하며 수색에 힘을 보탰다. 경미한 부상자가 나오리만치 격렬한 수색에도 즉신불은 옷자락조차 보이지 않았다.

망자가 두 발로 탈출할 리는 없다. 그렇다면 범인은 어떻게,

대체 무슨 연유로 즉신불을 빼돌린 것인가. 민도치는 눈을 감고 지난 시간을 잘게 쪼갰다.

밤 열한 시 경이었다. 김영웅과 정보를 공유하고 금선당을 훔쳐본 뒤 계속해서 경내를 돌아다녔다. 별 소득이 없자 달을 올려다보며 이런저런 생각을 정리하다가 꾸벅 졸았다. 얼마간 눈을 붙이고 깨어나 해우소로 향했다. 볼일을 보는데 갑자기 속이 메스꺼워지며 구토가 올라왔다. 익숙한 불쾌감이었지만 기시감을 느낄 새는 없었다. 벽을 잡고 속을 게우기 바쁠 뿐이었다. 한동안 비몽사몽하고 있는데 어느덧 개문을 알리는 타종 소리가 울렸다. 이때가 오전 세 시경, 겨우 정신을 붙들고 보니 경내 언저리에서 범영이 청혜와 효양을 경책하고 있었다. 의례를 앞두고 긴장을 주입하려는지 자못 엄숙한 분위기였다.

아니, 아니, 자잘한 것은 제쳐두고 즉신불이 사라진 시간대는…….

즉신불을 어젯밤 처음 목격한 시간이 열한 시쯤이었다. 마지막으로 확인할 때는 오늘 새벽 세 시 이십 분이 되지 않았다. 개문 후 머지않아 승려들은 용왕제를 위해 절 밖으로 나갔다. 민도치는 임무의 결과를 보고하고자 간격을 두고 조용히 뒤를 따라나왔다. 그 전에 별생각 없이 구멍을 뚫어놓은 금선당의 꽃살문 틈으로 전내를 들여다보았다. 즉신불은 정연히 앉아있었다.

올해 용왕제는 이례적으로 새벽녘에 거행되었다. 의례는 범영이 주도했고 청혜가 그를 보조했다. 절을 지키기로 한 승려는 효양이었다. 여기서 도치는 내심 불길함을 느꼈다. 그는 전날 단현사가 폐문되기 전 마철준에게 뜻을 전했다.

"용왕제 당일, 효양 스님의 신변이 걱정됩니다. 마을회관으로 대피해 있으라고 수차례 당부했는데 어림도 없었습니다. 절에 남아 기우를 발원해야 한다느니 절을 비울 수는 없다느니 고집을 부리시더군요. 동틀 녘을 앞두고 탈이 날 것 같진 않다만…… 그래도 경시할 수 없습니다."

도치는 용왕제로 주의가 쏠릴 경우 발생할 수 있는 이른바 빈집털이 범행을 우려했다. 살인이 연쇄로 이어진다면 다음 피해자도 승려가 될 확률이 높기 때문이었다.

어차피 경찰의 용왕제 참관은 불허됐을뿐더러 소수의 인원으로는 행사의 안전을 관리할 수 없었다. 마철준은 고심 끝에 다음과 같은 방침을 정했다.

"그 산의 진입 루트는 실질적으로 하나야. 단현사까지 이어진 등산로도 외길이지. 장비가 받쳐줘도 샛길을 이용해 절까지 올라가는 건 불가능이야. 위에서 내려오는 건 어찌어찌 가능해도 아래서 기어갔다간 십 분지 일도 못 가서 굴러떨어질 걸세. 그럼 산 입구에 한 명의 인원을 배치하고 두 명의 인원이 경내 순찰을 돌기로 하지. 인력 활용은 비효율적이지만 적어도 추가 피해는 막을 수 있어. 범인도 범인이지만 가장 중요한 건 민 선생 말대로 범죄를 예방하는 거야."

그러나 저지선은 무너졌다. 산의 지형은 험준하고 새벽하늘은 먹장 같은데, 적재적소에 배치된 근무자가 항시 칼집에 손을 얹고 있었는데, 자연과 인력이 쌓은 방벽은 너무나도 허무하게 뚫려버렸다.

사건 발생 시간은 새벽 세 시 반에서 네 시 사이, 산 입구에서 단현사까지는 도보로 약 한 시간이 걸린다. 그것도 날이 밝을 때가 기준이었다. 단현사 경내를 순찰했던 김영웅 경사는 이렇게 말했다.

"비명 같은 건 귀에도 안 걸렸습니다. 탄내가 나서 봤더니만 금선당에 불이 났더라고요. 큰불은 아니었어요. 약수 퍼다 날라 끄고 나니까 피해자는 죽어있고 즉신불은 털린 상황이었습니다. 경계가 잠깐 헐렁해진 건 맞는데 오 분이 채 되지 않았습니다."

산 입구를 감시했던 강세훈 경장 또한 불온한 점을 감지하지 못했다.

"쥐새끼 한 마리 안 보였습니다. 꽁꽁 틀어막았는데 누가 들어올 수나 있었겠습니까? 그것도 그런데, 원래 돌신제가 거행되는 시간엔 의식 장소에서 기도하거나 집에서 얌전히 있습니다. 강당을 짓는 목공 두 명이 온 것도 네 시 다 돼서고요. 계장님 말대로 샛길을 통해 절까지 올라가는 건 무리고, 만약 그랬어도 이렇게 쏙 빠져나가는 건 절대 말이 안 됩니다."

그런데도 범인은 살인을 범했고, 소소한 방화를 저질렀으며, 무거운 시체를 들고 감쪽같이 증발했다. 살인과 절도가 일어난 금선당 내부의 체모 및 체액은 승려나 주민 등 그 주인이 다양할 소지가 큰 데다, 그마저도 불에 그을려 엉망이 되어있었다. 주변 돌바닥도 매한가지, 불특정 다수의 흔적이 많이도 뒤엉켜있었다. 범인의 심리를 분석할수록 민도치는 분개가 끓어올랐다.

"방법은 중요하지 않습니다. '어떻게'야 어떻게든 제가 풀어낼 수 있습니다. 제가 기가 차는 건 어째서 범인이 이런 기교를 부리면서까지 살인을 자행하고 즉신불을 탐냈냐는 겁니다."

"글쎄, 이것도 미신적인 신념으로 벌인 짓일까."

"그럴 수도 있겠지만……. 아니, 그걸 고려해도 방식의 개연성을 납득할 수 없습니다. 이 자식은 뭐랄까…… 담대함마저 느껴질 지경입니다."

한편 감시대상자의 알리바이는 이러했다.

"박한기, 박수인, 천재길, 장대희, 이 주요 참고인도 그 시간대에 주거지를 벗어나지 않았습니다. 청혜는 우름곶 해안가에서 제를 진행했으니 그의 알리바이도 완벽합니다. 혹시나 해서 오춘자네 오두막도 체크했는데 문제는 없었습니다. 이러면 제삼의 인물이 관여했다고 볼 수밖에……."

여덟 명의 수사관이 보강되어 경찰력은 배가 되었지만 그것도 금세 둘로 쪼개지고 말았다. 마철준 계장과 일부 인원이 수사본부로 복귀해야만 했던 것은 그날 오후, 금선당 현장 검증이 일단락되기도 전에 들어온 괴이한 제보 때문이었다.

“그, 금선! 금선 스님이 동네를 돌아다닙니다! 금선 스님이에요! 그 문둥이 자식이 아니라고요!”

이번 제보자는 장삼에 승모까지 거론하며 금선의 착의를 정확히 특정했다. 목격한 시간대도 한낮이기에 여타 승려나 승구로 오인할 리도 없었다. 용왕제를 성공으로 마쳤음에도 죽해도는 전과 비할 데 없는 부정에 젖어갔다. 경찰의 사기도 나락으로 떨어졌다.

“해괴하기 짝이 없군. 통 흐름을 짐작할 수 없어. 범인이 즉신불 흉내를 내고 다닌다는 말인데……. 대관절 즉신불은 왜 훔친 거야? 수호신을 강탈해 마을을 혼란의 도가니에 빠뜨리려고? 거 참, 이해할 수 없군. 범인의 타깃이 승려들이라는 건 더 이상 이견의 여지가 없어. 참고인들이 결백하다면, 오춘자 모자 말고 우리가 모르는 토착 무당이라도 있다는 건가.”

눈이 풀린 마철준을 바라보며 김영웅이 호흡을 가다듬었다.

“형님, 이번 사건도 그렇지만 소정이 당했던 엊그제 밤을 다시 까봐야 해요. 그 시간에 박수인이 밖에서 깔짝댔던 거, 이거 딱 봐도 구리잖아요.”

“헌데 박수인이 범행을 저질렀다기엔…….”

“박수인은 미끼가 아니었나 싶어요. 우리의 시선을 분산시키려는 미끼요. 통째로 낚인 건 아니지만 걔 때문에 순찰이 꼬인 건 맞지 않습니까? 이거 더 깊이 들어가면요."

김영웅은 입매를 굳히며 말했다.

"박수인이 중들을 낚시질한 게 아니냐는 겁니다. 소정이나 다른 놈이 박수인을 만나려고 절에서 튀어나왔을 수도 있죠. 금품이 오갔을 수도 있는데, 그거보다는 밀회의 가능성이 더 클 거예요. 다른 데도 아니고 이딴 엿 같은 섬이면……."

"저기 형기대 형사님, 중간에 말 끊어서 미안한데."

뺨을 꿈틀거리며 끼어든 사람은 강세훈 경장이었다.

"그건 너무 나간 거 아뇨? 금품이면 밤이 아니라도 절에서 주고받을 수 있지. 그리고 밀회라니? 설마 수행하는 스님이 여자 치맛바람에 놀아났겠수? 그쪽은 무슨 말만 하면 색안경 끼고 섬 사람들 별나게 보는 거 같은데 적당히 좀 합시다."

김진우가 말을 이어받았다.

"그렇습니다. 피해자를 그런 식으로 매도하는 건 바람직하지 않습니다. 무슨 미인계도 아니고 그게 말이 됩니까?"

두 토박이는 의기투합하며 김영웅을 밀어붙였다. 김영웅은 이를 뿌득 갈았지만 마철준을 향해 냉철하게 말했다.

"걸리는 게 또 있어요. 참고인 애들, 뭔가 보란 듯이 몸을 사리는 느낌이에요. 우리가 눈깔 치는 거 알고 있던 것처럼요. 아무래도 정보가 샌 거 같습니다."

"아이고, 그러셔요? 그 정보는 누가 흘렸답니까?"

강세훈이 이죽거리자 김영웅은 그를 노려보았다.

"누가 됐든 섬 무지렁이 새끼겠지. 말 한마디 할 때마다 카바치고 태클 거는 꼬라지 보면 그럴 만도 해."

"뭐? 이 새끼가 뚫린 입이라고 막 씨불이고 자빠졌네."

강세훈은 근무모를 팽개쳤다.

"야, 경사 계급장이 금배지라도 되는 줄 아냐? 애초에 네가 삽질해서 이 지랄 난 거잖아. 근데 너 몇 살 처먹었냐?"

"파출소 시다한테 잡소리 들으니까 재밌네. 나이? 똥오줌 가릴 만큼은 먹었는데 왜? 내가 암만 좆이라도 똥구멍으로 짬밥 먹은 새끼보다 못하겠어?"

"됐고, 너 잠깐 나와봐. 이 씨발 새끼를 그냥……."

꽝 하고 울리는 굉음이 언쟁을 끊어버렸다. 벽면의 철제 캐비닛이 움푹 들어간 가운데 그것을 때린 마철준의 주먹이 부르르 떨리고 있었다. 신경전이 종료되며 분위기는 숙연해졌다. 마철준은 한동안 콧김을 몰아쉬고는 입을 열었다.

"지방청 놈들도, 파출소 놈들도, 싸움질하고 싶은 새끼들은 다른 데 거치지 말고 나한테 와. 참고 넘어가는 것도 이번이 마지막이야."

죄송합니다, 주의하겠습니다, 시정하겠습니다, 하는 소리가 잇따라 이어졌다. 마철준은 가르마를 정리하며 한층 누그러진 목소리로 말했다.

"영웅이는 앞으로 이 동네가 어떠니 하는 발언 삼가도록. 세훈이도 중립 지키도록 하고. 그런데 보게. 영웅이 의견이 조리가 없는 것도 아니야. 금품이나 밀회 얘기는 너무 나갔지만 박수인과 승려들 사이에 연결고리가 있을 수 있다는 건 충분히 고려할 만해. 소정으로선 절대 거부할 수 없는 유혹이 있었을지도 몰라. 그 자체가 함정이거나, 범인이 이를 진작 간파해 소정의 동선을 계산했을 수도 있겠지."

마철준은 손뼉을 짝짝 치며 말을 이었다.

"자자, 처음부터 다시 시작이야. 기죽을 필요 없어. 민 선생도 의견을 내보겠나?"

민도치는 바닥에 엉덩이를 깔고 앉아있었다. 비뚤어진 안경을 고쳐 쓸 생각도 못 한 채 눈만 이글거렸다. 연속된 실패에, 연이은 패전에, 연거푸 들이켜는 헛물에 약이 바짝 올랐는지 눈물마저 글썽거렸다. 마철준이 그의 어깨를 두드리며 일으켜 세우려던 참이었다.

"많이들 바쁘신가?"

마을회관 문이 빠끔 열리며 천재길 이장이 얼굴을 들이밀었다. 오후 여섯 시가 안 되었는데도 술 냄새가 확 퍼져 나왔다.

"이장님, 무슨 일 있소? 일단 들어오시지."

"다른 게 아니라, 나 오늘 여기서 자고 가도 되려나?"

"자고 가다니?"

"하하, 귀신이 있다는 말이 아니야. 그런 건 쌍팔년도에 다 끝났지. 안 그래? 그냥 마누라 집 나가고 혼자 있기 적적해서 그런 거야."

와이셔츠 단추는 다 풀려있고 벨트의 띠는 버클과 따로 놀며 헐겁게 늘어져있었다. 그런 천재길의 횡설수설을 되뇌던 마철준은 눈을 크게 떴다.

"이장님, 당신 뭐 들은 거 있소? 혹시 금선 스님에 관한 건가?"

"듣긴 뭘 들어. 그냥 심심해서 들른 거라니까. 저기 형사님, 형사님은 섬사람을 어떻게 볼지 몰라도 우리는 귀신같은 거 믿는 미개한 족속이 아니야. 진우야, 안 그러냐?"

천재길은 가래침을 끌어모아 바닥에 퉤 뱉고는 말했다.

"그래도 있잖아, 사람 마음이라는 게 그래. 아무리 아닌 걸 알아도 막상 뭔가 나타나면 꺼림하기 십상이야. 그 전문용어로 뭐라 했던 것 같은데……. 이것 참, 나도 머리가 다됐구먼. 아무튼 잘 부탁합니다. 오늘은 이 형이 쏜다! 야, 진우야. 소주 열 병만……. 아이고야, 마침 현금이 모자라네. 다섯 병만 사 와라. 과자 같은 건 됐고. 깡소주도 깡소주대로 운치가 있잖아. 다들 괜찮지?"

마철준은 천재길에게 성큼성큼 다가갔다.

"이장님 당신, 금선 스님한테 큰 실수를 저지른 모양이구먼.

그러고 보면 당신 말고 주민들 태도도 이상했어."

"실수라니? 내가 스님한테 무슨 실수를 했다고 그래?"

"당신이 뭘 무서워하는지는 몰라도 계속 말 빙빙 돌리면 수사는 지체될 수밖에 없어. 범인은 승려들한테 원한이 있는 것 같지만 또 모르지. 나릿놀 이장이 첫 번째 피해자였으니까."

천재길은 지폐를 내동댕이치며 누런 이를 보였다.

"이런 씨팔, 너 나 협박하냐? 너 경찰 아니야?"

"난 품위 따위 모르는 사람이오. 하지만 말이지, 네 사람을 죽인 그 개새끼는 무슨 일이 있어도 싸바르고 싶어. 피차일반 같은데 아닌가? 글쎄, 당신은 나보다 더 급해 보이는군."

"계장님, 저 아저씨 하는 얘기는 사건과 전혀 관련 없습니다."

강세훈이 넌지시 끼어들자 마철준은 코를 벌름거렸다.

"그건 내가 판단할 테니 입 다물게."

그리고 실내를 둘러보며 손가락으로 유리문을 가리켰다.

"다들 밖에 나가서 뭐라도 건져오지. 뭐 해, 빨리들 안 튀어 나가고? 이장님, 옛날 일이든 뭐든 좋으니까 걸리는 거 있으면 다 털어놓으쇼. 당신들, 금선 스님한테 단체로 원한 산 거 아뇨?"

7.

"금선 스님이 우리를 미워할 만한 건 그 일밖에 없는데……. 그래도 그게 원한까지 품을 일인지는 모르겠어. 에이, 설마 아니겠지. 2년 됐나? 사십 귀 소동이라고 있었거든. 그것도 다 지나간 일이야. 아니, 그 귀가 아니야. 귀신이 사십 마리 튀어나왔다, 이게 아니라고. 이 귀를 말하는 거지."

그렇게 말하며 천재길은 그의 멀쩡한 귀를 가리켰다.

"그런 일이 생긴 것도 다 나릿놀 호로새끼들 때문이야. 그 누구였더라. 맞아, 준식이 새끼였지. 준식이 그놈이 제 아버지 믿고 얼마나 우릴 씹은 줄 알아? 물고기 꽁무니 따라다니다 아작난 동네라고 대놓고 주둥이질하고 다녔어. 아오, 씨팔. 우리 아버지도 어촌계장이었는데. 무슨 얘기 했지? 아아, 그러다 준식이 새끼랑 우리 청년단 현배랑 일대일로 붙었어요. 준식이 그 자식, 개 처맞고 도망갔고. 그거 아주 덜떨어진 새끼라니까."

"그래서요? 준식이란 사람이 보복이라도 했습니까?"

삐딱하게 앉아있던 도치가 물었다. 다리를 요란스레 떨고 있었다.

"그래, 그 새끼가 그날 밤에 제 동생들 데리고 우릅곶까지 넘어와서 현배를 염탐했어. 현배가 주먹이 세고 친구도 많으니까 혼자 있을 때를 노렸겠지."

"그러면 그 나릿놀 사람들은……."

"어, 귀 한 짝을 베어 갔어."

천재길은 단숨에 소주를 들이켰다. 그리고 스스로 잔을 채우며 말을 이었다.

"그러니 우리 애들이 참고 배겨? 원래 원수는 배로 갚아야 하는 법이야. 그 군자인가 공자인가도 뭐라고 했잖아. 뭔 얘기 하고 있었지? 그래그래. 우리 애들이 그다음 날 밤에 가서 준식이 새끼 귀를 잘라버렸어. 마침 그 새끼 동생도 같이 있길래 똑같이 해줬지. 그러니까 그 자식들, 다다음 날 밤에 우리 애들 귀를 잘라 가더군. 세 명이나 말이야. 그때 보건소가 엄청 바빴지."

"뭐라 말이 안 나오는군요. 그런 일이 있었으면 경찰에 신고할 것이지, 무법천지도 아니고 뭣들 하는 짓입니까?"

"하하, 경찰은 무슨. 경찰에 신고하면? 경찰이 그 자식들 귀 대신 잘라주나?"

천재길은 아차 싶었는지 급히 손을 저었다.

"농담이야, 농담. 웃자고 한 말이라고. 댁들 너무 심각해 보여서 말이야. 이거 왜 이래? 그런 눈으로 보지 마."

민도치와 마철준은 말문이 막혀버렸다. 천재길의 말이 만취 상태에서 나온 실언이라고 여겨지지 않았다. 분쟁을 무력으로 자체 해결하는 주민들도, 그것을 쉬쉬하고 넘어간 파출소도 경악스러울 뿐이었다.

"그러니까."

도치가 다리를 바꿔 꼬며 입을 열었다.

"두 동네끼리 경쟁하듯 귀를 잘랐다는 얘기 아닙니까? 피해자 수가 사십 명이나 누적돼서 사십 귀라는 말이 생긴 거고요. 해서 사십 귀 소동이 금선 스님과 무슨 연관입니까?"

"나릿놀 놈들이 자꾸 까불어대니까 안 되겠더라고. 그래서 남자에 아녀자들까지 다 방망이 들고 뛰쳐나왔어. 우리 우름곶 사람들이 협객 기질이 좀 있거든. 아니나 다를까 그놈들도 준비하고 있더라고."

혼자서 소주 두 병을 비운 천재길은 혀가 꼬부라졌다. 그런데도 세 번째 병을 기운차게 흔들었다.

"그래서 한판 붙으려는데 어떻게 알았는지 스님들이 와서 말리는 거야. 그렇게 밀거니 받거니 하는데 금선 스님이 꽈당하고 넘어졌지 뭐야. 허리를 크게 다친 모양인데 그다음부터는 절 밖에 나오지 않았어. 암자에만 틀어박혀 누워있었대. 그러다 죽은 거고."

도치는 팔짱을 낀 채 팔을 톡톡 두드렸다. 고양이 같은 눈매가 한껏 치켜 올라갔다.

"이장님, 그 전에도 그 후로도 주민들끼리 격하게 치고받는 일이 종종 있었지요? 크게 다친 사람도 꽤 있었고요."

천재길은 대답 없이 소주병 뚜껑을 돌렸다.

"그때마다 스님들은 중간에서 안절부절못했을 거고요?"

천재길은 어색한 딸꾹질만 반복했다. 그를 쏘아보는 도치의 눈동자에 경멸의 빛이 흐드러지게 피어올랐다.

"어쩐지 이상하다 했습니다. 사람과 영물이 공존하는 시골길이라고 한들 약품이 그리도 많은 혈흔에 반응했다는 점도 수상하거니와, 풍속신앙체를 아우르는 토착 종교가 승려가 둘이나 비명횡사한 마당에 주민들 등쌀에 못 이겨 동제를 강행한 것도 그렇고 말입니다."

"민 선생, 무슨 얘기인가?"

"단현사는 신앙의 주체가 아니라 참회의 도구로 이용되고 있었다는 겁니다. 승려들을 존경하는 척하며 정성스레 예불을 올리는 것도 최소한의 인간성을 지키고 싶은 주민들의 발악이겠죠. 지은 죄가 잔혹하기 짝이 없으니 그렇게라도 안식을 얻고 싶었던 것인바, 정결에 과하게 집착하는 것도 부정을 수용할 수 있는 한도가 초과 직전에 이른 까닭일 것입니다. 죄를 쌓고, 죄업을 덮을 신앙을 쌓다 보니, 의례 같은 미신을 향한 열망도 병적 수준에 다다른 거지요."

불퉁하게 술잔을 비우는 천재길을 쳐다보며 도치는 피식 웃었다.

"죄의식을 느낀다는 것 자체가 인간미가 남아있다는 방증일 수도 있겠다마는, 그리 입맛대로 부정과 정결을 취사선택해 보았자 부처님이 이 썩은 땅에 단비를 내려주실 리 없습니다. 밤낮으로 예불을 올리고 두 손을 비벼대도 한번 지은 죄는 깨끗이 씻을 수 없으니, 하늘의 부름을 받는 날까지 반성하고 속죄하시기 바랍니다. 해서 그 사십 귀 사건은 어찌 마무리됐습니까?"

불화살 같은 언로에 천재길은 반항 한번 못 하고 순순히 대답했다.

"대희가 슈퍼맨처럼 튀어나왔지. 걔가 그래 보여도 카리스마가 있거든. 걔 없었으면 홍수 때 열댓은 더 저세상 갔을 거야. 우리 대희랑도 막걸리 한잔해야 하는데. 어디까지 얘기했지? 그렇지, 대희도 그땐 어렸지. 결국 박한기가 나섰어. 화해하면 임대료를 면제해주겠다는 식으로. 박한기 그 자식은 그런 놈이야. 만날 돈으로 거들먹거린다고. 우름곶 사람들까지 왕 대접해주니까 그 기분에 취했겠지."

"글쎄올습니다. 말씀대로라면 박 씨 어르신만큼 너른 분은 이 동네에 없는 것 같습니다만."

천재길은 발끈하고는 의자를 박차고 일어섰다. 그리고 와이셔츠를 벗어 던지며 도치를 노려보았다. 하지만 마철준이 울퉁불퉁한 손으로 의자를 가리키자 곧 후후 숨을 내쉬면서 자리에 앉았다. 그는 휑한 목을 쓱쓱 긁으면서 혼자 씩씩대다가 갑자기 헤벌쭉 웃었다.

"그런데 그거 알아? 박한기 떨쟁이인 거?"

"떨이라뇨? 대마 말입니까?"

"그래, 박한기 그 새끼 대마밭 갖고 있잖아. 아아, 밭도 아니야. 좆만 한 비닐하우스야."

천재길은 처음 고기를 맛보는 것처럼 신나게 물어뜯었다.

"옛날에야 섬유인지 뭔지 한다고 까불었지, 지금은 자기가 피우려고 키우는 거야. 그쪽도 그 새끼 집 가봤잖아. 풀냄새 솔솔 나지 않았어? 하긴 방향제를 존나게 뿌려놨으니 못 맡을 만도 하지. 현대식 온실 재배 어쩌고 깝죽대더니. 어휴, 음침한 새끼."

"그렇군. 역시 그랬어."

마철준의 목젖이 꿈틀거렸다.

"그 집, 뭐라도 키우나 보다 싶었는데 인제 보니 대마 냄새와 비슷해. 대마는 특유의 역한 냄새가 있지. 구수하다는 사람도 있지만 체질에 안 맞는 사람은 향만 맡아도 구역질하기도 하고. 전에 민 선생이 박한기 집에서 구토한 것도 사체 때문만은 아니었나 보군."

그제야 민도치는 삽살개들의 식탐이 과한 원인을 알아차릴 수 있었다. 식욕을 대폭 돋우는 대마의 효력이 녀석들에게 미쳤으리라. 도치는 곰곰이 되뇌더니 의자에서 일어났다.

"이장님, 그 비닐하우스는 어디에 있습니까?"

"나릿놀 어디 있겠지. 그것까진 내가 알 바 아냐. 저녁 되니까 쌀쌀하다. 이불은 넉넉해?"

마철준은 천재길을 내보내고 도치와 단둘이 대화를 이어 나갔다.

"자네가 무슨 생각 하는지 알 것 같네. 승려들이 탈주한 이유를 대마밭에서 찾는 거 아닌가."

도치는 긍정도 부정도 하지 않고 앞머리만 비비 꼬았다.

"이번엔 민 선생 의견에 맞춰주기 힘들구먼. 우선 피해자들 체내에서 대마 같은 마약 성분은 검출되지 않았어. 그게 아니라도 대마는 중독성, 의존성이 약한 데다 금단 현상, 부작용 또한 없다시피 해. 추락사할 수 있는 위험을 무릅쓰면서까지 집착할 마약은 아니란 말일세. 그렇다고 범행과 직접 연관 짓기도 힘들어. 내가 경찰에 있으면서 대마 태운 놈이 살인은커녕 주먹질했다는 얘기 한번 들어본 적 없어."

그도 그럴 것이 대마의 성분이 뇌에 침투하면 수면제를 흡입한 듯 깊은 노곤함에 빠져든다. 쌀가마를 걸머진 양 몸이 무거워지며 신체 능력은 현저히 저하된다. 감각은 극히 예민해져서 작은 소음과 사소한 접촉에도 기겁할 정도로 담이 작아진다. 이런 상태로 대담하고 교묘한 연쇄살인을 완성하기는 불가능한 일이었다.

"한 떨쟁이 놈은 다른 건 몰라도 대마 빨고 공포 영화는 죽어도 못 보겠다고 하더군. 이런 얘긴 우습지만 대마는 촉진제보다 억제제에 가까워."

마철준은 넓은 어깨를 쭉 펴고 말했다.

"대마로 싸움이나 살인이 나는 유일한 경우는 이권이 걸려있을 때야. 그렇다고 승려들이 대마를 훔쳐 팔아먹으려 했다, 이것도 너무 나간 거 아닌가?"

"옳으신 말씀입니다. 밀수 밀매설은 황당하기 이를 데 없지요. 필로폰이나 헤로인도 아니고 대마 따위로 누군가를 유혹했다고 보기도 어려울 것입니다. 한데 계장님, 크랙Crack이라는 마약을 아십니까?"

"크랙? 들어본 것도 같군."

"코카인과 베이킹파우더를 섞은 마약인데 조합법은 나라마다 다른 모양입니다. 특이한 레시피 중 하나가 잘게 자른 마리화나와 코카인 가루를 섞는 것인데, 비율로 따지자면 마리화나가 10 중 9.9 이상, 나머지 0.1 미만이 코카인입니다. 아무래도 코카인은 부자들의 마약이다 보니 마리화나의 비중을 높게 잡을 수밖에 없겠지요."

마철준은 계속하라고 턱짓했다.

"이 마리화나 크랙은 연기로 흡연하는데 약효의 지속 시간은 십 분 미만이지만 환각 효과는 어마어마하답니다. 단 한 번의 흡연만으로 극심한 중독에 빠져 폐인이 될 정도로 말입니다. 대마가 중독성과 위험성이 전무한 자연산 약재라고 한들, 어떻게 조합하느냐에 따라 이렇듯 무서운 물건이 탄생할 수 있습니다."

마철준이 입을 떼려 하자 도치는 검지를 휘저었다.

"압니다, 알아. 해서 피해자들이 신종 마약 제조와 얽혀있다? 이것도 비약입니다. 제가 드리고자 하는 말씀은, 대마라는 풀떼기를 본연 그대로 가벼이 볼 수 없다는 것입니다. 박한기 포함

여타 인물들이 어떤 용도로 대마를 활용했는지, 그 실태를 예의 주시할 의무가 있습니다. 이게 하나의 돌파구가 될지 누가 알겠습니까?"

"이거 못 당해내겠구먼. 뭐, 틀린 말은 아니야. 어쨌든 마약은 마약이니까. 단서 하나 없는 마당에 뭐라도 해야겠지. 그래서 계획은?"

"박 씨 어르신과 만나보겠습니다. 문득 떠오른 공상이지만…… 어쩌면 그 양반, 허무맹랑한 야망을 품고 있을지도 모릅니다."

"야망이라. 그래, 가면서 얘기하지."

마철준은 몸을 일으켰지만 도치가 막아섰다.

"아니요, 계장님. 저 혼자 다녀오겠습니다. 이건 경찰관의 시선으로 헤아리기에 필경 버거운 부분이 있습니다. 저 같은 놈이 나서서 해야 할 일이지요."

민도치는 비뚤어진 안경을 바로잡았다. 모처럼 논객의 날을 세울 시간이었다.

*

이 섬은 사람의 정기를 좀먹는 토사물이 진득하게 묻어있다. 두 동네 주민끼리 서로를 증오하는 원인도 질병 같은 것에 감염되어서는 아닐까. 윤지를 향한 불신도 이곳에 온 이후 똬리를 틀었다. 위협도 위협이지만 우리의 관계는 파탄 직전으로 치달았다.

오늘 죽해리는 아침부터 안개가 잔뜩 껴있었다. 사람 얼굴을 구분하기 힘들 만큼 자욱한 안개 덕에 움직이기 수월했다. 나는 덜덜 떠는 윤지를 끌어안고 조심히 걸음을 옮겼다. 다행히 선착장에 도착하기까지 위협은 없었다. 하늘이 도운 것인지 대기실 내에도 인적은 보이지 않았다.

하지만 행운을 가장한 불운이 나를 비웃고 있었다. 안개와 해무로 모든 배가 대기 중이었다. 언제 날이 갤지, 언제 뱃길이 열릴지 기약이 없었다. 공중전화 하나 없는 섬이라 무선호출기도 무용지물이었다.

파출소에 찾아갈 생각은 진작 버렸다. 이런 시골은 지역민과 경찰의 유착이 만연한 법이다. 풍속신앙체 같은 곳이라면 더 논할 것도 없다. 자칫하면 제 발로 불구덩이에 들어가는 꼴이 될 수도 있다.

시커먼 늪에 빠져 발이 묶인 것처럼 암담한 심정이었다. 머리털을 몇 번이나 쥐어뜯을 즈음 잊고 있던 것이 떠올랐다. 우리가 떠나면 어머님은 어떻게 될까. 무고한 어머님께 승려들이 방아쇠를 당기지 않을까. 게다가 섬사람들은 우리를 어머님의 조카로 알고 있지 않은가.

홀로 고립된 어머님이 집단 따돌림을 당하거나, 혹시라도 그 이상의 형벌을 받기라도 한다면 결코 책임에서 벗어날 수 없다. 분명히 우리의 과실이다.

이 중요한 것이 왜 이제 떠올랐을까. 아니, 줄곧 나를 괴롭히던

통증이었다. 위급한 상황을 핑계로 외면했을 뿐.

"이건 아닌 거 같아. 이렇게 가면 어머님은 어떻게 해."

윤지도 수척한 얼굴로 하소연했다. 그래, 이건 아니다. 호의를 받았는데 우리의 몸만 챙길 수는 없다. 나는 윤지의 두 뺨을 어루만졌다.

"내가 참 못난 놈이다. 그런 돼먹지 못한 생각을 했다니. 미안해."

"아니야, 내가 더 미안해. 괜히 이런 데 오자고 해서……. 진짜 미안해."

윤지는 울먹이며 내 품에 안겼다. 이대로 취하고 싶었지만 나는 이를 악물고 그녀를 밀어냈다.

"우리, 어머님 모시러 가자. 어머님도 당분간 여기 떠나있는 게 나을 거야. 별 탈은 없을 거 같지만 그래도 사람 일은 모르니까."

"오빠, 나……."

나는 윤지의 말을 가차 없이 끊었다.

"야, 못난이. 어이, 임윤지. 미안하다는 말은 그만해라. 정 하고 싶으면 서울 가서 하든가 해. 물론 그때는 네가 쏘고."

어렵사리 미소를 짓자 그녀도 억지로 웃어 보였다.

"알았어. 먹고 싶은 거 다 말해. 참치도 괜찮아. 그런데 2차는 오빠가 쏘는 거다?"

이 와중에도 웃음이 나오는 것은 그녀 덕분이리라. 이런 친구를 그토록 미워했다니 나 자신이 혐오스러웠다. 하지만 잡념도 금세 사라졌다. 나는 윤지와 손을 꼭 마주 잡고 어머님 댁으로 향했다.

어머님이 사태의 심각성에 공감하실지, 신변의 위협을 실감하고 계시킨 할지 걱정이 앞섰다. 고루한 인습에 적응되고 고착된 생리에 동화되었다면 설득은 어렵다. 무엇보다 보금자리를 두고 떠나기는 쉽지 않다. '당분간'이라고 단서를 달아도 무리일 것이다.

나는 여행을 구실로 화제를 꺼냈다. 그동안 숙식을 책임져 주셨으니 작게라도 보답하고 싶다고 말씀드렸다. 육지든 근처에 있는 섬이든 어딘가로 모시고 싶다고 제안했다. 생뚱맞은 이야기인데도 이 방법은 통했다. 어머님은 한동안 고심하시다가 고개를 끄덕이셨다.

결국 안개 탓에 오늘 배편을 놓쳤고 나는 방에 숨어 이 수기를 작성하고 있다. 예기치 못한 사고에 대비해 오늘의 일도 기록으로 남긴다. 이제껏 해왔던 대로 손글씨로 작성해 내 필적으로 호소하고자 한다. 외부와 격리된 환경이라 뭐라도 하고 싶을 뿐이다.

물론 이렇게 해도 누군가의 이목을 끌 수 없을 것이다. 애당초 이 수기가 누군가에게 온전히 전달될 확률도 없다. 기적이 일어나 누군가의 손에 들어간다고 해도, 그 누군가가 남의 곤경을 보듬어줄 정의로운 인물일지는 알 수 없다.

지금도 살의에 찬 목소리가 환청처럼 들려온다. 만약에, 아주 만약에 이 섬에서 우리의 존재가 지워진다면…….

아니야, 쓸데없는 생각은 접어두자. 그럴 일은 절대 없을 테니까. 이것도 다 호들갑일 거야. 내가 괜히 유난을 떨고 있는 거야. 내일이면 육지 어딘가에서 웃고 있겠지. 늘 그랬던 것처럼.

5장 사도

1.

고희를 맞은 노공을 배려해서 승려들이 직접 그의 집에 방문해 대소사를 논하는 것은 결코 수상한 일이 아니다. 아니, 만금의 부를 축적한 으뜸가는 시주이니 마땅히 떠받들어야 하는 공무라고 보는 편이 응당할 터이다. 그러나 승려들이 몸소 박한기를 알현하는 까닭은 음덕이나 물욕 때문만이 아닌지도 모른다. 모종의 위력이 도사리고 있을 가능성을 점검해야 할 것이다.

늠름하게 솟은 한옥의 팔작지붕을 올려다보면서 민도치는 단현사를 시야에 중첩시켰다. 본당을 위시한 사찰의 전각은 맞배지붕으로 이루어져 있었다. 한옥의 팔작지붕과 단현사의 맞배지붕, 두 형태의 지붕을 비교할수록 흐릿하나마 상하가 구분되었다.

구태여 등급을 매기자면 맞배지붕보다 팔작지붕이 더 고급일 터, 부처의 거처를 수호하는 맞배지붕보다 높은 격을 가진 이 팔작지붕 아래로는 박한기가 기거하고 있다. 그러자니 박한기가 일차원적 후원자를 넘어 단현사의 꼭대기에서 승려들을 굽어보는 존재라는 생각이 넘실거렸다. 부처와 동격인, 혹은 그를 능가하는 신격을 지녔기에 승려들도 기꺼이 발품을 판 것이 아니었을까.

설사 이 착상이 과분한 망상이라고 한들 박한기의 한결같이 헌신적인 행보와 천재길의 제보로 미루어 짐작하건대, 박한기라는 인물이 그릇된 대의를 품고 있으리라는 막연한 의혹이 일었다. 범죄와의 관련성은 미비할지라도 짚고 넘어갈 의무가 있었다.

도치는 필터만 남은 담배를 퉤 뱉은 뒤 적진을 향해 발을 내디뎠다. 그렇게 한옥의 대문을 두드리고 나서 가만히 기다리고 있는데 여러 목소리가 겹쳐 들려왔다. 네댓 사람이 앞뜰에 몰려있는 모양이었다. 대화를 훔쳐 듣자니 농민들이 갖가지 어려움을 토로하고 있었다. 박한기는 그들의 고충을 경청하며 소탈하게 담소를 나누고 있었다.

이야기가 길어질 듯했지만 도치는 오히려 제때 찾아왔다고 여겼다. 조심스레 대문을 열고 얼굴을 쏙 내민 박수인 때문이었다.

“안녕하십니까, 수인 씨. 어제는 제가 실례했습니다. 사과라도 드릴 겸 이 민모가 우리 공주님을 위해 선물을 하나 준비했습니다. 마음에 드십니까.”

도치의 두 손에는 커다란 인형 박스가 들려있었다. 박수인은 뒤쪽에 있는 사람들을 곁눈질하더니 수줍게 박스를 받아 들었다.

문방구에서 산 싸구려 인형에 그녀가 동하지는 않았으리라. 주변인의 존재감이 그녀를 제어하고 있을 터였다. 새삼 봉변이 두려웠던 도치는 긴장의 끈을 풀었으나 이내 다릿심도 풀려버렸다.

“맘에 안 들어. 네가 준 거 싫어.”

박수인이 박스를 내동댕이치고 콱콱 지르밟았다.

“수, 수인 씨? 괜찮으십니까?”

도치가 무심코 손을 뻗었으나 박수인은 그 손을 찰싹 때려버렸다.

“너네 집에 가! 가라고! 나 너 싫어!”

바락바락 악을 쓰는 바람에 앞뜰의 대화 소리도 멎었다. 머리카락 끝을 꽉 깨물고 있는 박수인을 바라보며 도치는 이도 저도 못 한 채 멀거니 서있었다.

“수인아, 무슨 일이냐.”

박한기가 다가오자 박수인은 그를 밀치고 땅을 걷어차며 집안으로 들어갔다. 농민들은 눈치를 살피다가 살금살금 문밖으로 빠져나갔다.

"저 녀석도 참. 민 군, 실례했네. 무슨 일 있나. 차라도 한잔 들지."

응접실에 입장하니 또다시 속이 느글거렸다. 하지만 그새 내성이 생겼는지 그 감각도 오래가지 않았다. 민도치는 박한기와 마주 앉으며 웃매무시를 가다듬었다. 에둘러 말할 의사는 없었다.

"어르신께서 대마밭을 소유하셨다고 들었습니다. 물론 허가 없이 재배하지는 않으셨으리라고 믿습니다. 구태여 대마를 둘로 분류하자면 극미량의 환각 성분이 함유된 헴프, 그리고 헴프와 비교해 최소 칠십 배 이상의 환각 성분이 농축된 마리화나가 될 것입니다. 헴프야 문제 될 것이 없습니다. 실제로 안동이나 홍성도 산업용 대마의 고장으로 유명하고요. 한데 잎, 꽃, 종실의 외피, 이 마리화나는 다릅니다. 어르신께서 사적인 용도로 활용하셨다고 사료됩니다."

"하하, 용케도 아셨군. 민 군도 참 여간내기가 아니란 말이야."

발언의 출처에 의문도 표하지 않고 언짢은 티조차 내보이지 않으며 박한기는 시원스레 웃었다. 언제나처럼 호방하고 초연한 모습이었다. 평소와 다른 점은 비녀를 꽂지 않고 새하얀 머리를 길게 늘어뜨렸다는 것뿐이었다.

"이렇게 속을 내놓는 것도 쉽지 않았을 텐데 말이지. 군의 의기를 봐서라도 흉금을 털어놔야겠구먼."

그가 가볍게 부채질하며 말했다.

"나도 소싯적엔 말썽을 자주 일으켰어. 부끄러운 얘기지만 결혼하고 나서도 주먹질하고 다녔지. 그때만 해도 동네 사람들끼리 치고받는 일이 다반사였거든. 한데 장인어른 뵐 낯도 없고 첫째 낳기 직전인 터라 성질 좀 죽여야겠다고 성찰했네. 눈 돌릴 곳을 찾다 보니 대마에 눈독을 들이게 되더군. 그래도 사람이 그런 풀떼기에 의존할 순 없지 않은가. 한동안 끊고 잘랐거늘 요사이 몇 번 손을 댔네. 잠도 통 오지 않고 해서."

"허물없는 말씀은 감사하지만."

도치의 두 눈에 힘이 실렸다.

"본인은 따님에 대해 여쭙고 있는 것입니다."

박한기의 부채질이 멈추었다. 그러나 얼굴은 변함없이 인자한 빛을 띠고 있었다. 그의 형형한 눈을 응시하며 도치가 말했다.

"연기로 태워진 마리화나의 잔향만으로 본인이 그리 메스껍게 느끼지는 않았을 것입니다. 담배나 마리화나나 같은 연초인데 기어이 차등을 둘 것이 있겠습니까. 한데 마리화나 날 것의 역한 풀 향이 집 안에 배어있는 듯하더군요. 어르신은 몰라도 따님이 연기로 마리화나를 흡입하지는 않은 듯합니다. 아울러 짐작하건대 마리화나를 잘게 쪼개 쿠키로 굽거나 초콜릿으로 가공했을 것입니다. 기실 둘도 없는 안전한 흡입법이지요. 물론 그 과정에서 미세한 입자가 실내에 스며드는 것은 필연입니다. 목재로 된 한옥이기에 더욱 짙게 배었을 것입니다."

민도치의 음색은 여느 때와 달리 고음을 잃어버린 가수처럼,

마치 거문고가 연주하는 장중한 곡조처럼 낮게 가라앉아 있었다.

"예전에 한 돌팔이 지기가 본인에게 이런 우스갯소리를 한 적이 있습니다. 무릇 항우울제란 당겨쓰는 것이다. 하루에 일정량만 분비되는 기분 좋은 감정이 있다고 치면 몇 번의 분량을 응축해 한꺼번에 발화시키는 것이다. 흡사 내일의 감정을 대출받는 개념과 같다. 한정된 자원에서 끌어 쓰는 원리인지라 이자는 막대할 수밖에 없다."

"발칙한 비유로구먼. 그 지기라는 인물도 성미 한번 고약하시군."

박한기는 흡족한 듯 부채를 흔들었다. 훈풍이 도치의 뺨을 스치고 지나갔다.

"반면 마리화나는 합성 약품과 달리 부작용이 경미하다 못해 좀스러운 편입니다. 기분을 띄우는 것이 아니라 정반대로 무기력하게 가라앉히지만 말이지요. 허나 최소한 화를 자제하게 하고 평정을 유지할 수 있도록 기여합니다. 또한 화학성분이 첨가되지 않은 자연산 약재라서 건강에 그다지 해롭지도 않습니다. 항우울제에 비하면 의존성도 전무합니다. 하잘것없는 본인이 보아도 마음의 병을 억제하는 백신으로 마리화나보다 나은 것은 없겠습니다. 비록 위법이라고 한들, 귀애하시는 따님을 위한 불가피한 대안이기에 본인은 어르신의 편에 서고 싶습니다. 한데 그 범주가 따님과 아울러 어르신께만 한정되지 않으리라는 불경함을 품었습니다."

그러고 나서 도치는 박한기를 살펴보았다. 자식에 관한 화제에도 도사 수염의 노신사는 침착할 뿐이었다. 삿갓처럼 단단하면서도 미풍에 너울거리는 도포 자락처럼 유유자적했다.

“보면 볼수록 식견이 넘치는 남아로구먼. 군이 왜 수심에 차있는지 알겠어. 쌓아둔 얘기가 그뿐만이 아닌 듯한데 나머지는 이 노인네의 입으로 듣고 싶겠지?”

“기탄없이 이르자면 그러합니다. 즉신불에 이어 마리화나, 이것들이 죽해리의 행로와 떼려야 뗄 수 없다는 망념에 사로잡혀서 말입니다. 하여 청하건대 어르신께서 본인의 속된 호기심을 허락하신다면 기필코 귀한 말씀 얻어 가고자 합니다.”

“군 앞에서는 도리가 없군. 이리 살핌이 많고 근심이 과한데 숨김없이 고할 수밖에.”

박한기는 부채를 장판에 내려놓았다.

“화병火病은 중년 여성에게 유독 많이 나타난다고 하더군. 특히 기혼여성 쪽에서 말일세. 예부터 그러지 않았나? 무자, 내조, 정절, 복종, 이런 악습이 부녀자를 억압했지. 새 연대를 코앞에 두고 있는 지금도 말끔히 사라졌다고 할 수 없고. 어쩌면 한 세기가 더 지나도 그 여파가 지속될지도 모르지.”

도치는 셔츠의 윗단추를 하나 풀며 귀를 기울였다.

“그렇다고 군 같은 청년들이 마냥 호강한다는 얘기는 아닐세. 체면, 희생, 양보, 이 유교의 잔재에 운신이 구속되고 있을 거야.

꽃다운 나이에 군대에 끌려가서 죽을 고생 하는 것도 그렇고 말이야. 이 땅의 국민이 화병을 달고 사는 것도 어찌 보면 가당한 일이지. 게다가 외환위기 때문에 온 나라가 휘청하고 있으니."

박한기는 팔짱을 끼고 들창을 응시했다.

"대관절 이 동네 사람들은 왜 서로를 못 잡아먹어서 안달일까, 난 오래전부터 그 원인을 연구해왔네. 고심 끝에 답을 내렸는데…… 이 섬에 전염병이 나돈다는 결론을 도출했어."

2.

"풍토병이라고 일컫는 게 적절하겠군. 다도해는 세간의 상식과 다르게 고립무원이 아니야. 나룻배 권역이 구축된 게 한참 전이라 육지는 물론이고 섬끼리의 교류도 활발해진 지 오래됐지. 난 이 나룻배야말로 다도해의 명물이라고 생각하네. 한데 교통이 발달하면서 염증도 따라왔어. 섬사람을 향한 왜곡된 시선이 주민들에게 압력으로 다가왔던 거야. 섬사람들도 피해의식이 쌓일 만해."

"공감하는 바입니다. 애당초 다도해는 유배의 역사가 깊은 데다 늘 격전지의 중심이 되고는 했지요. 사시사철 외부요인에 휘둘리고 풍파에 들볶였던지라 타지의 시선을 과장되게 받아들이는 습관도 뿌리 깊었을 것입니다."

"군도 잘 아시는군. 한때는 그보다 근원적인 원인이 있다고 생각하기도 했네. 지형이 지형이고 환경이 환경인 터라 호전적인 이들만 살아남아 그 피가 이어져 왔다고, 죽해리 주민들이 화가 많은 것도 그러한 연유로 말미암았다고, 이렇게 말일세."

"결정론 내지는 유전론을 주창하시는 것입니까."

"아니, 숙고는 하되 맹신은 하지 않아. 그것만으로 주민들을 난폭하다고 정의하기에는 비약이 있으니까."

박한기의 눈동자에 안광이 차올랐다.

"그래, 맞아. 지금까지 대를 이어온 이들을 전부 억세다고 하는 건 너무 교만한 얘기야. 필시 순한 이들도 섞여있어. 하지만 그런 이들도 알게 모르게 독소에 영향을 받지 않나 싶어. 어느 심리학자는 감정의 전염이라는 이론을 제시하더군. 부정적인 감정일수록 전염성이 강하다는 부연이 있었고."

"독기를 타고난 감정유발자들이 바이러스를 퍼뜨린다. 그리하여 선량하거나 기가 약한 사람들도 무의식적으로 그들을 닮아간다. 아울러 타지의 시선이 이를 한층 부추겼다……. 터무니없는 지론은 아닙니다. 아니, 지극히 타당한 해석이지요. 듣기로는 타인을 유심히 관찰하는 것만으로 그 행동과 버릇을 거울처럼 반영한다고 하더군요. 확실히 죽해리처럼 유별난 양상을 보이는 섬이라면 그런 결론이 합리적입니다. 비록 풍토병까지 셈하지는 못했지만.”

민도치는 나지막이 읊조렸다.

“방부처리를 통한 금선 스님의 즉신불은 풍토병을 치료하겠다는 미명하에 착수한 작업이겠지요. 절대적인 상징이 있으면 화병이든 뭐든 제어되리라는 판단이었을 것입니다. 여기에 어르신도 깊은 연관이 있지 않으십니까. 즉신불이 만들어진 이면에 어떠한 강요나 위계가…….”

“상이한 바가 있군.”

박한기가 말허리를 잘랐다.

“금선 스님을 향한 섬사람들의 존경은 작지 않았어. 금선 스님 또한 베풀기 마다치 않는 의인이었고. 도량이 크기 이를 데 없는 성인이었지. 두 해 전에 나릿놀 우름곶 가리지 않고 주민들은 금선 스님께 큰 실족을 범했네. 수행자도 크게 다치면 미움에 복받치기 십상이야. 하지만 스님께는 억하심정이 일절 없었어. 언제인지 스님께서 제안하더군. 본인이 입멸에 들었을 때 그 육신을 절에 안치하면 사람들의 화가 수그러들지도 모른다고.”

“금선 스님과 어르신, 두 분이 대의 하나로 합심해 기이한 우상화 정책을 펼치셨다는 말씀이로군요. 달리 보면 그만한 방편도 없긴 하겠습니다만.”

“그동안의 역사에서 배운 걸세. 자유도 좋고 평등도 좋지만 그것도 보편의 가치가 확립하고 체계가 정립된다는 상정하에 성사

되는 것 아니겠는가. 선대 이래로 파괴된 적 없었다는 부여국도 중앙집권을 실현하지 못해 종국에 멸망했으니. 금선 스님의 뜻은 과연 혜안이었어. 그 이후로 큰 사고가 없었으니까."

금선을 향한 공경과 죄책감이 한군데 어우러져 죽해리에 경종을 울렸으리라. 주민들이 금선의 존안을 똑바로 바라보지 못하는 배경 또한 죄의식에서 연유했을 것이다. 즉신불은 주민들의 부정적인 감정을 흡수해서 마을의 화병을 봉인하고 있었다. 그렇다면 범인의 근본적인 목적은 이 잠들어 있는 화를 깨우기 위함일까. 그런데 거기서 범인이 취하고자 하는 이득은 무엇일까. 섬을 파탄에 빠뜨리겠다는 일념만으로 살생을 범했다기엔 허황한 감이 있었다.

"그러나 금선 스님께는 송구하게도 다 부질없게 돼버렸네. 근래 부정이 퇴적된 탓인지 사람들도 분화 직전에 몰렸으니까. 사실 천년만년 이럴 수도 없는 노릇이었어."

"하기야 신앙도 유통기한이 있습니다. 허나 잠시나마 마을이 평화를 누렸다면 즉신불은 그 자체로 본분을 다했다고 보아도 과담이 아닐 것입니다. 다소 어긋난 방편일지언정 당사자끼리 합의가 됐고, 그 여파로 피해를 보는 이가 없다면 본인이 왈가왈부할 것도 없겠습니다. 본인이 우려하는 것은 신앙의 대안입니다. 풍토병을 예방하려는 방편에 대마도 포함되어 있지 않습니까."

"그건 아닐세."

딱 잘라 말했지만 박한기의 눈꼬리는 여전히 말려있었다.

"잠시 타념에 빠졌던 건 맞아. 이웃끼리 매일같이 싸워대는 꼴이 못마땅해서 말이야. 하지만 어리석기 이를 데 없는 망집이라 바로 고쳐먹었네. 주민들의 화야 일시나마 달랠 수 있겠지만 후유증이 더 클 수밖에 없어. 무엇보다 그런 풀떼기에 찌든 동네가 된다면 파문이 얼마나 크겠나? 언 발에 오줌 누기밖에 안 되는 방편이라 진작 철회했네. 그건 맹세하지. 딸애도 딸애지만 대마는, 나 자신을 다스리고자 하는 도구 그 이상도 이하도 아니야. 풍토병을 고치는 건 다른 수단이 되어야 할 것이야."

"그러하다면 안심이건만……. 한데 어르신, 어르신께서 이리 열렬히 봉사하시는 까닭은 무엇입니까. 결례를 무릅쓰고 이르건대 오롯이 선의에서 비롯됐다고 여기기는 어렵습니다."

"이보시게, 민 군. 이래 보여도 병든 몸일세. 올해를 넘기면 기적이지. 당뇨를 겨우 물리쳤거늘 그보다 더한 놈이 찾아왔지 뭔가. 이 섬은 내 반생을 보낸 보금자리이므로 애착이 갈 수밖에 없어. 남들이 들으면 코웃음 칠지 몰라도 내 마지막 꿈은 섬사람들을 다 함께 더불어 살게 하는 것일세."

"말씀인즉슨, 온전히 섬의 화해와 평화를 위해 골몰하신다는 것입니까? 개인의 영달이 아닌 만인의 융합, 이 대의만으로 고단을 친히 사신다는 뜻입니까?"

"여생은 전후나 상하, 좌우가 아닌 중도를 찾는 데 심혈을 기울이며 보내고 싶네. 옥덩이도 옥이고 쥐방울 또한 옥일 터인데, 상생보다 중핵이 되는 덕목이 또 어디 있겠는가. 난 이 섬의 한가운데에 서서 터전을 위해 이바지하고 싶을 뿐이야."

박한기의 훤한 얼굴에는 일편의 거짓도 보이지 않았다. 도치는 저도 모르게 그의 대국적 목표에 감화되고 있었다. 그러나 도저히 넘어갈 수 없는 부조리가 귀에 걸렸다.

"아하, 본인이 감히 소인의 눈으로 군자의 심중을 꿰뚫어 보려고 했군요. 과연 미담이 넘쳐나는 큰 인물다우십니다. 한데 어르신, 방금 읊으신 시는 본새에 전도되지 않습니까?"

"전도?"

"옥덩이가 옥이라 하니 쥐방울도 옥이라고 기어오른다, 옥구슬이 구슬이라 하니 고기 눈알도 구슬이라며 주제 모르고 까불어댄다. 이 시는 기묘사화를 풍자한 내용이고 여기서 전우치는 남곤을 공격합니다. 행적이 표리부동하다지만 남곤은 학식을 갖춘 문인이었지요. 허나 문장 하나로 당대를 주름잡은 전우치 같은 야인의 안목에서 비추어보건대 남곤은 한 수 아래로 보였을지도 모릅니다."

도치의 목소리는 갈수록 저음이 되어버렸다.

"전우치의 본래 사상이야 본인이 알 수 없지만, 그 시는 평등과 화합을 노래한 것이 아닙니다. 남곤과 그 무리를 비꼬고자 함이었지요. 쥐방울이나 고기 눈알은 어리석은 남곤 일당을 일컫는 것이고, 옥덩이와 옥구슬은 그들과 맞서는 진실을 은유합니다. 또한 상대를 깔아뭉개는 동시에 전우치 자신을 신격화하려는 의도일 수도 있는 것이, 그 뒤에 이어지는 시구에서 그런 함의가 은근히 드러나지 않습니까."

도롱뇽이 용을 조롱하니 진짜 용은 낯간지럽다. 그것이 시의 다음 구절이었다.

"장담하건대 어르신처럼 수양 깊으신 분이 글귀의 참뜻을 모르시진 않았을 것입니다. 혹시 어르신만이 옥이고 용이며, 나머지 것은 전부 쥐방울에 고기 눈깔에 도롱뇽이라고 습관화하고 최면화하고 계신 것은 아닙니까?"

박한기는 묘한 미소만 띨 뿐이었다.

"세상천지 만물을 깔보고 베푸는 동정이라고 한들 도탄에 빠진 이를 살피고 그들의 어려움을 바로잡았다면 그것대로 의의는 있겠습니다만, 모름지기 중도라는 낱말의 참 의미는 상석이나 중앙의 옥좌가 아니라 극단에 대한 경계를 뜻할 것입니다. 어르신께서 치우치면 아니 되는 곳에 치우치셔서 혹여나 불손으로 금자탑을 쌓으시고자 함은 아닌지 심려될 따름입니다."

박한기는 살며시 몸을 뒤로 젖혔다. 그의 눈을 추적하던 도치는 무심코 시선을 위로 올렸다. 무릎을 맞대고 마주하는 노인인데도 흡사 높은 곳을 우러러보는 느낌이었다. 아무리 턱을 치켜들어도 정상을 가늠할 수 없는 태산이 시야를 가로막고 있었다.

"자네는?"

박한기가 되물었다.

"범상한 학자가 아니라는 건 익히 알고 있었어. 그러는 자네는 어떤 신념으로 열과 성을 다하는 건가. 이렇게 자기 일처럼 성심을 쓰는 곡절이 따로 있나?"

호수 위를 떠다니는 나뭇잎처럼 산산한 어투였다. 그러면서도 한마디 한마디에 강세가 실려있었다. 타고난 자만이 가질 수 있는 여유, 또 백만 냥의 황금으로도 살 수 없는 기백이었다. 기가 눌린 도치는 찰나 움츠렸지만 금세 허리를 곧게 세웠다.

"뭐, 뉴스나 신문에서 이런 일을 접했다면 그러려니 하고 넘겼겠지요. 몹시 슬픈 비보일지라도 전해 듣는 것만으로는 눈물 한 방울 안 나왔을 것입니다. 하지만 본인같이 둔감한 한량도 막상 비바람에 시달리는 민들레를 두 눈으로 보면 마음이 동하기 마련입니다. 마음만 빌려주면 뭐 하겠습니까. 이왕 꿇어앉은 김에 지켜주고 보듬어줘야지요. 꽃잎에 맺힌 이슬까지는 못 털어줘도 말입니다."

"개막을 했으니 방점은 찍어야 직성이 풀리겠다는 말씀이로군. 그것도 발군의 대장부나 품을 수 있는 호연지기겠지. 그 열의는 진심으로 찬탄하는 바일세."

"치하는 감사하지만 그 같은 거창한 포부는 없습니다. 그저 두 다리 뻗고 편히 자고자 함입니다."

민도치는 끝끝내 박한기와 눈높이를 맞추었다.

3.

그날 밤 첩첩산중에서 표류 중이던 수사반으로 소소한 낭보가 날아들었다. 술도 없고 고기도 없고 하물며 떡 한 점 없었다. 먹거리라고는 박카스 한 상자뿐인데도 마을회관 내는 잔치 분위기로 떠들썩했다.

"역시 대단해. 암, 민 선생이 누군데? 뭐 하나 해내지 않고서는 못 배기는 사나이지. 이 친구 총명한 건 처음 봤을 때 알아봤다니까."

마철준의 얼굴이 가장 화색이었다. 강골의 거구가 어린애처럼 히죽히죽 웃는 모습은 몸통보다 머리가 더 큰 귀여운 동자상을 보는 듯했다. 그 옆에 서있는 김영웅도 싱글벙글하며 도치의 어깨를 주물러주기 바빴다.

"이 인간, 진짜 예사 인물이 아니라니까요. 일본에서도 날아다녔다면서요? 그래서 민 선생님. 증거야 우리가 긁어모은다 치고, 스토리는 어떻게 되는 거예요?"

세 명의 인원이 남아있는 늦저녁의 수사본부, 두 경찰관의 얼굴에 피어난 웃음꽃은 좀처럼 저물 기미가 없었다. 낭보의 전령은 민도치였다. 사건의 얼개를 간추렸다고 조심스레 암시했던 것이다. 복은 복을 불러온다더니 서울 쪽 상황을 정리하고 복귀 중인 전남청 산하 의경 기동대 2개 격대가 내일부로 수사를 보조하게 되었다. 이제 사건 해결은 시간문제였다.

"민 선생? 자네 괜찮나?"

그런데도 민도치는 무서울 정도로 냉정했다. 조직에서 제일가는 책사로 격상된 입지에도 자찬하지 않고, 좌우의 극찬에도 으스대지 아니하며, 탁자 위의 재떨이조차 담뱃재 한 톨 없이 말갛고 깨끗하니, 마치 다른 사람이 된 것처럼 정좌한 채 눈을 꾹 감고 있는 검은 정장 차림의 사내 앞에서 마철준도 김영웅도 웃음기를 거둘 수밖에 없었다.

"기껏해야 초석을 닦았을 뿐입니다."

장고 끝에 도치가 말했다. 경박하던 목소리가 세 톤은 내려가 있었다.

"내막에 대한 제 추론에 귀를 기울이시는 것보다는 이를 받쳐주는 근거를 확보하시는 것이 우선입니다. 모든 자원을 단현사에 총동원시켜 즉신불의 흔적을 찾아주시기를 바라건대 현장이 된 금선당은 물론이요, 그 외 전각과 아울러 경내 구석구석까지, 가능한 모든 방위를 세심히 살펴주시기를 청합니다. 수색 범위가 워낙 넓은 데다 이미 해가 저물었기에 지금부터 작업에 전념해도 증거 확보에 하루 이상이 소요될 수 있습니다. 신속과 근면

이 동반되지 않는다면 일을 그르칠지도 모릅니다."

마철준은 민도치를 고쳐 보았다. 의젓하면서도 자못 예민한, 예민하면서도 몹시 차분한 이 인간이 자기가 아는 그 인간이 맞는지 헷갈렸다. 언제까지고 촐싹대는 젊은이일 줄만 알았는데 꾀돌이 같은 탈 안에는 농담이 끼어들 틈이라곤 조그만치도 없는 강기도 숨겨져 있었다. 모든 감각이 한 곳으로 응집된 일종의 각성 상태일 것이다. 마철준은 새삼 희망을 아로새기며 목을 가다듬었다.

"그래, 맞아. 아직 좋아할 때는 아니지. 헌데 민 선생, 단현사에서 범행 흔적을 발견해도 이게 핵심 증거가 될 수 있겠나?"

"현시점에서는 기필코 범인을 청사에 출두하게 해야 한다는 것 말고는 살필 점이 없습니다. 그 뒤로는 제가 감히 넘볼 수 없는 인재들이 앞뒤를 검토해주실 터이니 종결은 일사천리일 것으로 믿습니다. 경각에 달려있습니다. 여기서 또 불상사가 발생한다면……."

"에이, 이 사람아. 불상사라니, 재수 없는 소리는 그만하게. 아무튼 다녀오지. 잘 보고 있게."

가설을 구체화하고 한 발짝 전진하려면 무모한 발악도 불가불이었다. 때때로는 과학수사보다 현장 실습이 더 빠른 법이었다. 경찰의 역량은 신뢰하지만 만일의 경우를 대비해 보험을 하나 들어두고 싶었다. 수사본부를 홀로 지키게 된 민도치는 마을회관을 등지고 하나의 실험을 몸소 거행했다. 입에 물려있는 연초는 박한기가 말아준 마리화나였다.

막상 태워보니 목 넘김이 부드러웠다. 체내로 흡입되는 무미건조한 연기에서 자극은 아예 느껴지지 않았다. 환각은 고사하고 미세한 현기증조차 체험할 수 없었다.

Hallelujah, Les Miserables. Do you wanna show me how and low?

이어폰에서는 히데hide의 미저리Misery가 흘러나왔다. 만반의 준비가 된 도치는 휑한 마을회관 안으로 들어섰다.

근무 열외를 요청한 부수적 사유는 서류를 꼼꼼하게 훑어보기 위함이었다. 책상 위에는 독고 선생이 팩스로 송부한 마약 연구자료와 마철준에게 받은 다도해 관련 수사 기록이 널려있었다.

이 근방 섬들은 유독 악질적인 사건이 잦았다. 감금 및 불법노동 착취부터 집단 성폭행, 급기야 살인 및 매장까지. 피해자들의 진술 내용을 읽는 것마저 고역이었다. 특히 죽해리와 결부된 사례를 보았을 때는 눈시울이 붉어질 지경이었다. 수면 위로 드러난 참상만 이럴진대 그 아래 묻혀있는 실상은 더욱 악랄할 터였다.

눈이 침침해진 도치는 기지개를 켜며 목을 한 바퀴 돌렸다. 그때였다. 갑자기 알딸딸해지며 이루 말할 수 없는 감동이 벅차오른 것은.

귓속을 간질이는 그의 애청곡, 미저리가 음률과 박자를 변화하기 시작했다. 필시 발랄한 가락인데도 오늘따라 어슴푸레 배어있는 처량한 멜로디만이 귓가에 맴돌았다. 흡사 어머니의 자장가를 듣는 것처럼 애틋한 울림이 폐부에 스며들었다.

음악에 취할 때가 아니다…….

재차 서류를 집어 들었지만 활자는 눈에 들어오지 않았다. 급작스레 나른해지며 혈도가 모조리 봉해진 듯 전신이 무거워졌다. 어떻게든 눈에 힘을 주려고 했으나 수마를 물리치기는 역부족이었다.

목이 텁텁해지며 강렬한 갈증이 몰려왔다. 하지만 손 하나 까딱할 기운은 없었다. 눈앞이 캄캄해지며 의식이 나풀거렸다. 그 와중에도 귀는 활짝 열려있었다.

메마른 대지를 토닥이는 빗소리가 희미하게 들려왔다. 뒤이어 밀려드는 잔잔한 파도 소리가 가녀린 빗발의 독창을 풍성하게 가꿔주었다. 새들은 옹기종기 모여앉아 세상사의 희로애락을 지저귀며 다채로운 추임새를 더해주었다. 황폐한 육신에 온갖 나무가 무럭무럭 자라나고, 탈색된 영혼 위로 봄꽃의 봉오리가 줄지어 피어나며, 삭아버린 뼈 사이로 새싹 같은 마디가 알알이 돋아나는 듯한 지친 영육과 골을 다정하게 어루만지는 선율이었다. 그러나 음계는 이내 일그러졌다. 돌연 폭풍우가 몰아치더니 모든 소리가 멎었다. 나무가 꺾였고 꽃도 시들어버렸다.

"……생님……."

현실에서 건너온 목소리가 꿈결을 가로지르자 도치는 간신히 눈을 떴다. 어느덧 해가 중천에 걸려있었다.

"미, 민 선생님. 큰일 났습니다!"

호들갑을 떨고 있는 사람은 김진우였다. 마을회관 안에는 두 사람 말고 아무도 없었다.

"겨, 결국 터졌어요! 지금 그리로 다 집합했습니다."

다급한 목소리에도 도치는 비몽사몽 벽걸이 시계만 바라보았다. 벌써 오전 열 시, 그렇다면 열두 시간을 내리 잤다는 말인가. 그런데도 눈꺼풀은 무겁고 몸은 천근만근이었다. 도치는 한마디 대꾸 없이 다시금 책상에 엎어졌다.

"이럴 때가 아닙니다. 지금 빨리 가셔야 해요. 빨리요!"

살쾡이의 사체가 앙화의 전조처럼 산길 군데군데 널브러져 있었다. 무의식 상태의 민도치가 김진우의 손에 이끌려 도착한 곳은 단현사였다.

이삼십의 사람이 욕을 주고받고 있는 경내는 그야말로 아수라장 같았다. 나릿놀과 우름곶 주민끼리 격하게 싸우고 있었다. 그 중간에서 승려들과 경관들이 필사적으로 뜯어말렸다.

"처사님들, 오늘 일정은 전부 취소할 예정이니 속히 귀가해주시길 바랍니다."

양단으로 갈린 사람들 사이에서 범영이 외쳤다. 그러나 어느 편도 물러서지 않았다.

"이보쇼, 큰스님. 우린 예불 따위 드리러 온 게 아뇨. 그 즉신불인지 뭔지 하는 거 당장 내놓으쇼. 큰스님까지 다치게 하긴 싫으니까."

"저희가 성불하신 스님을 어찌 숨기고 하겠습니까. 불경스러운 말씀은 삼가시길 바랍니다."

"큰스님, 우리 아버지가 죽었어. 그런데 아직까지 뭐 하나 나온 게 없잖아. 누가 즉신불을 때려죽인대? 잘 있나만 본다니까? 그게 죽은 시체인지 산 사람인지 어떻게 아냐고."

"아이고, 이 병신들아. 그게 말이 되냐? 그러니까 네놈들 말은, 금선이가 네놈들 이장을 죽였다는 거잖아. 실성이라도 했냐?"

산등성이 위로 고개를 내민 태양이 구름을 무르며 불온한 전란을 적나라하게 내리비췄다. 땅 위로는 우뚝 솟은 지장보살상이 평온하니 슬픈 얼굴로 일대 소란을 지켜보았다.

도치는 멀찌감치 물러나 경내 바닥에 털썩 주저앉았다. 게슴츠레한 눈은 아무것도 보고 있지 않았다.

"민 선생, 잘 잤나? 너무 곤히 자서 깨우지도 못하겠더군."

마철준이 성큼성큼 걸어오며 말했다. 말투는 가벼웠지만 표정은 긴장으로 가득했다.

"오늘 아침에 나릿놀 이장 아들이 단현사에서 깽판을 쳤어. 즉신불을 내놓으라고 말이지. 저 아들이란 친구는 단현사에서 즉신불을 숨겼다고 생각하는 모양이야. 그게 진짜 죽은 금선 스님인지 자기는 못 믿겠다더군."

"저이는…… 즉신불이 자기 부친을 살해했다고 믿는 겁니까. 그건……."

"오춘자 그 아줌마가 어지간히도 꽥꽥대고 다녔잖아. 아버지 잃고 이성 잃은 마당에 판단력이 흐려질 만도 하지. 그놈의 부정 때문에 너 나 할 것 없이 민감한 시기였고. 그러다가 시비가 붙었다더군. 승려들 붙잡고 따지는 저 친구를 우릅곶 사람들이 비웃었다나 봐. 그래서 이 꼴이 난 거야. 의경 애들도 슬슬 오겠다, 이제 좀 가시도가 높아져서 수색이 급물살을 타겠거니 했는데, 아무래도 오늘은 물 건너간 것 같군."

도치는 경내 한복판에서 담배를 물었다. 니코틴이 신경을 자극하자 마리화나의 잔향이 거듭 뇌를 어지럽혔다.

"이런 생각이 들 정도였어. 그동안 저들을 억제한 게 즉신불이라는 존재가 아닌가, 헌데 그마저도 없어졌으니 저리 날뛰는 건 아닌가. 패싸움을 벌이려는 걸 겨우 떼놓았지만, 대낮에 이럴 정도인데 밤이 되면 더 광폭해질 거야."

"사흘…… 사흘 안에 끝납니다. 이제 거의 다 됐습니다……."

경내는 인파가 득달같이 몰려들어 각자의 편에 붙고 있었다.

일부는 소주병을, 일부는 곡괭이까지 들고 있었다. 금강문 밖에서도, 그에 한참 못 미치는 곳에서도 혈투의 곡성이 울려 퍼졌다. 폭발해버린 분심 앞에서 불가의 가르침은 초라할 뿐이었다. 마철준은 이미 포기한 낯빛이었다.

"저들도 사람이니 경찰력을 동원하면 잠잠해지겠지. 하나 민 선생, 내가 우려하는 건 말이야. 그것도 임시방편에 불과하다는 거야. 군대가 와도 근본적인 해결책은 되지 못해. 싸움의 명분부터 끊어야 해. 여기서 더 늦어지면 언젠가, 이르면 오늘이라도 우리도 모르는 새 줄초상이 날지도 몰라. 그러면…… 하하, 나도 끝이군. 젠장, 그렇게 호언장담했는데 이 지랄이 날 줄이야."

흉사가 일어난 지 엿새째, 집단 광기에서 발발한 폭동은 지난 사건들 이상으로 심각했다. 마철준은 수사지휘관으로서 큰 책임을 떠안아야 하는 위기에 직면해 있었다.

"저들이 원하는 게 뭔지 아나? 부정을 뿌린 놈의 목이야. 지금은 범인을 잡는 시늉이라도 해야 저들도 얌전해질 걸세. 민 선생, 자네한테 기대는 것도 미안쩍지만…… 사흘은 너무 길어. 어떻게 최대한 빨리 방도를 찾아줄 수 있겠나?"

"범인, 범인……. 이게 다 끝나가긴 하는데 아직……."

도치는 나무늘보처럼 축 늘어졌다. 사고회로에 균열이 생기자 그 틈새를 비집고 튀어나온 괴물들이 심신을 붙잡고 매달렸다. 수수께끼 풀이는 팔 부 능선을 넘었으나 핵심 사항은 여전히 물음표였다. 무량하게 복기해도 속절없는 도돌이표였다. 증거도 증거지만 진정으로 부족한 것은 시간이었다. 마침내 창궐한 풍토병이 이빨을 드러내며 섬을 물어뜯고 있었다.

"민 선생님!"

김영웅 경사가 부랴부랴 달려왔다.

"그때 부탁했던 거요. 전문가 소견은 부족하지만 답은 대충 나왔어요. 갈황색 미치광이버섯이라고……."

그 말은 귀에 닿기도 전에 흩어졌다. 도치는 허공을 유랑하는 까치 한 마리만 멍하니 바라볼 뿐이었다.

손에 쥔 담배에서 피어오른 연기가 구름이 되어 햇살을 부옇게 흐리고 있었다. 자욱해진 구름밭은 그대로 영원히 머물러있을 것 같았다. 하루가 지나고 이틀이 지나도 서광은 비치지 않을 것만 같았다. 그러나 실바람이 불어오자 구름은 이지러지기 시작했다. 까치의 날갯짓이 바람을 거들고서야 하늘은 맑은 색을 되찾았다.

그렇게 탁 트인 저 멀리, 대기권 너머 우주에서는 가느다란 유성이 흐르고 있었다. 희미하던 유성은 점점이 흩어지더니 수만 갈래의 가지로 뻗어나가 지상으로 떨어졌다. 무수한 빛의 가닥이 영롱한 구체가 되어 방울방울 쏟아져 내렸다. 그리고 다시금 한 줄기 섬광으로 뭉쳐서 그의 이마에 내리꽂혔다.

"민 선생님? 왜 그래요?"

몽롱하던 눈동자가 불현듯 타오르며 화력을 발산했다. 도치는 벌떡 일어나서 살얼음판 같은 경내를 둘러보았다. 인과를 가로막던 장벽이 차츰차츰 붕괴되고 있었다.

"그렇군, 그렇게 된 거로군. 그래, 이제 알겠다. 그래야지 선이 하나로 이어진다."

"민 선생? 왜? 뭐 좀 알아냈나?"

마철준이 오두방정을 떨었다. 김영웅의 얼굴에도 기대가 실렸다. 그런 그들을 바라보며 도치는 한쪽 눈을 찡긋거렸다.

"여러분이 뭘 원하시는지는 압니다만, 지금 드릴 수 있는 말씀은 우리의 여정이 결코 헛되지 않았다는 것뿐입니다."

"뭐라고? 그게 무슨 말인가?"

"계장님, 경사님, 우린 지금까지 쓸데없는 곳에 집착하고 있었습니다. 아니, 쓸데없는 건 아니겠죠. 아니, 아니, 그래도 형식에 얽매여 눈이 멀었던 건 부정할 수 없습니다."

"그, 그러니까 결론은? 범인은? 확실히 알아낸 건가?"

그러자 도치는 미소를 싹 지웠다.

"아닙니다. 짐은 무겁고 갈 길은 멉니다. 아무런 사전작업 없이 들이밀면 범인은 필경 도망칠 구멍을 찾을 겁니다. 흑백을 가리려면 무대와 배우, 연출이 부득불 필요합니다."

"그것참……. 어쨌든 배우라고 하면 참고인들이겠군. 그래서 무대는 어디인가?"

"멀리 갈 것 없습니다. 바로 저기입니다."

도치의 손가락을 따라 마철준은 고개를 돌렸다. 살벌한 함성 속에서도 호화로운 본당은 태풍의 눈이라도 된 듯 정연함을 과시하고 있었다.

4.

마철준은 손에 땀을 쥐며 민도치와의 대화를 반추했다. 십 분 전 본당에서 갖가지 서류를 들고 최종 검토를 하고 있을 때였다. 서류 하나를 재킷 안 주머니에 집어넣는 도치를 바라보며 마철준이 물었다.

"민 선생은 그 수기가 영 걸리나 보군. 그게 사건과 연관이라도 있다고 보나? 그래도 지금 챙길 필요는 없을 텐데?"

"부적쯤으로 알아두시면 되겠습니다. 앞길이 가시밭의 연속일진대 이들의 혼백이 앞장서서 진로를 터주고 이 하찮은 몸을 보살펴줄지 어찌 알겠습니까. 제 정령이 되어 적이 누리고 있는 행운을 앗아다 줄지도 모릅니다."

"자네마저 미신 타령이라니, 마음을 어디에 둬야 할지 모르겠구먼. ……그래서 어떡할 작정인가."

"앞서 살펴본 바와 같이 지금은 죄상을 고하고 오라를 지우기에 큰 모자람이 있거니와, 현재까지 확보한 근거를 이정표 삼아 꼼꼼한 수사를 개진하기도 불가한 실정입니다. 이렇듯 판을 기깔나게 꾸미는 것은 검거 속도를 일 분 일 초나마 올리고자 함입니다."

"복안이라도 있다는 거로군. 헌데 나한테는 말해줘도 되지 않나?"

"방법을 모색하는 데 있어 섬세하지 못하다면 점화도 전에 불씨는 꺼질 것이고, 만에 하나 제 의향이 읽힌다면 경찰의 위신이 추락하는 상황도 면하기 어렵습니다. 부디 양해를……."

웬일인지 꺼져 들어가는 음색이었다. 전에 없이 잔뜩 긴장한 도치 앞에서 마철준은 말을 길게 늘일 수 없었다. 어차피 이제는 엎질러진 물이었다. 이미 출사의 결의를 굳힌 민도치였다.

나릿놀마을의 박한기와 박수인, 우름곶마을의 천재길과 장대희, 단현사의 범영과 청혜. 방석에 앉아있는 참고인들을 둘러보며 마철준은 조바심을 숨겼다. 죽해 파출소 전원과 형기대 형사 일부도 본당 내에 소집해 있었다. 엄숙한 침묵이 흐르는 가운데 박한기가 말했다.

"그래서 민 군, 긴급 안건이라는 게 뭔가."

도치는 대답 없이 뒷짐을 지고 모두를 등졌다. 그리고 대일여래를 중심으로 한 세 개의 불상을 올려다보았다. 아무 말 없이, 마치 눈싸움하듯 나란히 앉은 불상들을 지그시 바라보았다. 가만히 서있는 그의 뒤태를 지켜보는 사람들도 무거운 적막에 휩

싸였다. 바깥의 주민들도 잠시 휴전한 채 섬을 초토화시킨 부정의 정체에 눈길을 보내고 있었다.

때마침 구름 한 조각이 태양을 가려 전내를 메우던 빛이 사그라졌다. 음영이 드리우자 반들거리던 불상들도 윤기가 잦아들었다. 그림자의 농도가 깊어지며 벽면의 불화와 중앙의 불단, 세 개의 불상이 한층 까맣게 물든 순간.

"막을 올리겠습니다."

민도치가 등을 돌리며 선언했다.

"바로 오늘, 이 자리에서 죽해리에 부정을 뿌린 즉신불을 고발하고자 합니다."

놀라는 사람은 없었다. 다들 예상했다는 듯 묵묵히 고개를 끄덕였다. 범영과 청혜마저도 즉신불을 거론한 것에 반감을 보이지 않았다.

"사건의 개요를 간략히 정리해보겠습니다. 승구 씨는 원치 않게 즉신불, 다시 말해 금선 스님으로 오인되었습니다. 아무리 불심이 깊은 불자라도 오밤중에 승복과 한복을 구분할 수는 없을 것입니다. 우리와는 조금 다른 생김새만이 뇌리에 박히겠지요. 목격자의 인지에 귀신의 형상이 떠오른 것도 어찌 보면 자연스럽습니다. 아울러 오춘자 씨의 심술 덕에 경찰은 끝까지 갈피를 잡지 못했습니다. 오춘자 씨는 범인의 상을 알고 있었고, 범인의 목표가 승려들의 몰살이라는 것도 꿰뚫어 보았을 것입니다. 그럼에도 불구하고 태곳적부터 내려오는 신앙적 원한으로 말미암아 진술을 거부한 것으로 보입니다. 우연의 수혜라고도 부르지요. 범인에게는 두루두루 횡재가 따랐습니다."

도치는 마룻바닥을 거닐며 동굴의 심층에서나 울릴 법한 목소리로 말했다.

"한데 그 즉신불 말입니다. 뭔가 이상한 구석이 있습니다. 최초 목격자인 꼬마애는 차치하더라도 그 외에 즉신불을 목격한 주민이 너무나 많습니다. 일부는 거짓이겠지요. 대다수일 수도 있습니다. 하지만 그중 일 할만이 진실이라고 해도 매우 빈번한 편입니다. 당연히 한 사람이 동에 번쩍 서에 번쩍 하며 존재감을 떨칠 수는 없습니다. 허나 동 시간에 비슷한 복장을 한 인간이 둘 혹은 그 이상 동네를 배회했다면, 요컨대 즉신불 같은 것이 동시다발로 출현했다면, 주민들의 목격담도 그나마 수긍할 수 있을 것입니다."

마철준은 범영과 청혜를 연이어 바라보았다. '즉신불 같은 것'이라면 승려일 가능성이 컸다. 다만 그러자니 박한기의 모시옷이 눈에 밟혔다.

"물론 그것이 승려에 국한된다고 할 수는 없지요. 실제로 승구씨가 그랬으니까요. 이 얘기는 이 정도로 하고."

도치는 멈춰 서더니 재킷 밖으로 삐져나온 셔츠 소매를 가다듬었다.

“여러분은 공교롭게도 세 개의 집단으로 갈려있습니다. 나릿놀, 우름곶, 단현사로 골고루들 모여계시지요. 아, 실례. 우리 경찰도 섞여있군요. 세 개가 아니라 네 개로 정정하겠습니다.”

“민 선생, 얘기가 이상하게 돌아가는군.”

마철준이 일어섰다. 각진 얼굴이 붉게 달아올랐다.

“설마 경찰까지 용의선상에 포함한다는 얘기는 아니겠지? 경찰이 범행에 연루됐다는 말은 암만 가설이라도 용납할 수 없네.”

“옥덩이도 옥이고 쥐방울도 옥이라 하지 않았습니까. 저처럼 하잘것없는 민간인도 지금은 경찰로 분류될 터이고 말입니다. 더군다나 부처님 앞입니다. 모두가 차등 없이 묶일 만하지 않습니까?”

“자넨 과도하게 합리적이군. 어쨌든 그건 여기서 할 얘기가 아니야.”

“알겠습니다, 알겠습니다. 그러하면 공개처형을 부득불 시행하겠습니다. 계장님, 김영웅 경사의 주장대로 저는 누군가가 경찰의 정보를 누설했다고 확신합니다. 이것도 가담이라면 가담이라 할 수 있지 않습니까.”

“뭐? 정보를 누설했다면…….”

마철준은 고개를 홱 돌렸다. 큼지막해진 눈동자에 멀뚱히 서 있는 김진우와 강세훈이 비쳤다.

“아니요. 계장님은 인지 편향에 갇혀계십니다. 죽해 파출소 인력은 저 두 사람뿐만이 아닙니다."

그러자 임택수 소장이 흠칫 어깨를 떨었다. 그 순간 마철준의 눈에 스친 것은 임택수의 손목에 걸린 염주였다.

"그건 나중에 캐묻기로 하죠."

도치는 마철준을 향해 손을 휘휘 저었다.

"본의 아니게 그랬든, 신앙심이 작용했든, 상호 간 모종의 거래가 있었든, 완전범죄를 위한 예비공작이든, 지금은 깊게 따지고 달려들 것이 없습니다. 내통자가 있다는 사실만 숙지하시면 되겠습니다."

마철준은 못내 자리에 앉았다. 도치는 바지 뒷주머니를 뒤적이더니 시험관을 꺼냈다.

"진범을 지목하기 전, 간소한 정화 의례를 거행하겠습니다. 저부터 개시하겠습니다."

도치는 그의 머리카락을 한 올 뽑아 시험관에 넣었다.

"부산에는 머리카락을 태워 귀신을 쫓고 목욕재계하는 액막이 풍습이 있습니다. 한때 전교 일등의 머리카락을 품에 지니고 시험을 보면 성적이 잘 나온다는 미신도 유행했지요. 이런 낭설이 도는 것도 사람의 머리카락이 그만큼 영험하기 때문일 것입니다. 우리의 머리카락을 한데 모아 부처님께 공양한다면 이 지긋지긋한 흉사도 끝나리라고 믿습니다. 부디 협조해주시기를 청하는 바입니다."

뜬금없는 제안에 일동은 고개를 갸웃거렸다. 도치는 아랑곳없이 박한기에게 다가가 시험관을 들이밀었다.

"어르신, 강요는 아니니 편하신 대로 하시면 되겠습니다."

박한기는 은은하게 웃으며 그의 머리카락을 뽑았다.

"깊은 뜻이 있겠지. 동참하겠네."

일동의 낯빛은 의아함과 불쾌함이 겹쳐있었다. 그러나 대지주가 선행하자 나머지도 머리에 손을 갖다 댔다. 경찰도 예외는 없었다.

검은 머리카락이 뭉친 투명한 시험관 안에서 기다란 백발 한 가닥이 유달리 눈에 띄었다. 도치는 한쪽 손을 바지 주머니에 집어넣은 채 시험관을 응시했다.

"구태여 민속을 따지지 않아도 사람의 머리카락은 신비롭기 이를 데 없습니다. 기실 모발에 함유된 미네랄을 분석하면 질병의 원인을 찾는 데 큰 도움이 된다더군요. 혈액보다 조직, 즉 머리카락이 더 정확할 때가 있다는 것입니다. 이참에 우리도 이 머리카락으로 건강검진을 받아보면 어떻겠습니까. 특히 박 씨 어르신이나 범영 스님은 더욱 정밀한 검사가 필요하지 않겠습니까."

"재미있군. 자네 진의는 대강 알겠어."

박한기가 말했다.

"대마의 양성 여부를 확인하려는 거겠지. 굳이 수고하실 것 없네. 난 내 부끄러움을 숨길 생각이 없어. 수인이도 마찬가지고 말이야."

"아아, 어르신. 대마 때문이 아닙니다. 이 민모도 죄에서 벗어날 수 없는데 괜히 동귀어진할 까닭은 없지 않겠습니까. 그리고 수인 씨, 당부하건대 대마의 단순 흡입은 훈방에 그치니 염려 놓으셔도 되겠습니다. 그러고 보니 머리카락으로 마약 검사도 할 수 있겠군요. 마약을 검출하는 가장 확실한 수단은 소변 검사인데, 약물이 소변에 남는 기간은 나흘에 불과하답니다. 그러하다면 피는 어떨까요? 애석하게도 혈액 또한 침습적이라 약물이 반응하는 기간은 짧게는 몇 시간, 길어봤자 일주일 미만이랍니다. 허나 모발의 경우 최소 6개월 전에 복용한 약물까지 검출할 수 있습니다."

도치는 말을 맺었다. 그러고는 눈을 감은 채 시험관을 연필 돌리듯 빙글빙글 돌렸다. 말을 잃은 그를 뚫어져라 쳐다보며 마철준은 침을 삼켰다. 민도치의 진짜 의도는 몰라도 작전이 꼬였음은 알 수 있었다.

"더는 못 참겠군."

주먹을 쥐며 성을 낸 사람은 범영이었다.

"대관절 무슨 수작인지 모르겠어. 당신은 목하의 참사를 가벼이 여기고 있나?"

"민 선생님, 누가 범인이라는 건데요?"

목덜미를 긁으며 채근하는 사람은 장대희였다.

"어이가 없네. 그래서 뭐가 어쨌다고?"

누런 이를 보이며 빈정대는 사람은 천재길이었다.

"민 선생님은 장난기가 너무 심하세요."

박수인이 카디건을 여미며 툴툴거렸다. 그 옆에 앉은 박한기는 침묵하고 있다. 그리고.

"죄, 죄송합니다!"

한 사람은 고성을 지르더니 두 손과 이마를 바닥에 갖다 붙였다.

"죄송합니다, 죄송합니다……. 다 소승의 불찰입니다……."

절을 하듯 연신 머리를 조아리는 사람은 청혜였다. 일순 아연해진 사람들은 입술만 여닫고 있었다.

"이로써……."

도치가 중얼거리며 눈을 떴다. 호주머니에서 나온 손에 뭔가 들려있었다.

"경내 구석을 둘러보니 진귀한 것들이 참 많았습니다. 녹림으로 에워싸인 환경이라 그런지 희귀버섯이 많았지요. 그중에서도 단연 눈길 가는 것이 있었습니다."

도치는 버섯 한 송이가 들어있는 폴리백을 팔랑팔랑 흔들었다.

"갈황색 미치광이버섯이라고 불리는 놈입니다. 침엽수, 활엽수림에서 자연 발생하는 버섯인데 이 개체에는 환각을 유발하는 성분이 과다 함유된 것으로 보입니다. 이른바 광대버섯이고 환각버섯이라는 것입니다."

단현사에 잠입했을 때 도치는 야광 버섯 옆에 자생하고 있던 황색 버섯을 주시했다. 그리고 그 누리끼리한 버섯을 김영웅에게 건네며 외부 조언을 요청했다. 그러나 마약류임을 판명할 시간이 없기에 현장에서 미끼를 던져 판별해야만 했다.

"대부분의 마약은 뇌 기능을 왜곡하고 조작해서 사람을 천상계로 끌어올립니다. 이 미치광이버섯 역시 매한가지, 이 버섯에 함유된 실로시빈Psilocybin은 인간의 행복한 감정을 관장하는 신경전달물질인 세로토닌Serotonin과 유사한 구조로 되어있습니다. 실로시빈이라는 외부의 물질을 체내에 공급해서 내부의 세로토닌 활동을 강제로 증폭시키는 것이 골자인데, 이러한 화학적 개입으로 뇌를 과히 활성화해 환각의 영역을 개방시키는 것이지요. 갈황색 미치광이버섯은 문자 그대로 미친 듯이 웃고 떠들게 하는 마약이라고 보시면 되겠습니다."

"이, 이봐. 민 선생."

마철준이 더듬거렸다.

"환각버섯이 대마와 연관이 있다는 건 아니겠지? 설마 승려들은 신종 마약을 만들려고……?"

"전자는 맞고 후자는 틀립니다. 어려운 단어는 다 빼고 최대한 쉽고 간결하게 설명해드리겠습니다. 질문, 반박, 사소한 트집, 전부 환영하는 바입니다."

어느새 구름을 내쫓은 햇빛이 산골에 얹혀있던 그림자를 밀어내더니 기어코 본당 문턱을 넘어섰다. 불화와 불상에 이어 발치의 먼지까지 노랗게 잔물지며 검은 정장과 부스스한 머리칼이 황금빛 베일로 감싸였다.

“크랙처럼 마리화나를 합성마약의 베이스로 삼아 폭발력을 배가하는 것은 희소한 사례입니다. 실제로 코카인과 마리화나, 이 두 가지 마약을 한꺼번에 화해서 동시에 흡입하는 것이 아니라 시차를 두고 병용하면 미묘한 현상이 발생합니다. 이는 마리화나 특유의 반골 기질 때문입니다. 세상에 있는 거의 모든 마약은 사람의 기운을 끌어올리는 데 초점을 맞춥니다. 반대로 마리화나에 농축된 THC는 졸음과 무기력을 유발하며 기운을 진정시키고 이완시키는 속성을 지니고 있습니다. 본디 마리화나와 그 외의 마약은 상극이자 상충살이라는 것입니다.”

도치는 셔츠의 윗단추를 풀며 말을 이었다.

“이 상반된 마약들의 상호작용은 중추신경계에 큰 혼동을 불러오는데 코카인이 각성 효과를 증가시키는 반면, 마리화나는 진정제로서 인지 처리를 둔화시키니, 뇌는 각성이 중화되는 듯한 착각에 사로잡히며 흐트러진 정신이 회복되고 있다고 오인하게 됩니다. 허구적 제로화라는 것이지요. 이를테면 배불리 먹은 사람이 느낄 수밖에 없는 포만감이라는 감각을 마취시켜 그 포만하기 한량없는 사람으로 하여금 재차 허기를 느끼게 한다는 것인데, 업Up되는 마약으로 한껏 부채질한 약 기운도 마리화나가 다운Down시켜 각성의 효과를 은폐할 수 있다는 말씀입니다."

일동은 숨을 삼킨 채 귀를 기울였다.

"그리하여 영미권의 약쟁이들은 이 업 앤 다운 개념을 염두에 두고 마약을 즐긴답니다. 코카인과 엑스터시로 대변되는 각성제와 LSD를 주축으로 한 환각제, 이런 끌어올리는 마약을 복용 중에 마리화나를 태우는 행위는 음지 문화에서 금기나 다름없다는 것입니다. 누차 강조하건대 마리화나가 약발을 떨어뜨리기 때문입니다. 그러나 각성제 및 환각제에 이골이 난 약쟁이들도 마리화나에 손을 대야만 하는 순간이 있습니다."

도치는 목소리를 한 톤 더 낮추었다.

"바로 약 기운이 주체할 수 없으리만치 높이 올라간 상태에서입니다. 중요한 볼일이 생기거나 급히 운전해야 할 일이 생길 때도 그러합니다. 이때 가라앉히는 마약인 마리화나는 뇌에 교태를 부리며 각성 및 환각이 완화되고 있다고 현혹하기 시작합니다. 체내에서는 두 가지 마약이 섞여버려 뇌의 줄기들이 꼬이겠지요. 심혈에 가는 부담은 가중될 수밖에 없습니다. 또한 각성제를 수용할 수 있는 한계치의 인지를 마비시켜 과다 복용을 초래하니 인체는 응당 위태로운 지경에 이르게 됩니다. 그러나 일련의 선동으로 뇌 신경이 정상화되게끔 환영을 부렸기에 의식만은 정상 상태와 유사하게 변형시킬 수 있습니다. 높음과 낮음 사이에서 거짓된 중도를 찾게 해주는 것이지요."

“그, 그래서 마약으로 마약을 누른다는 거야? 떨을 그렇게 쓸 수 있다고?”

천재길이 질린 듯 중얼대자 도치는 해맑게 웃으며 한쪽 눈을 찡긋했다.

“논문 몇 개만 읽어봐도 이 이치는 쉽게 유추할 수 있습니다. 여건이 된다면 직접 실습해보시길 권합니다. 에너지 드링크를 단숨에 열 잔 정도 원샷 때리면 몸이 깃털처럼 가벼워지며 반 각성 상태에 이르게 됩니다. 이때 마리화나를 피워보십시오. 쭉쭉 올라가는 기운이 차차 내려가는 원리를 간접이나마 체감하실 것입니다. 참, 에너지 드링크는 수입산 같은 매운맛을 추천해 드립니다. 저는 박카스로 실험하는 바람에 큰 낭패를…….”

“민 선생, 그런 얘기는 안 해도 돼.”

마철준이 코를 벌름거리니 도치는 헛기침을 몇 번 하고 말머리를 되돌렸다.

“여하간 이 미치광이버섯도 끌어올리는 마약에 속합니다. 그러하면 청혜 스님의 경우를 한번 살펴봅시다. 환각버섯에 중독된 청혜 스님은 금단 현상에 시달렸다. 그러나 연이은 가뭄으로 흉흉한 시국이니 함부로 복용할 수 없었다. 돌신제라는 중대한 행사를 앞둔 터라 더더욱 품행을 소홀히 할 수 없었다. 여기서 청혜 스님은 고민합니다. 날아오르는 기분을 완벽하게 다운시켜 주는 또 다른 금단의 영약을 복용하면 어떨까, 신나게 놀면서도 쉽게 평정을 되찾을 수 있겠구나, 사이클을 뜻대로 조종할 수 있겠구나, 이렇게 결론을 내렸겠지요. 청혜 스님, 반론 있습니까?”

청혜는 바닥에 붙인 이마를 들지 못했다. 그가 사람 눈을 좀처럼 마주치지 못하는 이유는 내성적인 성격이나 어떠한 위계가 작용했기 때문이 아니다. 마리화나를 흡입하면 동공이 충혈되기에 일말의 의심까지 자르고자 눈을 피했음이 분명하다. 도치는 비로소 확신을 굳히며 말을 이어 나갔다.

“하지만 마리화나는 냄새가 고약합니다. 구수하다는 분도 계시겠지만 저에게는 지독하기 짝이 없었습니다. 일정량 이상 품에 소지하는 것도, 아무 데서나 내보이는 것도 상당한 부담입니다. 아울러 경내에서 환각버섯을 흡입하면 뜻하지 않은 실책을 범할 수 있으니 이러나저러나 밖에서 해결하고 오는 것이 깔끔했습니다. 소정 스님 역시 같은 맥락입니다. 스님들이 위험을 불사하고 나릿놀마을로 건너간 까닭은 탐욕 때문이었습니다.”

마철준이 탄성을 지르고는 말했다.

“그렇게 즉신불이 만들어진 거로구먼. 승구와 승려들이 야밤에 돌아다니는 바람에 말이야. 청혜 당신도 즉신불 중 하나였어. 경찰 중 누가 단현사에 정보를 흘렸겠지. 그래서 당신이나 소정이나 샛길을 타서 대마밭에 간 거고. 환각버섯이라니……. 하긴 고작 대마 하나 빨자고 그런 위험을 감수할 리는 없지.”

도치는 걸음을 옮겨 범영 앞에 멈추어 섰다.

“큰스님, 모름지기 환각버섯은 단현사의 치부이자 터부이며 번뇌일 것입니다. 두 마을 사이에 끼어 허구한 날 등골 터지는 새우 신세나 진배없었을진대, 그 처지에서 헤아리면 심정만은 공감합니다.”

“큰스님, 그게 사실이오?”

박한기가 이이 물었다. 범영은 고개를 푹 숙인 채 기어드는 목소리로 말했다.

“면목 없습니다…….”

그런데도 박한기의 팔짱이 풀리기는커녕 작은 미동도 일지 않았다. 구름 위에 올라타 한가로이 하늘을 유람하는 신령처럼 초연할 따름이었다. 도치의 눈이 그에게 향했다.

“하지만 단현사 스님들은 작년 가을 이후로 환각버섯 식용을 자중한 것으로 보입니다. 버섯이 발생하는 시기도 그렇거니와, 흉년이 거듭됐으니 큰스님도 한동안 자제하라는 분부를 내렸을 것입니다. 그래서인지 사망한 스님들에게 마약 성분은 검출되지 않았지요. 애달프게도 그것이 사건을 질질 끌게 하는 원인이 됐지만요.”

마철준은 왜 본당을 무대로 삼았는지 깨달았다. 청혜에게 심리적 압박을 가하기 위함이 틀림없었다. 우름곶을 대표하는 두 사람과 대지주까지 눈에 불을 켜고 앉아있으니 중압감이 갑절로 불어날 법도 했다. 하지만 감탄만 하고 있을 때가 아니었다.

“청혜, 당신이 승려들을 살해한 건가. 나릿놀 이장과는 무슨 갈등이 있길래 그런 거야?”

“죄송합니다……. 소승이 모자란 탓입니다. 죄송합니다…….”

청혜는 공황에 빠진 듯 머리를 들지 못했다. 그의 목소리는 사람들이 아닌 불상을 향해 있었다. 마철준이 턱짓하자 형사들이 그를 일으키려고 접근했다.

“기다려 주시지요.”

그러나 민도치가 낮은 목소리로 제지했다.

“전술한 바와 같이 깔끔한 일 처리를 위해서는 야밤에 활동하는 것이 확실했습니다. 하지만 승려들이 그렇게 움직인 더욱 큰 요인은 따로 있습니다. 환각버섯과 마리화나의 역학관계, 이 고급 정보를 전파하며 이들을 자유자재로 이용하고 유린한 인물이 있습니다.”

“민 선생, 그 말은…….”

“여기까지가 두 번째 즉신불이었습니다. 이제 지목하는 그 사람이 마지막 즉신불이자 부정의 원흉입니다.”

내일이면 육지 어딘가에서 웃고 있겠지. 늘 그랬던 것처럼…….

그러나 수기는 거기서 끊겨있었다. 수십 수백 번을 만져보고 들춰보아도 활자는 흐르지 못하고, 종이는 새로운 이야기를 전하지 못했다. 가지런했던 필적은 끝을 향해 갈수록 겨우 알아볼 수 있을 정도로 흐트러져 있었다. 마지막 문장을 반복해 읽을수록 그들의 울음이 더 진하게, 더욱 서글피 메아리쳤다.

이 짐을 내가 어찌 짊어지지 않을 수 있으랴. 이 가여운 영혼들을 달래 반드시 하늘로 인도할 것이다. 눈물은 닦아주지 못할지언정 넋만은 지켜주고 보듬겠노라. 이 몸이 부서지는 한이 있더라도…….

6장 연극의 3요소

1.

“어제 새벽에 있었던 살인사건, 되풀이하자면 즉신불이 사라진 그 사건에 관한 제 의견을 아낌없이 풀어보겠습니다. 기실 그것은 묘기나 술책이라고 부르기도 민망한 수준의 장난질이었습니다. 범인은 샛길을 오른 것도 담을 넘은 것도 아닙니다. 단현사의 대문으로 당당히 들어왔습니다.”

“이거 봐, 이거. 그럴 줄 알았다니까.”

김영웅이 발을 콱 구르며 나섰다.

“밤사이에 금강문은 꿈쩍도 안 했거든. 범인이 외부 놈이라면,

그 전에 들어와서 죽치고 있던 거야."

민도치는 손가락을 탁 튕기며 화답했다.

"예, 경사님 말씀과 조금도 엇나감이 없습니다. 덧붙이건대 범인이 들어온 시간대는 돌신제 참관이 불가한 주민을 위한 간이 의식이 거행되던 오후였습니다. 여기 모여주신 참고인분들도 그때 경내에 계셨습니다."

도치는 일동을 둘러보았다. 두 눈이 차분하게 가라앉았다.

"범인은 폐문이 되고 기상 시간이 될 때까지 경내에 숨어있었습니다. 단현사쯤 되는 규모의 사찰이라면 은신처야 얼마든지 찾을 수 있지요. 취침 전 모든 전각이 자물쇠로 시건된다지만 열쇠를 미리 복사해두는 것쯤은 일도 아닙니다. 청혜 스님과 공모한 진범, 아울러 여기 계신 죽해리 주민분에 한해서라면 식은 죽 먹기일 것입니다."

도치는 그날의 자신을 질타했다. 미세한 발소리를 살쾡이의 기척쯤으로 안일하게 넘겨짚고 말았다. 불가항력이라고 위안할 수 없는 명백한 과실이었다.

"단언컨대 즉신불이 사라진 시간대는 당일 자정에서 새벽 세 시 사이, 망인에게는 송구한 말씀이오나 말이 즉신불이지 실은 박제한 인형에 가깝습니다. 박제와 다른 점이 있다면 태를 고정하는 딱딱한 몰드가 없다는 것이지요. 현대의 시신 방부처리는 매우 낮은 수준의 포름알데히드를 사용하기에 시신은 유연한 상태로 보존됩니다. 자르고 썰기 쉽다는 뜻입니다."

"토막을 냈다는 건가?"

마철준이 물었다.

"토막도 토막이지만 해체라고 보는 편이 더 옳겠습니다. 이런 산사는 흉기로 쓸 것이 도처에 널려있지요. 특히 단현사는 현재 새 전각을 공사 중입니다. 본당 뒤편에 목재를 자르는 톱도 방치되어 있는지라 구태여 흉기를 반입할 필요도 없습니다. 시신을 잘게 조각내면 종잇장 같은 살가죽과 화학 혼합물, 뼈대가 남겠지요. 그다음은 간단합니다. 흉기는 물로 씻어 제자리에 갖다 놓습니다. 시신의 잔재는 돌담 밖으로 던졌다고 단정하건대, 그렇지 않고서야 이 산의 영물들이 느닷없이 폐사할 까닭은 마땅치 않습니다. 즉신불의 조각을 물고 뜯으며 온갖 화합물을 섭취한 것이 살쾡이들이 불귀를 걷게 된 궁극의 사유일 것입니다. 그리하여 금선 스님의 살점과 여타 내용물은 산짐승의 먹잇감이 되어 영구 파기됩니다. 보존액 역할을 했던 포름알데히드 기반의 화학물질은 하나같이 휘발성이 강한 터라 지금 흉기를 조사한들 검출이 희박합니다. 하지만 뼛조각은 찾을 수……."

"이상한 게 있군."

박한기가 말허리를 잘랐다. 여전히 팔짱을 낀 채 한결같은 자세로 앉아있었다.

"자네는 용왕제에 나가기 전에 금선 스님을 봤다고 하지 않았나? 이때가 새벽 세 시를 훌쩍 넘었을 무렵이고. 열두 시에서 세 시 사이에 금선 스님이 사라졌다면 이때 자네가 본 건 뭔가."

"범인입니다."

"범인?"

"실례, 하나 빠뜨렸군요. 범인은 금선 스님의 시신을 해체하기 전에 승복을 벗겼습니다. 그리고 범행을 마친 뒤 본인이 그 옷을 입고 즉신불 행세를 하며 금선당에서 좌선하고 있었습니다. 그 날은 용왕제 때문에 새벽부터 분주하지 않았습니까. 범인이 각 잡고 앉아있는 것도 기껏해야 몇십 분입니다. 어렵사리 세운 계획에 비하면 그 정도 고행이야 달게 받아들일 만하지요. 아울러 새벽의 어스름이 범인의 자태를 금선 스님으로 보이게끔 착시를 유발하는 데 기여했습니다. 용왕제가 한창 거행되던 무렵, 금선당에 들른 효양 스님은 미리 대기하고 있던 범인에게 당했던 것입니다."

박한기는 눈썹 하나 까딱하지 않았다.

"신경 쓰이는 게 하나 더 있네. 자네 말대로 금선 스님의 시신에는 화학물질이 주입되어 있었어. 한데 무색이지만 무취는 아닐세. 냄새는 상당히 독하다고 알고 있고."

"옳으신 말씀입니다. 해체 과정에서 몇 바가지 넘게 흘렀을진대 그 악취가 쉬이 날아갈 리 없지요. 용왕제 준비에 정신이 사나웠다고 해도 코가 마비되지 않는 한 독한 냄새를 못 알아차릴

리 없습니다. 그럼에도 불구하고 스님들이나 하찮은 저나 감쪽같이 속아 넘어갔습니다. 범인도 미리 고려한 부분이었겠지요. 필시 잔머리를 엄청나게 굴려댔을 것입니다. 보존액 냄새를 어찌 지울까, 다른 독한 냄새를 끼얹는다면 후각적 분란을 꾀할 수 있지 않을까."

"대마로군!"

마철준이 무릎을 탁 치며 외쳤다.

"민 선생 그때 자네, 해우소에서 볼일을 볼 때 욕지기가 올라왔다고 하지 않았나? 그것도 대마 냄새 때문이었던 거야."

"말씀대로입니다. 분말화된 대마 가루를 살포하는 동시에 일부는 연기로 화하여 후각을 자극하면서도 너무 두드러지지 않게 최적의 향을 조향했겠지요. 그날 개문 무렵에 범영 스님이 청혜 스님과 효양 스님을 불러놓고 야차 같은 얼굴로 뭐라 뭐라 하시더군요. 단순히 군기를 잡는 줄 알았는데 분위기가 자못 살벌했습니다. 그때 범영 스님은 대마를 피운 승려가 있는지 경책했던 것입니다. 큰스님, 틀린 점 있습니까?"

범영은 반박 없이 마룻바닥만 내려다보았다. 도치는 앞머리를 쓸어올리며 말을 이었다.

"이 범죄가 치밀한 것은 살인과 기만이 절도 및 유기의 위장막 역할을 했다는 점입니다. 어제 경찰의 현장 검증 범위는 효양 스님이 살해당한 금선당 주변으로 한정될 수밖에 없었습니다. 범인이 즉신불 차림으로 동네를 활보하는 기행을 저지른 탓에 안 그래도 모자랐던 경찰력은 불시에 양단되었고, 이로 말미암아 즉신불이 해체됐으리라고 추정되는 해우소 혹은 기타 전각, 나아가 임야를 전방위로 감식하는 데 큰 차질을 빚었습니다. 여러 공간에서 일어난 각각의 사건이 유기적으로 상호보완을 하면서 십 리를 넘나드는 결계가 되어 경찰을 교란하고 내막을 수호했던 것입니다."

"그래서 민 선생, 범인은 어떻게 빠져나간 건가? 형사가 둘이나 있었는데."

"금선당에 불을 지른 목적은 불단 위에 남을지도 모르는 범인 자신의 머리카락이나 잔털, 여타 흔적을 깨끗하게 지우려는 세척의 수단이자, 탈출의 교두보를 마련하기 위한 방안임이 분명합니다. 때아닌 화재에 형사님들이 우왕좌왕하는 사이 조용히 빠져나간 것이지요. 그리고 쉽사리 눈이 미치지 않는 전각 구석빼기나 담벼락 밖 비좁은 샛길에 몸을 숨깁니다. 무릇 절에 큰일이 터졌으니 경찰이건 주민이건 몰려오는 것은 당연지사, 숨어있던 범인은 적절한 틈을 노려 집에서 달려온 양 대열에 합류합니다. 다시 말해 알리바이 속임수는 없었습니다. 집 안에 들어간 적이 없으니 집 밖으로 나가는 것을 형사님들이 볼 리……."

"쓸데없는 소린 집어치워!"

대뜸 악을 지른 사람은 천재길이었다.

“잠자코 있으려니까 도무지 못 봐주겠네. 다들 학교 다닐 때 책 안 읽었어? 그런 야바위질이야 뻔할 뻔 자잖아. 그래서 누가 그랬냐고. 그게 요점 아니야? 그걸 모르면 의미가 없어.”

“이장님은 좀 조용히 있으세요. 알아서 알려주겠죠.”

장대희가 말했다. 퀭한 얼굴이 호기심과 진지함으로 가득했다.

“오래 기다리셨습니다.”

도치가 더욱 묵직한 목소리로 말했다.

“우리 다 같이 머리를 맞대고 시시비비를 가려봅시다. 여기서 새삼 주목해야 할 인물은 두 번째 사건 현장, 다시 말해 박 씨 어르신의 한옥에 있었던 여러분 다섯 분입니다. 네 건의 사건은 동일범의 소행일 확률이 그렇지 않은 확률을 압도할 것인바, 즉신불이 사라진 것이 확인된 날, 효양 스님이 살해된 그 시각, 범영 스님과 청혜 스님은 동제에 열을 올리는 중이었습니다. 알리바이가 이보다 확실할 수 없으니 청혜 스님과 아울러 범영 스님은 용의자에서 제외하겠습니다.”

범영은 수척한 안색으로 대일여래상을 바라보고 있었다.

“오춘자 씨가 현행범으로 검거된 세 번째 사건, 살인이 발생한 것과 근접한 시각, 박수인 씨는 정자에서 풍월을 읊는 데 여념이 없었습니다. 뿐만 아니라 단현사에서 간이의식이 거행된 날, 박수인 씨가 박 씨 어르신의 팔짱을 끼고 절에서 나가는 것을 제가 분명히 보았습니다. 이 두 분이 경내로 재진입하는 것은 제 탁한 눈은 물론이요, 외곽에서 근무하던 형사님들의 형안에도 들어오지 않았습니다. 즉신불 증발 사건에 대한 제 추론이 옳다고 단정하건대 박 씨 부녀도 범행을 꾀할 겨를이 없었습니다."

박한기는 굳건히 팔짱을 끼고 있었다.

"두 번째 살인이 있고 나서 즉신불이 사라지는 동안 천재길 이장님은 녹슬고 변색된 은목걸이를 벗었습니다. 태을 스님의 시신을 두 눈으로 목격해서 심신이 더러워졌다고 믿었기 때문이지요. 부패한 물건을 계속해서 지니고 다니면 더한 부정을 탈지 모른다는 미신적 강박에 사로잡혀 내린 결단일 것입니다. 비록 이 섬이 부정과 정결을 제멋대로 구분하고 골라잡는 독창적인 풍토가 짙다고는 하나, 이렇게나 미신을 섬세하게 대하시는 천 이장님이 연쇄살인의 진범이라면, 참극의 서막을 열고 나뒷놀 이장님의 시신을 들여다본 그 시간부로 은목걸이를 버려야 운신에 개연성이 성립하지요."

사람들은 일제히 한곳을 쳐다보았다. 도치가 그곳을 향해 한 발짝 내디뎠다.

"거기까지 갈 것도 없이 건장한 체격의 천재길과 마른 체격의 장대희, 이 두 사람 중에 선이 얇은 금선 스님을 대역할 수 있는 인물은 하나밖에 없습니다."

어제부터 민도치는 양 마을 간 충돌에 휘말렸던 기억을 부단히 회고하고 분석하고 고찰해보았다. 싸움을 진화하던 장대희의 숨결에는 진한 알코올 향이 묻어있었다. 향이 독하고 쓴 것이 누룩을 발효시킨 막걸리의 시큼한 냄새와는 결이 달랐다. 아울러 천재길이 소주를 물처럼 달고 다닌다는 김진우의 발언에다 그런 천재길이 장대희와는 막걸리를 마시겠다고 발언한 것을 중첩하면서, 그렇게 장대희의 음주 취향을 재고 따지고 셈하면서, 그때 장대희가 풍겼던 냄새가 금신당을 불태울 인화성 액체를 준비하다 옷에 배어버린 잔향이라는 가능성을 점쳐보았다.

그날 오후 용왕전 앞에서 우름곶 주민을 타이르던 장대희의 모습도 의혹을 부추겼다. 모시옷을 매몰차게 괴롭혔던 살갗을 에는 바람에도, 입술을 부르트게 했던 그 쌀쌀한 날씨에도, 그는 땀을 뻘뻘 흘리고 있었다. 양편 주민의 기 싸움이 부담스러워서가 아니라 공업용 에탄올이 가득 찬 약수통을 걸머지고 산행해서라면 어떨까. 평범한 약수통 사이에 은닉한 것이 노출될까 노심초사했을 터이니 불안의 땀방울이 배로 맺힐 만도 했다.

"뭔 소린지 통 모르겠네."

장대희가 블루종 소매 밖으로 나온 팔뚝을 마구 긁으며 말했다.

"그래서요? 증거 있어요? 추리 같은 거 말고, 내가 그랬다는 증거 있냐고. 어이, 민 선생님. 지금 실수하시는 거 같은데 나, 이거 그냥 못 넘어갑니다."

지극히 타당한 반론이었다. 장대희의 말마따나 무엇 하나 증거로 내세우기에 신통치 못한 것뿐이었다. 세밀한 현장 검증과

정밀한 과학수사가 동반되어야만 추론도 탄력을 얻을 수 있었다. 현재 밖에서는 범행 흔적을 찾기 위한 경찰의 수색이 한창이다. 그런데 틈만 나면 양측 주민이 치고받는 바람에 작업이 여의찮은 모양이다. 도치는 더 끌 것 없이 허세의 한 수를 던졌다.

"간이의식이 있던 그날, 단현사 외곽에서 김영웅 경사님이 캠코더로 금강문 주변을 녹화하고 있었습니다. 대략 여섯 시간 정도의 길이인데 오후 무렵부터 찍혀있습니다. 날이 저문 후의 풍경까지 선명하게 담을 순 없었다마는, 그러하되 폐문 전까지는 그럭저럭 잘 찍혀있었습니다. 영상 분석 결과, 장대희 씨가 절에 들어갔다가 나오지 않은 것이 확인되었습니다."

"뭐야, 그게 다야?"

장대희가 킬킬 웃으며 말했다.

"날도 시원하고 기분도 뒤숭숭해서 경내 구석에서 책 좀 읽었어요. 그런데 깜빡 졸았지 뭡니까? 깨보니까 문은 닫혀있고. 그걸 또 나 혼자 열 수가 없어서 담을 넘어 빠져나왔더랍니다."

"그러하면 담벼락을 붙잡고 금강문 쪽으로 이동하는 노선이 가장 안전하지요. 당신도 생각이 있다면 그 노선을 택했을진대, 그런데도 그 앞에서 대기하고 있던 형사님들의 눈을 속이셨다니 참으로 신묘한 일입니다."

"아아, 그거? 담을 넘었는데 발이 미끄러져서 한 바퀴 굴렀지 뭐야? 다행히 나뭇가지 하나 붙잡아서 명줄을 챙길 수 있었어.

그때 허리를 삐끗해서 새벽 동안 산골에 누워있었지. 고생이 이만저만이 아니었어. 일어나 보니 금선 스님이 사라졌다네? 그래서 헐레벌떡 뛰어간 거고."

"장대희 씨, 그게 말이 되나? 절에서 잠들었다는 것부터가 이상하지 않나?"

마철준이 성난 얼굴로 나시고 장대희가 넉살 좋게 웃으며 손사래를 치려니 불현듯 사방이 고요해지며 안팎의 소리가 모두 얼어붙었다. 민도치의 등골에는 수십 줄기의 오한이 흘러내렸다. 이번에도 뭔가 오산이 있던 것은 아닐지……. 찰나 방향을 잃어버린 나머지 그만 헛수를 두고 말았다.

"아아, 그럴 수도 있겠습니다. 어쩌다 불운이 겹쳤다면 그럴 수도……."

실언이었다. 실족이었다. 뼈아픈 실책이었다. 입장과 신념을 번복한 꼴이었다. 느닷없이 숨이 가빠지더니 절개가 뭉개지며 후회가 밀려든 까닭이었다.

만에 하나 내가 틀렸다면? 장대희가 범인이 아니라면? 또다시 진범의 농간에 놀아나고 있는 것이라면? 애당초 단독 범행이 아니라 교환 살인이나 편승 살인 같은 복잡한 사건이라면?

"민 선생, 이리저리 봐도 수상한데 자네 너무 관대한 거 아닌가? 즉신불이 사라지기 전날을 떠올려보게. 저 친구가 자네한테 뭐라고 했나? 난 이것부터가 밑밥이라고 보고 있어."

"아이고, 형사님. 그렇게 말씀하시면 섭섭합니다. 전 걱정이 돼서 그랬던 거예요. 실제로 두 동네 사람끼리 싸워대서 혼자 골머리 앓았다고요."

도치는 피가 날 만치 혀를 깨물며 오만가지 갈등을 동여맸다. 무고한 이에게 누명을 씌웠다면 무릎을 꿇고 목을 바치면 그만이리라. 이제는 선택을 신뢰해야만 했다. 그는 일 보 후퇴하며 전열을 재정비했다.

"그렇습니다. 말씀드린 것만으로 장대희 씨를 오라로 묶기는 부당한 감이 있습니다. 아울러 장대희 씨는 소정 스님이 살해된 날 밤 가장 확실한 알리바이를 가지고 있지 않습니까. 고 형사님이 직접 대화까지 나눈 분입니다."

흥분을 죽이지 못하는 마철준을 외면하고 도치는 말을 이었다.

"말이 나왔으니 말인데 세 번째 사건을 살펴보겠습니다. 소정 스님과 청혜 스님이 단현사를 탈주한 그날, 두 승려와 박수인 씨를 제외하고 출타한 사람은 이 중에 없습니다. 아니, 아니, 그리 보였다는 것이 옳겠군요. 안 그렇습니까, 장대희 씨?"

"뭐요? 왜 또 납니까?"

"전후를 명백히 따지고자 여쭤보는 것입니다. 장대희 씨는 마당에 나와 종종 담배를 피우셨지요? 고 형사님 눈에 각인될 정도로 말입니다."

"그래요. 잠도 안 오고 생각할 것도 있고 해서요."

"한데 그 사람…… 정말 당신 맞습니까?"

그러자 장대희는 숨을 훅 들이마셨다.

"경찰의 감시 근무에는 큰 맹점이 있었습니다. 바로 어둠과 거리입니다. 예방보다 검거에 중점을 둔 작전이라 지근거리에서 지켜볼 수 없는 환경이었지요. 이건 순전히 제 개인의 과오입니다."

도치는 입 안에 감도는 핏물을 삼켰다.

"그건 그렇고 이게 어불성설이지 않습니까? 새까맣기 그지없는 야밤에 누가 누구고 무슨 수로 구분하겠습니까? 보름달이 가득 차올랐다고 한들 못해도 이 미터 안으로 접근해야 상대의 얼굴을 분간할 텐데 말이지요. 하여 고 형사님이 본 사람이 장대희다, 이 말은 애초에 신빙성이 없습니다."

"저기요, 민 선생님. 그날 나요, 고 형사님이랑 말도 섞었어요. 얼굴 맞대고 담배까지 같이 피웠다고요. 이것도 내가 아니란 말이에요?"

"아니요, 그것은 당신이지요. 세세히 따지자면 집에서 나온 당신이 아니라 범죄를 저지르고 돌아온 당신이고요. 더 세세히 따지자면 서두의 1막에서 잊을 만하면 담배를 피우러 마당에 나온 장대희도 당신이요, 후기의 3막에서 고 형사님과 맞담배를 피운 장대희도 당신인데, 그 중간 2막의 장대희는 당신이 아니라는 뜻입니다."

"미치겠네, 진짜. 그럼 중간의 나는 또 누구래요?"

"청혜 스님입니다."

말이 떨어진 동시에 마철준은 눈길을 돌렸다. 와들와들 떨고 있던 청혜가 몸을 크게 한 번 들썩인 것을 볼 수 있었다. 그리고 청혜의 거동을 안경알 너머로 힐끔거리는 민도치를 놓치지 않았다. 고양이 같은 눈이 아무것도 훔쳐본 적 없다는 듯 장대희를 조준했다.

"산 넘고 물 건너 당신 집에 방문했겠지요. 당신은 마약에 중독된 청혜 스님을 수족처럼 부렸고, 경찰이 당신을 주시할 것이라는 정보도 청혜 스님에게 들었습니다. 머리 길이도 얼추 비슷하고 체격도 고만고만하니 대역으로 나무랄 데가 없었겠지요. 1막에서 당신이 몇 번이나 마당에 나온 까닭은 감시자의 위치를 파악하고자 함이었습니다. 감시자의 시야가 미치지 않는 곳에서 청혜 스님과 몸을 바꿔 2막을 열었던 것입니다."

"서울분이라 그런지 잘 모르시네. 다른 거 다 그렇다 쳐요. 근데 내가 감시자의 위치를 파악했다고요? 가로등 다 꺼진 밤에 누가 어디서 뭘 하는지 맨눈으로 알 수 있을 거 같아요?"

"계장님과 단현사에 방문했을 때 지팡이를 짚은 할머님 한 분이 한지를 접는다고 말씀하셨는데, 석가탄신일이 한 달도 남지 않았다는 점과 한지가 연등과 풍등의 주재료로 쓰인다는 점을 접목하니, 당신의 수하가 조명을 갖다 바쳤다는 것을 알 수 있었습니다. 청혜 스님이 풍등에 불을 붙여 날린 덕에 당신과 아울러 청혜 스님은 일순간 빛을 확보하고 감시의 거점을 살필 수 있었습니다."

오춘자의 오두막을 감시하면서 보았던 별똥별, 환히 빛나며 꼬리를 늘어뜨리던 별똥별은 휘영청한 달밤에 떨어지는 유성치고 자태가 너무나도 선명했다. 밤바람을 맞고 외피가 불타올라 추락하던 풍등이라는 해석이 더 유력하다. 불붙은 풍등이 지면과 마찰하면 필연으로 화재가 발생할 터. 나릿놀의 남자가 산비탈을 네발로 기어 다니는 것을 목격했다고 제보했을 때 그가 언급한, 이웃의 밭에 일어난 자그마한 불길을 풍등이 남긴 자취로 연결하면 아귀는 더욱 들어맞는다. 증거가 인멸되고도 이틀이 지나 사술의 미제를 풀었으니 비분을 금할 길이 없었다. 민도치는 요동치는 두 손을 허리 뒤로 숨기며 범행의 궤적을 그려나갔다.

"탐욕에 잠식당한 청혜 스님은 당신이 시키는 대로 고분고분 따랐습니다. 고 형사님도 안이해질 수밖에 없는 것이 장대희라는 인간의 실체가 일찍이 인지됐기 때문입니다. 사각은 보통 이럴 때 생깁니다. 대역이라는 변수가 일절 파악되지 않은 판국에 저기 마당에서 서성이는 작자가 장대희냐, 청혜냐는 미처 신경 쓸 겨를이 없습니다. 고 형사님도 사람이니 긴장이 풀려 한눈팔 때도 있었겠지요. 그러하니 저기 보이는 저놈이 집에서 나왔는지, 밖에서 돌아왔는지 여부는 사고 범위 밖에 있는 것이 당연합니다. 사전정보가 전무하니 분류보다 유무에 치중했던 것입니다."

장대희는 가슴팍만 세차게 긁어댔다.

"장대희 씨는 피해자 소정 스님과도 사전 약속을 했습니다. 장소는 대마밭과 지척에 있는 나릿놀 쪽이었고요. 그렇게 살인을 마치고 돌아온 당신은 경찰을 의식해 요령을 하나 부립니다. 그때가 당신이 고 형사님과 맞담배를 피운 3막의 시점이지요. 당신은 싹싹하게 인사를 건네고 형사님에게 캔 커피까지 대접했습니다. 정말이지 훌륭한 공간 창출이었습니다."

"공간이라니요……?"

"그때가 교대 타이밍이었다, 이 말씀입니다. 캔 커피를 가져온답시고 집에 들어가서 청혜 스님에게 떠나라고 지시했겠지요. 본인이 시선을 돌릴 터이니 말입니다. 밖에 나온 당신이 고 형사님에게 캔 커피를 건네며 이런저런 말을 늘어놓을 동안, 청혜 스님은 살금살금 대마밭으로 이동합니다. 이 일련의 과정이 너무 간결해서 선뜻 믿기지 않을 것입니다. 어라? 잠깐……. 여러분. 잠시만, 잠시만 이 민모를 주목해주십시오."

도치는 저벅저벅 걸으며 꽃살문으로 향했다. 일동의 시선이 자연스레 그를 따라갔다. 도치는 등을 돌리고 씩 웃었다.

"이런, 청혜 스님까지 저를 보고 계셨군요. 무심코 그러셨으리라고 생각합니다. 민모는 방금 여러분의 눈 뒤에 있는 대일여래상을 제집이라고 혼자 가정했습니다. 바로 이런 것입니다. 집이 아닌 사람에 초점이 맞춰졌으니 공백이 벌어진 것이지요. 출중

한 수비수라도 두 명의 공격수를 홀로 감당할 수 없을뿐더러 하나의 공격수를 막기도 벅찰 따름인데, 금세 비상해서 사라진 불타는 공을 인식할 새는 아예 없습니다. 이러하니 안 속아 넘어가고 배기겠습니까?"

"한 번은 대역을 이용하고 한 번은 자기가 대역을 자청했군. 이런 괴상한 방법을 다 쓰다니."

마철준이 허탈하게 중얼거렸다.

"저도 그 까닭을 당사자한테 묻고 싶습니다. 장대희 씨, 이런 무모하고 무용한 계략을 꾸민 까닭이 무엇입니까?"

장대희는 어깨를 으쓱하더니 태평하게 말했다.

"너무 나가셨네. 민 선생님은 그냥 추리 놀이하는 거잖아. 나, 절대 인정 못 합니다."

"그래, 그건 좀 아니다. 억지투성이야."

천재길이 두둔했다.

"대희 형, 그래 봤자 다 정황 증거예요. 넘어가지 마세요."

김진우가 거들었다.

"저어, 편드는 건 아닌데요. 뒷맛이 썩 개운하진 않은 것 같습니다."

강세훈마저 가세했다.

"실례지만 민 선생님."

뒤이어 사근사근한 목소리가 맴돌았다. 박수인이 다소곳이 손을 들고 있었다.

"혹시 물증 있을까요? 물증이 없는 이상 누군가를 함부로 의심하는 건 부당하다고 생각합니다."

도치는 그들을 번갈아 바라보았다. 뿔테 안경 너머 눈꺼풀이 찰나 떨렸으나 곧바로 렌즈를 낀 것처럼 동공에 생기가 실렸다. 그가 시험관을 돌리며 말했다.

"그렇지요. 마땅한 지적입니다. 즉신불 해체 당시, 장대희 씨는 연막으로 사용한 대마를 흡입했을 터이니 그 흔적부터 잡아야겠지요. 포름알데히드 계열이나 인화성 물질은 몰라도 대마의 THC 성분은 하루아침에 사람 곁을 떠나지 않습니다."

"아뇨, 수긍 못 하겠어요."

박수인은 절도있게 도리질했다.

"만약에 대마가 검출돼도 금선 스님을 해할 때 흡입한 게 아닐 수도 있잖아요."

"아하, 그렇군요. 옳습니다. 그것만으로는 확증이 부족하니 청혜 스님의 증언이 큰 힘이 되어줄 것입니다. 오춘자 씨까지 마음을 돌린다면 더할 나위 없을 테고요."

"그래도……."

도치는 검지를 휘저으며 박수인의 말을 끊었다.

"여하간 경찰의 청사에 출석할 최소한의 필요조건은 갖춘 셈이니 이제부터는 형사님과 검사님, 더 나아가 판사님께 맡기면 됩니다. 정황 증거, 가담자의 진술, 모발에 남은 대마의 성분 등 여러 요소를 토대로 그들이 판단을 내리겠지요. 만일 장대희 씨가 무고하다면 저 또한 승복하고 무릎을 꿇겠습니다."

박수인은 긴 생머리를 느긋하게 쓸어내렸다. 그녀의 분홍빛 입술을 타고 나긋한 음성이 흘러나왔다.

"민 선생님, 장대희 씨는 그때 살인을 할 수 없었어요."

"그건 또 무슨 말씀입니까?"

"소정 스님 돌아가셨을 때요. 장대희 씨는 저랑 같이 있었는걸요. 정자에서 둘이요. 장대희 씨는 소정 스님을 해치려고 집을 떠났던 게 아니에요. 저를 만나려고 그랬던 거예요. 둘이 계속 같이 있었으니까 소정 스님을 살해할 수 없었어요."

"박수인 씨!"

마철준이 버럭 내질렀다.

"거짓말하지 마. 당신 혼자 있는 거 내가 지켜봤어."

박수인은 눈을 치켜떴지만 이내 얌전히, 조곤조곤 말했다.

"형사님, 그건 민 선생님 말씀과 모순되는데요? 장대희 씨 집을 지켜봤던 형사님도 어둠과 거리 때문에 장대희 씨인지 아닌지 구분 못 했다고 했잖아요. 형사님이 저희를 똑바로 보셨다는 보장은 없죠. 아니면 이것도 영상을 따로 찍으셨나요?"

"뭐라고……? 다, 당신! 여긴 거짓말할 자리가 아니야!"

"잠깐만 형사님, 기다려 보시오. 얘, 수인아. 그게 무슨 얘기냐."

나직한 목소리로 끼어든 사람은 박한기였다. 갑작스러운 딸의 개입에도 팔짱은 풀리지 않았다.

"죄송해요, 아버지. 대희 씨와 사귄 지는 3개월 넘었어요. 섣불리 말씀드리기도 그렇고 대희 씨나 저나 괜한 소문이 신경 쓰여서 밤에 몰래 만난 거예요. 대희 씨, 우리 그때 사진 같이 찍었잖아요. 그거 형사님들께 보여주세요. 내가 준 편지도 같이요."

장대희는 우물쭈물하다가 블루종 안주머니에서 사진 한 장을 꺼냈다. 그리고 그 옆에 아기자기한 글씨가 적힌 편지지를 펼쳐 놓았다. 사진 속 두 남녀는 어깨를 맞대고 행복하게 웃고 있었다. 마철준은 거들떠보지도 않았다.

"이게 뭐라고? 이걸로 뭘 입증할 수 있는데?"

"잘 보세요, 형사님. 편지에는 대희 씨 이름, 제 이름, 날짜가 쓰여있어요. 사진은 디카로 찍은 건데 하단에 날짜가 나와 있고요. 꼭 그날이었어요. 제 노트북에 촬영 시간이 초 단위로 나와 있는데요. 이따 집에서 보여드릴게요. 이것 말고도 그 시간에 찍은 사진이 많아요."

"헛소리! 날짜가 언제든 편지는 어제고 오늘이고 줄 수 있는 거 아닌가? 사진도 마찬가지야. 촬영 시간은 얼마든지 조작 가능해. 이런 건 아무짝에도 쓸모없어!"

"소리는 지르지 마시고요. 그럼 형사님은 형사님이 본 걸 어떻게 증명하실 건데요?"

"당신 정말……. 박수인 씨, 잘 봐. 지금 당신은 생떼를 쓰고 있는 거야. 마침 오늘 사진이 준비됐다는 것부터가 속셈이 훤히 보이지 않나?"

"그건 인화를 오늘 했으니까 그렇죠. 주변 시선 신경 안 쓰고 단둘이 만나는 게 아직 조금 그랬어요. 기회가 없을 것 같아서 여기 올 때 들고 온 거예요. 대희 씨도 온다고 해서요. 이럴 때 아니면 언제 주겠어요? 또 밤에 만났다간 의심만 살 거잖아요."

박수인은 가슴께에 손을 얹은 채 말을 이었다.

"형사님, 저는요. 장대희 씨를 무턱대고 감싸려는 게 아니에요. 누구를 의심할 근거가 부족하다는 걸 강조하고 싶은 거죠. 그러니까 확실한 물증을 들고 오시라고요. 제 말 이해하시겠어요?"

"됐어! 마약으로 집어 처넣으면 그만이야!"

박수인이 제동을 거는 바람에 마철준과 형사들은 격앙될 수밖에 없었다. 그러나 그녀의 주장을 일축하고 장대희를 긴급체포하기에 기반이 미흡한 것도 사실이었다. 심지어 마리화나의 직접 흡연이 아닌 이상 단순 노출만으로 모발에서 THC 성분이 검출된다는 보장이 없었다. 연쇄살인도, 마약 혐의도, 범죄를 확증할 한 방이 부족했다. 이러면 청혜의 입도 무거워질 것이다. 설상가상으로 바깥의 주민들이 주고받는 욕설도 격해지기 시작했다.

"계장님, 박수인 씨의 이의제기는 합당합니다. 저도 드디어 깨우친 바가 있습니다."

그런데도 민도치는 무던할 따름이었다.

"실례했습니다, 여러분. 여태껏 늘어놓았던 제 공상은 전부 철회하겠습니다. 장대희 씨, 진심으로 사죄드립니다. 본인이 과신과 타성에 젖어 우를 범하고 말았습니다."

2.

"민 선생? 지금 저 여자 말을 믿겠다는 건가? 내가 거짓말이라도 했다고?"

"수인 씨는 빈약하나마 주장을 뒷받침하는 물건을 내놓았습니다. 이러하면 수인 씨의 말도 귀담아들어야 할 의무가 있습니다."

마철준은 기가 막힌 듯 도치를 손가락질했다.

"민도치…… 당신 정말 이상한 인간이군. 이런 건 따지고 자시고 할 것도 없어. 애들 장난하는 것도 아니고 말이야. 편지니 사진이니 하는 게 무슨 효력이 있겠나?"

"불충분한 근거로 논쟁하는 것은 어차피 피차일반입니다. 여하간 제가 미처 보지 못했던 것을 수인 씨가 계몽해주셨으니, 여러분께서 제 새로운 견해에 귀를 기울여주셨으면 하는 바람입니다."

마철준은 주먹으로 바닥을 내리쳤다. 도치는 약지로 귀를 후비고는 박수인을 내려다보았다.

"박수인 씨, 저는 경찰도 주민도 아닌 회색분자입니다. 계장님처럼 막무가내는 못 되는 데다 그에 편승할 생각 역시 눈곱만치도 없습니다. 덕분에 제 지론의 맹점을 찾을 수 있었으니 감사 인사 올리겠습니다."

도치는 허리를 꾸벅 숙였다. 박수인은 앉음새를 고치고는 그를 올려다보며 기도하듯 두 손을 모았다.

"경찰은 몰라도 민 선생님은 강압적이지 않을 거라고 믿어요. 합리적인 분이라는 건 이 자리에서 잘 알았어요. 감사해요."

"그토록 과찬해주시니 뭐라고 답례를 드려야 옳은 셈이 될지 모르겠습니다. 수인 씨 말씀이 참이라면 이 민모가 기필코 장대희 씨를 지킬 터이니, 약조하건대 이 자리에서 그가 연행될 일은 없습니다. 한데 말씀이 거짓이면 경찰이 입회한 자리라 제 의사와 무관하게 수인 씨가 손해를 볼 수도 있습니다."

"괜찮아요. 그게 사실이니까. 어쨌든 확실한 물증이 생길 때까지 장대희 씨는 데려가면 안 돼요. 그게 상식 아닌가요? 그렇죠? 맞죠, 민 선생님?"

초롱초롱하게 눈을 빛내는 박수인을 향해 도치는 새끼손가락을 내보였다.

"그건 본인의 이름 석 자를 걸고 약속드리겠습니다. 거듭 확인하건대 편지는 사건이 있던 당일 밤 장대희 씨에게 건넸을 것입니다. 사진은 오늘 인화하셨다고 했습니다. 단현사에 오셨을 때

전달한 것입니까."

"맞아요. 오늘 이렇게 만날 일이 생겨서 사진을 챙겨 온 거죠. 집에 포토 프린터기가 있거든요. 절대 부자연스러운 게 아니에요."

"알겠습니다. 그럼 저 편지와 사진, 지문 검사부터 해보지요."

"지문이요? 제 지문은 당연히 있겠죠. 장대희 씨 지문도 그렇고요."

"두 분 지문을 찾는 것이 아닙니다."

"네? 그럼요?"

"제 지문을 찾고자 함입니다."

고개를 비스듬히 기울이는 박수인을 바라보며 도치는 빙그레 웃었다.

"한편으로는 제가 다 안타깝습니다. 남들은 기념일이다, 성탄절이다, 하며 잘만 만나고 다니건만 이 동네의 견우직녀는 주변 시선 탓에 사진 한 장 찍기도, 편지 한 장 주고받기도 버거웠으니 말입니다. 세상살이가 참 웃긴 것이 떳떳한 일도 괜스레 눈치 보일 때가 허다하지요. 다 이해합니다. 이 민모가 진정 속상한 것은 수인 씨처럼 감성 넘치는 작가님이 예쁜 편지봉투마저 쓰기 힘들었다는 점입니다."

도치는 정자에서 박수인과 대면했던 순간을 떠올렸다.

"엊그제 저한테 필기구와 서류봉투 집어 던지신 것 기억하십니까. 제가 직접 주워드렸지요. 그때 제 손이 무심결에 봉투 안으로 들어갔는데 수인 씨는 노발대발하셨습니다. 저는 출판사에 보낼 원고가 들었으리라고 넘겨짚었습니다. 작가에게 원고는 자식과도 같기에 민감할 수밖에 없다고 생각했는데 설마설마, 거기 들어있던 것이 이 사진과 편지는 아니겠지요? 그렇죠, 그렇죠. 하필 말이 궁한 와중에 그런 요행이 저에게 찾아올 리 없지요."

"네……? 아……. 그건……. 그, 그건요."

박수인이 지나치게 허둥대자 막연하던 추론이 확신으로 굳어졌다.

"본인이 당신한테 호되게 당한 것은 소정 스님이 사망한 다음 날, 즉 당신이 장대희 씨에게 편지를 전달한 다음 날입니다. 그리고 이 사진이 인화되기 전전날입니다. 어떤 물건이든 본인의 지문이 나올 리 없을 터인데, 그날 밤 낭군에게 전해주고자 했던 바람이 깨진 것은 아닙니까? 장대희 씨가 약속 장소에 나오지 않아서 말입니다."

박한기의 한옥에서 박수인과 최초 대면했을 당시, 그녀가 민낯을 숨기고 아름다운 가면을 썼던 이유는 장대희를 의식했기 때문이리라. 이후 돌신제 관련 회의에서도 그랬을 것이다. 하루가 지나 단현사에서 간이의식이 거행되었을 때도 매한가지, 그녀가 미소를 보내고 인사를 올린 사람이 도치 자신이 아니라 그 뒤에 있던 장대희라면, 혹은 멀리서 마주하고 있던 장대희의 존재감이 그녀로 하여금 재차 가면을 쓰게 했다면, 박수인 역시 이 무대의 주연으로 발탁될 자격이 넘쳐흘렀다.

풍토병에 시달리는 병자가 말수를 쌓을수록 꼬투리를 잡을 여지도 늘어나기 마련이다. 맹목적인 사랑의 병자가 흘려주는 빈틈 한 방울을 주워 담을지도 모를 노릇이다. 그렇다면 범인이 마음껏 누렸던 우연의 수혜를 아군이 한 번쯤 입는 것도 그리 헛된 기도는 아니라고, 그것을 역공의 발판으로 삼아 일격을 날리는 것도 그저 덧없는 꿈은 아니라고 아로새기며 민도치는 낮은 패로 판돈을 끌어올렸다.

그렇게 치열한 계산과 홀연한 우연, 집착과 집념과 신념이 어우러져 피어난 작은 기회를 그는 꽉 움켜잡았다. 마침내 쐐기를 박을 순간이었다.

"촬영 시간이 잘못 기록된 것이야 어떻게든 둘러댈 수 있지요. 카메라든 노트북이든 설정을 몰랐다고 하면 그만 아닙니까. 언제 같이 찍었느냐도 매한가지, 기억이 가물가물하다고 진술을 번복하면 위증에서 빠져나갈 구멍은 있습니다. 아울러 박수인 씨는 끔찍한 시신을 두 번이나 목도했거니와 병세가 있습니다. 여러모로 참작되고도 남지요. 그러나 이 편지나 사진에서 본인의 지문이 검출된다면 그것은 단순한 기억의 오류라고 발뺌할 수 없을 것이며, 야밤에 외출한 돌발행동 역시 범죄와의 이음새로 거듭날 것입니다. 박수인 씨 당신도 장대희 씨만큼이나 수상한 사람이 된다는 말씀입니다."

"저요……? 제가요……?"

"예, 당신이요. 안 그래도 당신과 진솔한 대화를 나누고자 했는데 구실을 찾지 못해 난감한 참이었습니다. 한데 전혀 예상치 못한 시점에 저 편지와 사진이 오작교가 되어주었군요. 뭐, 잘됐습니다. 악인들만 우연의 수혜를 누리는 것은 불공평하지요. 이제 박수인 씨는 장대희 씨와 별개로 엄중한 조사를 받아야 합니다. 그때는 지금처럼 경관님들이 친절하게 집에 찾아가지 않습니다. 당신이 섬 밖에 있는 청사에 출두해야 합니다. 장담하건대 아주 가혹한 시련이 될 것입니다."

도치는 입매를 당기며 쏘아붙였다.

"검경은 위증을 넘어 당신과 범죄의 관련성을 추궁할 것입니다. 공범 혐의를 기를 써서 밝히려 하겠지요. 본인 역시 관계자 중 하나로서 그들에게 열렬히 협력해야 할 의무가 있습니다. 기탄없이 이르건대 본인은 당신이 이 사건의 배후라고 확신하고 있습니다. 장대희 씨는 당신의 장기 말에 지나지 않습니다. 틀립니까?"

논객의 언로가 용암처럼 역류하니 만년설 같은 여인도 퍼렇게 용해되기 시작했다.

"박수인 씨, 앞으로 어마어마한 고난이 수반될 터인데 우울증 약은 넉넉히 챙겨 가시길 바랍니다. 참, 대마로 만든 쿠키는 안 됩니다. 이거, 이거, 그러고 보니 마약류가 몸에서 검출되면 일이 더 복잡해지겠군요. 그렇다고 당신의 화를 유일하게 억제할 수 있는 그분을 모셔가지도……."

"더 말씀 안 하셔도 됩니다."

말을 자른 사람은 장대희였다.

"민 선생님, 참 멀리 내다보시네요. 항복, 항복입니다. 이건 다 제가 벌인 짓입니다. 수인이가 병이 깊어서 허언을 가끔 입에 올리니까 그것만 좀 넘어가주십쇼. 애가 착하고 순진해서 제가 미끼로 이용한 겁니다. 나릿놀 이장님과 스님들은 저 혼자 죽였습니다."

새삼 놀란 눈들이 장대희에게 쏠렸다. 시간이 멈춘 듯한 정적 속에서 뜨거운 물기를 머금은 목소리가 흘러내렸다.

"오빠……. 오빠가 한 거 아니잖아."

"수인아, 그만하자. 미안해."

박수인은 손목으로 눈두덩을 꾹꾹 눌렀다. 카디건 소매가 짙게 물들어 갔다.

"아닌데, 오빠가 한 거 아닌데……. 아니야. 내가 미안해. 내가 괜히……."

그제야 안정을 찾은 마철준은 턱을 들어 올렸다. 불단에 손을 짚고 호흡을 고르는 검은 정장 차림의 사내가 보였다. 태연자약한 태도는 온데간데없이 안경을 벗고 얼굴의 땀을 훔치기에 바빴다. 그러면서도 시선이 마주치자 한쪽 눈을 익살맞게 찡긋거렸다. 마치 혼신의 연기를 마친 배우가 객석을 향해 인사를 올리는 것처럼.

3.

“장대희 씨, 승려들한테 원한이 있었나? 아니지, 그건 자리를 옮기고 나서 얘기하지. 듣는 귀도 많으니.”

마철준이 한결 여유롭게 말했다. 장대희는 망설임 없이 대답했다.

“하소연할 시간을 주신다면 못 박고 싶은 부분이 있긴 합니다.”

“나도 저 친구 사정을 알고 싶소.”

갈라진 목소리로 말한 사람은 범영이었다. 야차 같은 눈매는 변함없건만 정작 눈에는 일말의 적의도 고여있지 않았다. 부리부리한 눈동자에 스며든 눈물은 놀랍게도 비애로 얼룩져 있었다. 폭우가 쏟아지는 무명의 폐허에서 불씨라도 찾아 헤매는 듯한 눈빛이었다.

“그럼 그렇게 합시다. 그 정도는 배려해줄 수 있으니까. 장대희 씨, 자네 편할 대로 해.”

“감사합니다, 형사님.”

장대희는 쓴웃음을 지으며 사연을 털어놓았다.

"제 아버지는 망나니입니다. 동네 주민들은 다 아는 사실이죠. 지금은 살인으로 빵에 있는데 알려지지 않았지 전적은 더 화려할 겁니다. 그래도 아버지인데 어쩌겠습니까. 간간이 찾아갈 수밖에 없었죠. 사고를 치기 전 아버지는 뭍에서 노가다판을 전전하고 있었습니다."

장대희가 육지에서 부친과 친구들의 대화를 엿듣게 된 것은 3년 전이었다. 편부 가정에서 성장한 그가 생모의 존재를 처음으로 알게 되었다.

"우름곶에 신 씨 아줌마라고 굉장히 교양 있는 분이 계셨습니다. 알고 보니…… 그분이 제 어머니더군요."

"뭐라고?"

좀처럼 풀릴 것 같지 않던 팔짱이 성문 열리듯 벌어졌다. 박한기는 허옇게 센 눈썹을 꿈틀거리며 장대희를 돌아보았다.

"신 씨 아줌마라면, 신영애 씨 말하는 건가? 자네가 신영애 씨의 아들이라고? 내가 알기로 신영애 씨는……."

"어르신, 다시 한번 감사드립니다. 어르신께서 어머니를 물밑에서 돌봐주셨다는 건 잘 알고 있었습니다. 어머니를 챙겨주신 분은 어르신이 유일했습니다."

장대희는 박한기를 향해 엎드려 절했다. 박한기의 목에 불거진 힘줄을 본 사람은 마철준뿐이었다. 줄곧 점잖았던 노신사가 처음으로 동요하고 있었다.

“신영애 씨는 저도 어머니라고 부를 수 없는 분이었습니다. 아버지가 억지로 그분을 데려가 낳은 자식이 저였으니까요. 그때만 해도 여자 겁탈해서 결혼하는 놈들이 꽤 있었죠. 오히려 피해자가 세간의 손가락질이 무서워 움츠렸고요.”

낙태에 대한 인식이 폐쇄된 시절이었고, 게다가 신영애 본인의 선택이 작은 돌파구조차 차단했다. 그렇다고 원치 않은 자식을 떠안기는 어머니로서 결여된 감정이 있었을 것이다. 끝끝내 그녀는 죄인을 용서했다.

“아버지라는 작자는 꼴에 사내아이 하나 생겼다고 신났던 모양입니다. 그런데 주색을 하도 밝혀대는 인간이라 어머니는 바로 버린 거겠죠. 사실 어렸을 때 느낀 게 있었습니다. 어머니가 저한테 유독 잘해주셨다는 걸요. 자기 의사와 상관없이 낳은 자식이어도 피붙이니 귀여워해주셨겠죠. 그것도 잠깐이었습니다만.”

뒤늦게야 장대희는 한 가지 사실을 뼈저리게 느낄 수 있었다. 나이가 스물을 넘어가고 장성할수록 신영애가 그를 꺼렸다는 점이었다. 죄인의 얼굴과 닮아가는 아들을 차마 마주 볼 수 없었으리라.

“그래도 동네 설문 조사니 뭐니 핑곗거리 만들어서 찾아뵙고는 했었죠. 하지만 은근슬쩍 피하는 어머니를 보면 저도 먹먹했습니다. 어머니를 위해서라도 내가 이러면 안 되겠구나, 이런 생각이 들더군요. 관심을 끊을 수밖에 없었습니다. 그런데…….”

오늘로부터 열흘 전, 민도치가 섬에 도착하기 닷새 전이었다. 장대희는 돌신제 관련 사항을 전달한다는 구실로 신영애의 집에 찾아갔다. 문은 잠겨있고 집은 비어있었다. 이곳저곳 수소문해도 그녀의 행방은 묘연했다. 장대희는 못내 현관문을 강제로 열고 집 안으로 들어섰다.

"작년 가을쯤인가, 서울에서 놀러 온 학생들한테 어머니가 호의를 베푼 적이 있었습니다. 학생들도 어머니를 잘 챙기는 착한 애들이었던 것 같고요. 그런데…… 개만도 못한 중놈들이 몹쓸 짓을 저질렀더군요. 분쟁에 휘말린 적 한번 없이 조용히 사시는 어머니한테요. 학생들은 어머니가 싸주신 도시락을 먹고 착란을 일으킨 적이 있었습니다. 어머니는 산에서 나물을 캐셨는데 언젠가 그 환각버섯까지 캤을 겁니다. 어머니는 학생들을 손님이라고 여겨서 조금 더 나은 반찬을 대접하고 싶었을 거예요. 그래서 그런 버섯을……."

안개에 가려진 해처럼, 땅 위에 떨어져 흩어지는 이슬처럼, 마치 높새바람이 불자 몸서리치는 한해살이풀처럼, 애절함과 음울함이 섞인 잿빛이 그의 얼굴에 떠올랐다.

"민 선생님, 저도 약에 관해 공부를 좀 했는데 환각버섯 같은 마약은 식음자의 심리에 따라 굉장히 무서운 환각이 나타날 수 있답니다. 안타깝게도 환각버섯은 학생들에게 안 좋게 작용했고 그 친구들은 산을 떠돌다 토굴에 들어섰습니다. 그 토굴은 금선당이 지어질 때까지 즉신불을 안치하기 위한 냉골이었죠. 청혜 얘기를 들어보니까 중들과 정 이장이 환각버섯을 즐기는 장소로도 쓰였답니다. 학생들이 토굴을 깊이 들췄으니, 중들과 정 이장은 치부가 드러나지 않을까 하며 고심했을 겁니다. 협박으로 끝낼 생각은 없었을 거예요. 여기처럼 사람 없애기 쉬운 동네가 어디 있습니까. 그래도 설마 했는데……."

그가 말을 이은 것은 설움을 수차례 곱씹고 나서였다.

"그들은…… 그들은 어머니와 학생들을 죽이고 묻었습니다. 박 씨 어르신의 질책이 두려워서겠죠. 부처님보다 힘이 센 어르신의 노여움을 사는 게 무서워서 말입니다."

그리고 장대희는 범영을 노려보았다.

"범영 스님, 당신을 찢어 죽이지 못한 게 한입니다. 당신이 수행자로서 양심이 있다면 스스로 목숨을 끊으십쇼. 그렇지 않으면 나는…… 죽어서라도 당신을 원망할 겁니다."

범영은 입을 떼었지만 끝내 말을 뱉지는 못했다. 살생을 범한 이의 어깨는 빳빳하고 살생을 당한 이의 벗은 어깨가 흐물대니 서로의 배역이 뒤바뀐 듯하였다. 장대희가 눈에 핏발을 세우자 마철준이 양손으로 누르며 제지했다.

"장대희 씨, 왜 경찰에 알릴 생각은 안 했나? 여기 파출소가 못 미더운 건 이해해. 하지만 말이야. 단순 폭행도 아니고 실종에 살인이면 이런 동네 파출소도 마냥 숨기거나 할 수 없어."

"경찰이요? 경찰한테 말하면, 경찰이 저놈들을 대신 죽여준답니까?"

차곡차곡 쌓이던 아련한 감정이 눈 녹듯이 사라졌다. 마철준은 장대희의 냉소에서 광기를 보았다.

"장대희 씨, 당신의 주장엔 모순이 있습니다. 곧이곧대로 받아들일 수 없습니다."

불쑥 말을 던진 사람은 민도치였다. 그는 땀으로 범벅된 얼굴로 장대희에게 걸어갔다.

"사건의 발단이 원한이었다고 치지요. 그럴 만한 명분이 차고 넘쳤다고 칩시다. 승려들을 몰살할 수 있는 적기가 한 번은 나왔지만, 넘어간 이유도 나름의 공작을 위해서였다고 사정을 헤아려봅시다. 하지만 살인미수로 그치고 뒤탈을 셈하지 않았던 어설픈 범행은, 환경에 맞게 진화하고 날로 교묘해지더니 종국에는 즉신불을 사라지게 하는 광대한 경지에 이르렀습니다. 그 사무치는 복수를 당신은 질질 끌었습니다."

도치가 휘청거리자 김영웅이 부축했다. 도치는 그를 뿌리치며 말했다.

"어머니를 방치한 섬사람들이 미워 죽겠어서 다 같이 망해보자고 이런 구상을 했다, 이딴 저열한 말은 집어치우시길 바랍니다. 난생처음 느껴보는 아슬아슬한 기분에 피가 끓었겠지요. 경찰의 눈을 속인다는, 단신으로 주민들을 벌벌 떨게 만든다는 쾌

감에 젖어 살생의 기술을 연마했을 것입니다. 행동의 추이 변화를 살펴보면 '재미'를 위해 그랬다고밖에 볼 수 없습니다. 원한을 빌미로 정당성을 부여해 욕망을 실현한 것은 아닙니까. 차라리 일관성이라도 고수하는 것이 한 푼이나마 사람답지, 지금 당신은 어머니를 두 번 죽이고 있는 것입니다. 모친의 명예를 더럽히는 것이 죄스럽지도 않습니까?"

장대희는 콧등을 매만지고는 피식 웃었다.

"제가 되도 않는 변명을 했나 보군요. 맞아요. 재미를 느낀 건 사실이에요. 어쨌든 몸의 반은 더러운 피를 물려받았으니까요. 콩 심은 데 콩 나고 팥 심은 데 팥 나는 법 아닙니까. 하지만…… 그런 여흥이 가지는 비중은 털끝만큼도 안 됩니다. 내가 암만 돼먹지 못한 놈이라도 우리 엄마까지 팔아먹겠습니까?"

장대희는 허리를 곧게 펴고 민도치의 눈을 똑바로 바라보았다. 결코 궁지에 몰렸다고 할 수 없는 위풍당당한 기세였다.

"내 속은요. 어머니를 괴롭힌 놈들을 다 죽여버리겠다는 생각뿐이에요. 재미 따위는 부산물에 불과하단 말입니다."

도치의 심상에 떠오른 장대희는 서서히 타인의 모습으로 변해갔다. 눈부터 코, 입까지 따로 놓고 보면 다른 얼굴이었다. 그런데도 그 겹친 그림은 누군가와 묘하게 닮아있었다. 도치는 얼른 환영을 떨치고 입을 열었다.

"장대희 씨, 피해자들이 어머니를 해했다는 건 어디서 들었습니까.”

“들은 게 아닙니다. 학생들이 기록한 수기가 있었습니다.”

“수기라니요?”

“학생들의 짐이 어머니 집에 남아있었는데 수기도 가방 안에 들어있었습니다. 중들의 추태가 낱낱이 드러나있었죠. 중들이 위협한 이후로 수기는 끊어졌고요. 어머니와 학생들은 섬을 떠나려고 했지만 그러기도 전에 당하고 말았던 겁니다.”

그 문답이 계기가 되어 과거와 현재를 이어주던 느슨한 끈을 팽팽하게 당기기 시작했다. 도치는 숙고 끝에 진실을 입에 올렸다.

“그렇군요……. 드디어 어떻게 돌아갔는지 알겠습니다. 해서…… 어머님 댁에 머물렀다는 친구들 말입니다. 민속학과 재학 중인 학생들 아니었습니까? 수기는 육필로 남겼고요.”

“그건 어떻게 아십니까?”

“민 선생!”

마철준이 벌떡 일어나 손을 뻗었다. 그러나 도치는 재킷 안 주머니에서 뭔가를 꺼내 던진 후였다. 몇 장의 A4용지가 묶인 서류가 장대희 앞에 내려앉았다.

“장대희 씨, 그것이 진실입니다. 직접 확인해보시지요.”

마철준이 이마를 부여잡는 가운데 장대희는 서류를 주섬주섬 집어 들었다.

“뭡니까, 이건?”

"당신의 죄를 깨우칠 전언입니다. 당신이 읽은 수기와 비교하면 어떻습니까. 내용과 필적이 완벽하게 동일하지 않습니까?"

"우리 집엔 언제 왔다 갔습니까?"

"당신 집 안에 들어간 적 없습니다."

"뭐라고요? 이건 어디서 났는데요?"

"지금 당신이 들고 있는 수기는 당신이 읽었던 그 수기가 아닙니다. 경찰이 보관 중인 증거물을 복사한 것입니다."

"뭐요……?"

"저도 방금 깨달은 사실입니다만."

도치의 눈에 결기가 깃들었다.

"종이와 종이 사이에 먹지를 대고 글씨를 쓰면 자동으로 밑장에 새겨집니다. 영수증이나 계약서를 작성할 때도 이런 복사용 용지를 많이 활용하지요. 수기 작성자는 먹지를 이용해 두 개의 수기를 만들었던 것입니다. 손글씨의 의미를 아로새기고자 하는 학생만의 낭만이 있었겠지요. 연인끼리 유대감을 느낄 수 있는 똑같은 물건을 나눠 갖고 싶었을 수도 있습니다. 뭐가 됐든 허망한 점은, 장대희 씨 당신이 읽은 수기는 사본일뿐더러 미완성품에 지나지 않는다는 것입니다."

장대희는 눈을 부릅뜨고 종잇장을 빠르게 넘겼다.

"이틀 전, 거안도에서 여행객의 금전을 갈취한 뒤 살해 및 암매장한 일당이 검거됐습니다. 가해자들은 섬의 거주민으로 이련 행위를 수도 없이 자행한 것으로 밝혀졌습니다. 인의 자체가 거세된 축생들인지 피해자들의 유류품도 고스란히 갖고 있었습니다. 피해자 중에는 파릇파릇한 남녀 한 쌍과 중년 여성도 하나 끼어있었습니다."

수기를 더듬어 읽는 장대희의 손은 경련하고 있었다.

"경찰이 압수한 물건 중에 남녀와 여성의 소지품으로 추정되는 것이 소수 나왔습니다. 당신이 읽은 수기가 모호하게 끊어진 것은 작성자 일행이 여기서 변을 당해서가 아닙니다. 보다시피 기록은 그 후에도 이어졌습니다. 학생들과 신영애 씨가 건너간 거안도에서 말입니다."

도치는 뒷짐을 지고 장대희를 등졌다.

"작성자가 작가를 지망했다는 점과 토굴에서 불쾌한 환각을 경험했던 밤에도 기어코 수기를 작성했다는 점을 미루어 짐작하건대, 작성자는 그의 문장과 필적을 애착했을 것이고 수기의 원본이 담긴 노트 또한 애지중지했을 것입니다. 반면 같은 시기 그의 연인은 심한 불안 증세에 시달렸기에 선물로 받았을 사본을 살필 여력이 일절 없었습니다. 신영애 씨를 모시고 떠나느라 급급한 나머지 각자의 귀중품만 챙겼을 터인즉, 그리 정신없이 움직이다 보니 육지가 아니라 또 다른 섬에 불시착했고, 그러하니 당신이 반쪽짜리 수기를 발견할 수 있었겠지요."

차분하던 그의 음정에 파문이 일기 시작했다.

"아울러 거안도에서 작성된 내용을 보면 작성자는 이렇게 말합니다. 어머님께 속사정을 들어보니 우리의 걱정은 몹시 허황되어 있었다. 혼자가 익숙하신 어머님이나 우리같이 시골의 간만 보는 대학생들이나 생소한 느낌에 오해가 있었던 것 같다. 스님들이 찾아온 것은 단절을 고집하시는 어머님과 화합을 도모하고 싶어서라고 했다. 우리는 몰라도 스님들이 어머님까지 건드리지는 않을 것이다. 어머님은 아직 얼떨떨해하시지만 마음을 여실 것 같다. 그래도 어떻게 될지 모르니 댁까지는 모셔다드리자……. 하지만 학생들의 바람은 이루어지지 못했습니다."

흔들릴 때마다 뚝심을 떠받쳐준 부적 같은 그들을 떠올릴수록 목소리는 잠겨갔다. 그러나 연민도 울화에 잡아먹혔다. 민도치는 등을 돌려 장대희를 노려보았다.

"단현사의 승려들은 필시 파계승이라 칭할 만합니다. 우리가 알지 못하는 파렴치한 만행이 밑바닥 아래 숨어있을 수도 있습니다. 하지만 여태까지 드러난 죄악만으로는 그 누구도 죽을죄를 물을 수 없습니다. 장대희 씨, 결국 당신은 애꿎은 상대에게 고통을 떠민 마귀일 뿐입니다. 당신은…… 당신은 이래도 떳떳할 수 있습니까?"

장대희의 어깨가 허물어졌다. 그를 바라보는 박수인의 눈가는 촉촉하게 젖어있다. 그런 그녀를 바라보는 박한기의 얼굴은 화석처럼 굳어있다.

"하하하……."

탄식 섞인 웃음이 새어 나왔다. 장대희는 수기를 정성스레 접어 도치의 발 앞에 내려놓았다. 그리고 박한기에게 다시금 절을 올렸다.

"어르신, 그동안 폐가 많았습니다. 수인이의 순결까지 범하지는 않았으니 심려하지 않으셔도 됩니다. 아무쪼록…… 건강하시길……."

형사들의 손에 이끌리며 장대희는 실 풀린 꼭두각시처럼 비틀거렸다. 마철준은 가만히 앉아 범죄자의 말로를 지켜보았다. 그가 내는 공허한 발걸음 소리가 가슴속 깊이에서 울리고 있었다.

되돌아보니 대담하면서도 어리석고, 교활하면서도 위태로운 행보였다. 정승배는 산 채로 오춘자에게 난자당해 사망했다. 장대희의 벼르고 별렀던 결의는 무위로 돌아간 셈이다. 한옥에서의 사건은 어땠던가. 그 제한된 공간에서 우직하게 범행을 추진했고 비로소 살의를 관철했다. 첫 번째나 두 번째나 순진하리만치 미련했건만, 어느 틈에 둔기가 등장하더니 수법이 점차 고도화되고 확장되었다. 날이 갈수록 악랄해지고 무의미해졌다. 슬그머니 스며든 먹물 한 점이 나침반을 좀먹고 서서히 번져나가 선체를 송두리째 뒤덮는 과정을 눈으로 보는 것만 같았다.

그런데 그토록 당당했던 작자가 기어이 무너진 것은 무고한 이에게 책임을 전가했다는 죄의식 때문일까. 욕망의 실현을 위해 포획했던 허울 좋은 명분이 사라져 혼란에 빠져서일까. 진정한 동기가 복수였을까, 여흥이었을까. 아니면 원념이라는 감정에서 태동한 티끌 같은 불순물이 어느덧 본질을 오염시키고 모체를 집어삼켰던 것일까. 하지만 만감이 교차한 것도 잠시였다.

"장대희 씨, 하나만 더 가르쳐주게. 태을 스님이 박한기 씨 집에서 살해당했을 때 오춘자는 뒷문을 열고 도망쳤어. 뒷문의 빗장, 그거 누가 걸어놓은 건가? 아는 바가 있나?"

장대희의 눈은 멍해져 있었다. 그가 맥 빠진 목소리로 읊조렸다.

"제가 그랬겠죠."

그렇게 장대희는 퇴장했고 무거운 침묵이 일동의 정수리를 짓눌렀다. 박수인의 신음이 정적을 미미하게 메우고 있었다.

"박한기 씨, 난 저 말 믿을 수 없소."

마철준이 박한기를 뜯어보았다.

"저 친구가 닫힌 문을 열면 열었지, 잠글 이유가 어디 있겠소? 어느 살인자가 그런 짓을 하겠습니까?"

박한기는 입도 벙끗하지 않았다. 또다시 팔짱을 낀 채 불상을 응시하고 있다. 마철준은 이를 갈며 따져 물었다.

"당신이 빗장을 건 게 아닙니까? 오춘자와 승구를 감싸려고 말이오. 승구가 당신 친아들이니, 그 모자한테 의심이 뻗치지 않게 도와준 게 아니냐는 말입니다."

박한기는 대답도 미동도 없다. 의연하던 자세만 다소 흐트러졌을 뿐.

“과연 그렇군요.”

툭 말을 꺼낸 사람은 민도치였다.

“육친끼리는 서로만이 공유하는 감이라는 것이 있습니다. 서로를 향해 늘 과하게 신경 쓰기에 작은 일도 큰일처럼 받아들이기 때문일 것입니다. 그런 사고방식으로 접근하면 박 씨 어르신이 뒷문을 닫고 잠근 것도 이해됩니다. 과거의 여자와 혼외자식을 지키려는 일종의 보호 본능이 발동됐겠지요. 그렇습니다. 필경 그것이 제일 합리적인 해석이겠지만.”

도치는 고개를 가로저었다.

“하지만…… 제 생각은 다릅니다.”

종장

석양 무렵 연쇄살인 사건의 주범과 범행에 가담한 공범을 연행할 선박이 정박했다.

사건은 사실상 종결되었지만 마철준 계장을 위시한 형기대 직원 일부는 죽해리에 며칠 더 머물 예정이었다. 마약계에 현장 정보를 인계하기 위함이었다. 또 수사가 난항을 겪은 원인을 보고하려면 지역과 파출소의 유착관계를 깊이 파고들어야 했다. 누적된 피로에 몸과 마음이 지칠 법도 한데 한 남자의 기지 덕에 형사들은 한결 홀가분하게 잔업을 수행할 수 있었다.

반면 수사의 선봉에 서서 큰 공을 세운 그 남자, 민도치는 침울한 심경으로 신영애와 민속학과 학생들을 기리고 있었다. 꾸밈없는 호의와 여물지 않은 열의가 얽혀 돋아난 것이 비극의 씨앗이었으니 애석하기 그지없었다. 학생들이 섬에 방문한 시기가 하필 환각버섯이 저물어 가는 늦가을이라 가슴이 더 욱신거렸다.

그들의 넋이 아직도 이 광활한 대양을 헤매며 구슬피 울고 있을지, 벌써 하늘로 올라가 영원한 안식을 취했을지는 알 길이 없지만, 어느 곳에 있더라도 학생들이나 '어머님'이나 서로를 원망하지 않을 것이다. 세 영혼이 극락의 한 송이 연꽃으로 피어나기를 간절히 소망하며 도치는 그들의 명복을 빌었다. 반듯하게 포개진 두 손바닥에 네 명의 망인을 위한 애도가 이어 담겼다.

"그래서 민 선생."

마철준이 붉게 물들어 가는 부둣가를 바라보며 말했다. 걸걸한 목소리가 어쩐지 톤이 올라가 있었다.

"아까 하려다가 만 얘기는 뭔가. 뒷문 얘기 말일세. 이런 식으로 사람 답답하게 하면 쓰겠나?"

그 옆에 수그려 앉은 민도치는 담배 연기를 뻐끔뻐끔 내뱉고 있었다. 등 뒤에는 캐리어가 비뚜름하게 놓여있었다.

"아닙니다. 제정신이 아니었던지라 망발을 입에 올리고 말았습니다. 양해 부탁드리겠습니다."

"에이, 이 사람아. 그런 소소한 발상이 모여 덩어리가 되고 증거가 되는 거 아닌가. 보아하니 수수께끼를 푼 것 같더만."

"수사와는 별 관련 없는 잡설에 지나지 않습니다. 그야말로 망상에 불과할 뿐입니다."

"어허, 그럼 잡담하듯이 털어놔 보게. 통 궁금해서 그럴세."

"얘기가 많이 길어집니다."

"자네가 말 길게 하는 게 어디 하루 이틀인가?"

정곡이 찔린 도치는 앞머리를 비비 꼬더니 끝내 말문을 열었다.

"저도 박 씨 어르신이 뒷문을 닫았다고 생각합니다."

"그런데 오춘자나 승구를 위해서가 아니다?"

"그리 생각하긴 했지만……. 아뇨, 아뇨. 계장님이 말씀하신 사유가 백배는 현실적입니다."

"그럼 비현실적인 사유나 한번 들어보지. 자네, 계속 입 다물고 있으면 안 보내줄 거야."

도치는 마지못해 장광설의 서막을 열었다.

"박 씨 어르신은 부여 이야기를 자주 하셨는데, 부여에는 이런 습속이 있었습니다. 제후가 불순하고 오곡의 생육이 순조롭지 아니할 때는 그 책임을 국왕에게 묻는다. 따라서 왕을 갈아치우는 것은 일상일뿐더러 심지어 왕을 살해할 수도 있었답니다. 권력도 굶주림 앞에서는 어쩔 도리가 없었겠지요. 이 고대로부터 내려오는 구전과 기록을 계장님께선 어떻게 생각하십니까?"

"뭐……? 그, 그건 그랬을 수도 있다고 생각하네."

또다시 시작된 호응과 협력을 요하는 일장 연설에 마철준은 흠칫했으나 못내 장단을 맞춰주었다. 이 모든 것이 그가 자초한 일이었다.

“부여도 농경 국가지 않았습니까. 왕마저 위협하는 살벌한 습속이 뿌리가 깊다 보니 건국주는 농경의 필수 요건인 물을 어떻게든 지배하고자 했습니다. 왕이나 백성이나 기우제에 목매달았을진대 여러모로 이 섬과 공통점이 많지요.”

바닷바람이 정장 재킷을 들치고 지나갔다. 도치는 두 번째 담배를 물며 말했다.

“잠시 말머리를 돌리건대 장대희 있지 않습니까. 비록 몇 번 본 것에 지나지 않지만 자기도 모르는 병을 앓고 있는 듯합니다. 퀭한 낯빛이나, 몸 여기저기를 긁는 버릇이나, 상시 마실 것을 탐하는 모습이나, 이런 증상은 주로 당뇨 환자에게서 나타나지요. 왕성한 식욕도 그렇고 말입니다. 요사이 부쩍 야윈 몸까지 취합하건대 제 추측이 옳다면 그이는 위험군에 접어들었을 것입니다.”

“그 친구 혈색이 안 좋긴 했지만, 그게 닫힌 문이랑 무슨 상관인가? 부여 얘기도 그렇고.”

“당뇨 환자에겐 거의 모든 음식이 독약과 다름없습니다. 개중에서도 혈당지수가 높은 찹쌀과 당분이 많은 단팥은 맹독이라고 해도 과담이 아닐 것입니다. 의아로운 것은 박 씨 어르신도 한때 당뇨로 투병했다는 점입니다. 장대희의 당뇨 여부야 차치해도 비슷한 증상이 행색에 드러났다면, 어르신이 그이에게 악의를 품지 않은 한 찹쌀떡 같은 선물을 줄 리 만무하지요. 어르신이야 동네 가리지 않고 섬사람의 존경을 한 몸에 받고 있고, 본인 또한 세속에 어떠한 미련이나 욕심도 보이지 않는데, 게다가 장대희조차 어르신을 극진히 섬기는데, 그러하다면 박한기라는 인물은 도대체 왜 장대희를 미워했을까. 악의의 동기를 따져보자니 억지스럽게도 부여와 죽해리가 일치되면서 묘한 결론이 도출되더군요."

도치는 목을 한 바퀴 돌리고는 말을 이었다.

"박한기는 부여와 죽해리를 동일시하며 미신에 매달렸다. 자기 자신을 나릿놀과 우름곶을 넘어서 섬을 주름잡는 왕이라고 믿었다. 왕에 버금가는, 농민을 단합시킬 수 있는, 즉 왕권에 대항할 수 있는 큰 인물은 양편 마을 통틀어 장대희가 유일했다. 그리하여 박한기는 장대희를 최악의 상성이자 잠재적 위협이라고 여겼다. 정리하자면 그들은 숙적이었다는 것입니다. 물론 장대희에게는 그런 자각이 없었겠지만요."

"가만, 자네 얘기는 이런 건가? 박한기가 문을 잠근 건 장대희를 곤경에 빠뜨리려고?"

"오춘자가 이르기를, 박 씨 어르신을 신랑이라고 했습니다. 그이의 정확한 속내는 모르겠으나 불교에서 신랑은 본존을 모시는 전각을 뜻하기도 하지요. 박 씨 어르신은, 어쩌면 범상치 않은 인물답게 누구보다 앞서 장대희가 범인임을 알아챘을 수도 있습니다. 그러하되 확신까지는 얻지 못했겠지요. 육감만으로 왕을 끌어내릴 수 있는 거물을 고발하는 것은 후한과 역풍이 동반되는 일입니다. 자칫하면 오랜 세월 쌓아온 공명을 무너뜨리는 자충수가 될 수도 있습니다. 그리하여 교묘하고 은밀하게 장대희를 압박하지 않았나 싶습니다. 속으로는 한시바삐 장대희가 검거되기를 바라면서 원활한 수사를 위해, 용의자의 범위를 좁혀주기 위해, 자신의 감을 믿고 직접 뒷문을 닫았다……. 이것이 저의 망상입니다."

마철준은 가르마만 매만졌다. 상식으로는 도저히 받아들일 수 없는 추론이었다.

"특히 왕 입장에서 장대희는 눈엣가시일 수밖에 없는 시기였습니다. 어르신도 중대한 공무를 앞두고 조바심이 나는 바람에 평정을 잃었을지도요."

"중대한 공무라니?"

"일반적으로 본당 같은 주불전은 사찰의 최후방에 위치하기 마련입니다. 아무래도 본존을 모시는 신성한 장소다 보니 그렇겠지요. 어전 회의 때도 임금은 뒤편에서 벽을 등지고 앉아 신하들을 널리 굽어보지 않습니까."

"참, 단현사 본당 뒤에 뭘 짓고 있었지?"

"사실 큰 문젯거리는 아닙니다. 일반적이다 할 뿐이지 절대적인 것은 아니니까요. 하물며 불국사도 대웅전 뒤에 무설전이라는 전각이 있습니다. 무설전은 가르침을 설하는 강당 개념이라고 보시면 되고요."

"음, 그러고 보니 단현사도 강당을 짓고 있다고 했어."

"강당이야 부처의 뜻을 확장하는 장소이기에 본당 뒤에 있어도 그림이 자연스럽지요. 한데 단현사의 경우, 두 마을 주민을 묶는다는 공간이라고 하면서도 규모가 너무 작았습니다. 고작 오십 명 남짓 수용할 평수일진대, 그러하다면 그 전각은 강당이 아니라 또 다른 신을 모시기 위한 성역이 아닐까, 이런 생각이 들더군요."

"그 또 다른 신이……."

"저기 저 양반 말하는 겁니다."

마철준은 도치의 눈짓을 따라갔다. 박한기가 뒷짐을 지고 모시옷을 펄럭이며 바다를 둘러보고 있었다. 그리 애용하던 비녀도 버려둔 채 꼿꼿이 서서 은발 머리를 소담스레 휘날렸다. 흐름을 쫓아가지 못해 버벅대는 마철준을 올려다보며 도치는 피식 웃었다.

"결국 이 섬에서는 부처도 산신과 용왕을 화해시키지 못했지요. 박 씨 어르신은 보다 전능한 신이 절실하다고 여겼을 수도 있습니다. 그게 어르신 본인이라고 믿지 않았을까요? 자기 자신이 신으로 거듭난다면, 마을의 불화를 화해하고 풍토병을 완치하리라고 믿었을지도 모릅니다."

"그, 그래서?"

"어르신의 행적을 보면 선인도 그런 선인이 없습니다. 그 이면에 노욕이 숨어있는 듯도 하다만⋯⋯ 그래도 선의의 지분이 훨씬 크긴 할 것입니다."

"그러니까 자기가 신이 된다⋯⋯? 즉신불이라도 되려고 했다는 건가? 박한기는 승려도 아니지 않나?"

"뭐, 천신의 기운을 타고난 박혁거세의 후손이라는데 안 될 것도 없지 않습니까?"

도롱뇽이 용을 조롱하니 진짜 용은 낯간지럽다⋯⋯. 전우치의 시를 되뇔수록 도치의 뇌리에 박한기와 장대희의 얼굴이 교차했다. 박한기가 진범의 정체를 넌지시 암시했을지도 모른다는 덧없는 잡념에 빠질 지경이었다.

"음흉한 노친네라고만 생각했는데, 하긴 저런 사람이 또 없긴 하지. 받는 거 하나 없이 베푸는 걸 보면 확실히 보통 인물이 아니긴 해. 그건 그렇고 민 선생, 장대희 말이야. 끝까지 잡아뗄 줄 알았는데 나중 가선 자기 여자를 감싸고돌더군. 제 아비와 다르게 말이지. 아까 내가 느낀 건데⋯⋯. 음, 이번엔 내 망상이라고 해두겠네. 장대희 그 친구, 어딘가 박한기와 닮지 않았나? 수기를 봐도 그렇고 둘 다 당뇨를 앓았다면, 억측이긴 하지만 박한기와 신영애 씨 사이에 어떤 관계가 있던 건⋯⋯."

"그럴 수도 있고 아닐 수도 있지요. 그런 동시에 아니지 않을 수 있고요. 어쩌면 전부 다 아닐지도 모르고요.”

“무슨 말인가, 그건?”

“저도 잘 모르겠습니다.”

도치는 눈앞에 펼쳐진 바다를 물끄러미 바라보았다. 아무리 멀리 주시해도 대해의 끝은 보이지 않았다.

“범영 스님이 하신 말씀 중에 공감되는 것이 딱 하나 있습니다. 좋은 씨앗도 척박한 땅에서는 싹틀 수 없다는 구절 말입니다. 이 섬은 요사스러운 신앙이 필요악일지도 모릅니다. 티 없는 백옥이 세상천지 어디에 있겠습니까. 그렇게 해서라도 악의가 억제되고 토양이 비옥해진다면 그 누가 뭐라고 할 것도 없습니다.”

“틀린 말은 아니야. 그래도 반만 동의한다고 하고 싶군. 최선 다음이 차악이라지만 그 중간에 뭔가 더 좋은 게 있을 거라고 믿고 싶네. 헌데 민 선생, 우리 쪽 배도 있는데 굳이 저런 걸 타고 갈 게 있나?”

마철준은 부두 한편에 떠있는 허름한 사선 한 척을 가리켰다. 사공이 준비되었다는 듯 손을 흔들자 도치는 읏차 하며 몸을 일으켰다.

“그래도 저 나룻배가 다도해의 명물이랍니다. 먼 길 왔는데 한 번 타봐야지요. 그럼 뭍에서 기다리겠습니다. 참고인 진술이 필요하시면 불러주십시오. 언제라도 편하실 때.”

“이거 괜히 불안하군. 또 볼일은 없었으면 했는데 말이야.”

“이야, 그래도 그렇지 너무 매몰차신 거 아닙니까? 그간 고락을 함께하며 쌓은 정이 있는데.”

두 사람은 서로를 마주 보며 모처럼 밝은 미소를 주고받았다. 이렇게나마 웃을 수 있다는 것. 그 소박한 정겨움이 고된 일을 추진하게 하는 원동력이자 삶의 무게를 지탱해주는 보람이리라. 민도치는 진한 감개를 짊어진 채 마철준을 뒤로했다.

그렇게 한 남자가 담담히 걸어갔고 또 다른 남자가 그 뒤를 지켜보았다. 수평선 너머에 걸린 태양이 그들을 비추고 있었다. 인연을 꿈꾸는 소녀의 볼에 번진 홍조처럼 붉은 노을빛이었다.

작가의 말

3년 전 늦여름으로 기억합니다. 한 권의 책을 완독하고 책장을 덮었을 때, 정말이지 뭐라 말할 수 없는 감동에 빠져 헤어나오질 못했습니다.

나도 이런 글을 쓰고 싶다는, 아니 반드시 쓰고야 말겠다는 야무진 꿈을 꾸었더랬지요. 작문은커녕 '되'와 '돼'도 구분 못 하는 일자무식의 한량이 말입니다. 역시 무식하면 용감한 법인 모양입니다. 그래도 그 무식함을 원동력으로 한 발짝이나마 꿈에 다가설 수 있었으니, 가끔은 무지의 미덕을 되새겨야 할 때도 있다는 생각이 듭니다.

『마라의 요람』은 요코미조 세이시의 『옥문도』에서 큰 영감을 받아 탄생한 작품입니다. 한여름 밤의 꿈을 선물해준 거장에게 경의를 표하며, 그의 명저에 근접하고자 하는 열의를 담았습니다.

이 무식한 열의가 독자 여러분과 아울러 하늘에 닿기를 소망합니다. 함께해주셔서 진심으로 감사드립니다.

고태라 드림

Aphros
ORIGINAL

아프로스미디어는 기획 단계에서부터 작가님과 긴밀한 상의를 통해, 원안을 제시해 드리거나 작가님이 구상하신 초안을 분석하고, 좀 더 흥미로운 대안을 제시한 다음, 탈고 단계까지 독자의 시선으로 평가 및 수정 제안의 과정을 거쳐 완성도 있고 재밌는 이야기를 만드는 스토리 프로듀서의 역할을 합니다. 그렇게 하여 완성된 작품은 [아프로스 오리지널]로 소개됩니다.

요괴도시
배명은 외 저
※ 2023년 9월 출간

요괴 호러
도시괴담 앤솔러지

명탐정6
홍정기 외 저

한국 최초
탐정소설 앤솔러지

다감 선생님은 아이들이 싫다
공민철 저

가슴이 따뜻해지는
힐링 미스터리

런어웨이
장세아 저

반전에 반전의
K고딕 스릴러

재생
정명섭 저

세계최초 타임루프
좀비 스릴러

안드로메다 구하기
김설아 저

여성 장르 서사의
만화경

레시피
최정원 저

소울푸드
미스터리 스릴러

붉은 기억
최정원 저

인간의 어두움을 그린
심리 스릴러

8인의 사육사
김남겸 저

궁극의 복수를 그린
미스터리 스릴러

로하의 세상
김남겸 저

충격의 서바이벌
SF 미스터리 스릴러

아귀도
조동신 저

몬스터 하이브리드
본격 미스터리 스릴러

차가운 숨결
박상민 저

현직 의사가 쓴
감성 메디컬 미스터리

기생록
프리키 저

미친 몰입감의
미스터리 스릴러

투고는 이메일로 보내주세요.

spitz70@aphrosmedia.com

마리의 요람

초판 1쇄 인쇄 2024년 3월 20일
초판 1쇄 발행 2024년 3월 20일

지은이 고태라
편집 주자덕
윤문 및 교정 김미숙
발행인 주자덕
인쇄 미래피엔피
펴낸 곳 아프로스미디어
출판등록 제 2016-000073호
주소 서울특별시 성동구 금호로 173, 101동 904호
전화 02-6352-5133
팩스 02-6455-5891
홈페이지 www.aphrosmedia.com
전자우편 spitz70@aphrosmedia.com
ISBN 979-11-89770-47-1 (03810)